明智小五郎事件簿　戦後編　I

「青銅の魔人」「虎の牙」「兇器」

江戸川乱歩

集英社文庫

目次

＊前書き・コラム・年代記(クロニクル)は 平山雄一 著述

前書き

平山雄一

二〇一六年から二〇一七年にかけて刊行された『明智小五郎事件簿』全十二巻（集英社文庫）は、おかげ様で好評のうちに完結しました。これは江戸川乱歩が描く名探偵明智小五郎の戦前の活躍を、事件中の記述をもとにして発生順に並べ直し、当時の世相の移り変わりとともに鑑賞するという試みでした。

当時ＳＮＳなどでは、「戦後の明智小五郎の登場作品も、事件発生順に読んでみたい」という応援の声もいただきました。そしてついに皆様のおかげで戦後編が実現することになりました。お礼を申し上げます。

しかしご存じのように、戦後作品のほとんどは少年少女向けの「少年探偵団」もので、明智は一歩下がった存在であり、またかなり多くの作品数が書かれています。そこで戦後編では、一般向けの明智登場作品はすべて収録する一方で、少年少女向け作品は優れた作品、エポックメイキングな作品を精選して収録し、掲載を見送った作品については、本書に収録した作品と作品の間にコラムを書きましたので、戦後の明智の活躍を通して読んでいただけるようにしました。

さて、戦前編の最終巻の「年代記（クロニクル）」で、一九三四年五月に発生した「地獄の道化師」事件を最後に、明智小五郎はいったん姿を消したと記しました。その後戦争が激しくなり、一九四五年の日本の敗戦まで、彼は行方が知れません。その間の行動については、陸軍中野（なかの）学校の教官をしてスパイを育成したり、大陸に渡って諜報（ちょうほう）活動をしていたのではないかと書きました。

戦前編のシリーズ終了後、その構想を膨らませ、『明智小五郎回顧談』（ホーム社、二〇一七）と題して伝記を書き、明智の若かりし頃や、戦中の様子を詳しく描きました。この伝記は、戦前編と戦後編の橋渡しのような役割を果たしているので、もし戦時中の明智の活動に興味がわきましたら、どうぞお読みください。

さあ、戦後に復活した明智小五郎の活躍は、戦争に負けた年一九四五年から翌四六年にかけての冬から始まります。すべてが失われた東京で、彼はどんな名推理を披露してくれるのでしょうか。

明智小五郎事件簿　戦後編　Ⅰ

青銅の魔人

1945年〜46年　冬

歯車の音

冬の夜、月のさえた晩、銀座通りに近い橋のたもとの交番に、ひとりの警官が夜の見はりについていました。

ひるまは電車やバスや自動車が、縦横にはせちがう大通りも、まるでいなかの原っぱのようにさびしいのです。月の光に、四本の電車のレールがキラキラ光っているばかり、動くものは、何もありません。東京中の人が死にたえてしまったようなさびしさです。

警官は、交番の赤い電灯の下に、じっと立って、注意ぶかくあたりを見まわしていました。濃い口ひげの下から、息をするたびに、白い煙のようなものが立ちのぼっています。寒さに息がこおるのです。

「オヤ、へんなやつだなあ。よっぱらいかな。」

警官が思わずひとりごとをつぶやきました。

キラキラ光った電車のレールのまんまん中を、ひとりの男が歩いてくるのです。青い色の背広に、青い色のソフトをかぶった大男です。この寒いのに外套も着ていません。

その男の歩きかたが、じつにへんなのです。お巡りさんが、よっぱらいかと思ったのも、むりはありません。しかし、よく見ると、よっぱらいともちがいます。右ひだりにヨロヨロするのではなくて、なんだか両足とも義足でもはめているような歩きかたなのです。人間の足で歩くのではなく、機械でできた足で歩いているような感じです。

顔は帽子のかげになって、よく見えませんが、なんだかドス黒い顔で、それが少しもわき見をしないで、夢遊病者のように正面をむいたまま、ガックリガックリ歩いているのです。

イヤ、それよりも、もっとへんなことがあります。その男の両手から銀色に光ったものが、ふさのようにさがっていて、歩くにつれて、ユラユラとゆれ、月の光に、まるで宝石のように美しくかがやくのです。

両手ばかりではありません。男の青い洋服のポケットから、銀色のものがたれさがって、からだじゅうがチカチカと光りかがやいています。

警官には、遠いので、その光るものがなんだかよくわかりません。銀紙のたばか、ガラス玉のついた、ひものたばでもさげているように見えたのです。それで、べつに呼びとめもしないで、見すごしてしまいましたが、あとになって、びっくりするようなことがわかってきました。

男がさげていた光るものは、全部懐中時計だったのです。何十個という鎖つきの時計を両手にさげ、ポケットにねじこんでいたのです。

真夜中に、時計のたばをぶらさげて、交番の前を平気で歩く男、いったいこれは何者でしょう。ばかか、きちがいか、それとも、きちがいよりもっとおそろしいものか。

あとになって、その警官は、へんなことを考えました。

「フン、いかにもあれは時計のたばだったにちがいない。どうりで歯車の音が、ここまで聞こえてきたからな。小さな時計でも、あれだけ数がそろうと、歯車の音もばかにでっかくなるものだて。」

しかし、それははたして懐中時計の歯車の音だったのでしょうか。時計ならばカチカチと秒をきざむ音のほうが強いはずです。ところが、お巡りさんの聞いたのは、カチカチという音ではなくて、ギリギリという、巨人の歯ぎしりのようなぶきみな歯車の音でした。

鉄の指

それより少し前、銀座通りの白宝堂という有名な時計店に、おそろしい事件がおこっていました。

十時には店をしめ、ショーウインドウにも、そとから雨戸をはめ、主人も店員も床につきました。白宝堂は仮ぶしんなので、鉄のおろし戸はまだできず、戸じまりはみな木の雨戸だったのです。

その真夜中に、とつぜん、ショーウインドウのあたりで、バリバリ、ガチャンというおそろしい物音がしました。

店に寝ていた少年店員が、びっくりして飛びおき、ただ一つだけつけたままにしてある小さな電灯の光で、音のしたほうを見ますと、ショーウインドウの中に、何か青い長いものが、ゴソゴソとうごめいていたのです。

少年店員はおそろしさに、声をたてることもできません。そこに立ちすくんだまま、石にでもなったように、身うごきもしないで、そのうごめくものを見つめていました。

それは、最初、巨大な青いイモムシのように見えたのですが、ほんとうは人間の腕であることが、じきわかってきました。青い色の洋服を着た人間の腕です。それが、ガラスの棚にならべてある、この店のじまんの、何十個という懐中時計をかたっぱしからつかみ取っているのです。

ショーウインドウの外がわの厚いガラスに、大きな穴があいて、そのそとの雨戸の板も、めちゃめちゃにこわれています。さっきの物音は、賊が雨戸とガラスを、たたきやぶった音だったのです。

「どろぼうだッ!」

思わず大きなさけび声が、のどからほとばしりました。

「なんだ、なんだ。どこにどろぼうがいるんだッ。」

さっきから起きていた青年店員が、少年のさけび声にはげまされて、わざとどろぼうに聞こえるように、でっかい声でどなりました。

サア、それからは大さわぎです。主人をはじめ店中のものが起きてきて、口々にわめきちらす。気のきいた店員は警察へ電話をかける。あるものは、裏口からとびだして、近所の人を呼びおこす。そのうち、勇敢なひとりの店員が、こん棒をにぎって入口の雨戸をひらき、表通りにとびだすと、二、三人がそのあとにつづきました。

そとは昼のような月の光です。しかし、その大通りには、人っ子ひとり通っていません。どろぼうは影も形もないのです。

ごたごたしていて、表へとびだすまでには、ちょっと時間がかかりましたが、どろぼうがどんなに走っても、百メートルとは逃げられないはずです。横町にかくれているのではないかと、あちこちさがしましたが、どこにも姿は見えません。

「なんだって？　なにをモゾモゾいってるんだ。もっとハッキリいってごらん。」

破れたショーウインドウの前で、ひとりの店員が、さっきの少年店員をしかりつけていました。

「鉄の指だったよ。たしかに、あいつの指は鉄でできていたよ。いつか展覧会で見た人造人間の鉄の指とそっくりだったよ。」

少年はさもこわそうに、目をまんまるにしていうのです。

「バカ、おまえ、ねぼけてたんだろ。人造人間に、時計を盗むなんて、器用なまねができるもんか。」

「だって、たしかに見たんだよ。指がちょうつがいになっていて、キューッと、こんなふうに、展覧会のロボットそっくりの曲がりかたをしたんだもの。」

「ウン、そういえば、僕も見た。はじめは革手袋をはめているのかと思ったが、そうじゃない。きみのいうとおりだよ。たしかに指がちょうつがいになっていた。」

さっき二番めに声をたてた青年店員が、少年にかせいをしました。

そのそばに、白宝堂の主人や近所の人たち五、六人が立っていて、この会話をきき、青ざめた顔を見あわせていましたが、主人は気をとりなおして、店員たちに命じました。

「警察へは電話をかけたけれど、交番へも知らせておくほうがいい。むだ口をきいていないで、だれかひとはしり行っておいで。」

するとふたりの青年店員が、かけだしました。ひとりではなんだかこわいような気がするので、ふたりづれで交番へ行くことにしたのです。

「へんだね、たったあれだけのあいだに、どこへかくれやがったんだろうね。ばけものみたいなやつだね。」

「ねえ、きみ、あいつは人間じゃないよ。僕はどうもそんな気がするんだ。ひょっとしたら、あれは腕だけだったかもしれない。胴体はなくて、鉄の腕だけが、ショーウインドウの中へはいこんで来たという感じだったぜ。腕だけが宙をとんで逃げたとすると、いくらさがしたって、見つかりっこないからね。」

「オイオイ、おどかすんじゃないよ。いやだな。きみはいつも、へんな怪談の本ばかり読んでいるから、そんなとほうもないことを考えるんだよ。ここは銀座のまん中なんだぜ。」

「ウン、だが銀座の真夜中って、いやにさびしいもんだね。まるで砂漠みたいじゃないか。あの青いイモムシのような腕が、そのへんを、はいまわっているかもしれないぜ。」

「オイ、よせったら。」

こわいものですから、かえって、冗談がいいたくなるのです。

息をはずませながら、そんなことをいいあって、かけているうちに、橋のたもとの交番に近づきました。警官が白い息をはきながら立っています。さっき、妙な青服の男の通りすぎるのを見た、あの警官です。

店員たちが口々に盗難のようすを報告しますと、お巡りさんは、なにか思いあたるように、きっとして聞きかえしました。

「懐中時計を盗んだんだね。たくさんかね。」

「エエ、ショーウインドウにあるだけ全部です。すっかりさらって行ったのです。」

「そして、そいつは青い服を着ていたというんだね。」

警官は、月光のあふれた大通りを、すかすようにしてながめました。すると、はるかむこうのほうを、青服の怪人物がガックリガックリ歩いているのが、小さく見えています。その時でした、警官があの歯車の音を思いだしたのは。

「どうもあいつが怪しい。追っかけて見よう。ちょっと待ってくれたまえ。」

警官は、あわただしく交番の中へかけこんで、奥に休んでいた同僚に、なにかふた言三言ことばをかけたかと思うと、すぐとびだして来ました。

「サア、きみたちもいっしょに来たまえ。」

三人は、白い息をはいて、寝しずまった大通りに靴音をこだまさせて、いっさんに走りだしました。アスファルトの地面には、まっ黒な三つの影が、奇妙なおどりをおどりながら、三人につきしたがっています。

怪人昇天

怪人物は、三人の高い靴音にもいっこう気づかぬようすで、機械のようにガックリガックリ歩いています。

こちらはみるみる追いついて、へだたりは五十メートルほどになりました。怪物の両手にチカチカ光っているものが、よく見えます。

「アッ、あれです。あれは時計です。あいつがどろぼうにちがいありません。」

店員のひとりが、目ざとくそれをたしかめて、さけびました。

三人はいっそう足を早めて走ります。怪人物はまだ気づきません。正面をむいたまま、ふりむこうともしないのです。もうあいてとの距離は二十メートルほどになりました。

「オイッ、待てッ。」

警官がおそろしい声で、どなりました。

すると、その時、青服の大男が、とつぜん立ちどまって、クルッとこちらを向きました。首だけふりむくのでなくて、からだごとうしろをむいたのです。

月の光が、怪人物の顔をまともに照らしました。

オオ、その顔。警官も店員たちも、その顔を一生忘れることはできないでしょう。

人間の顔ではない。青黒い金属のお面です。鉄のように黒くはない。銅像とそっくりの色なのです。青銅色というのでしょうか。

三角型をした大きな鼻、三日月型に笑っている口、目の玉はなくて、ただまっ黒な穴のように見える両眼、三千年前のエジプトの古墳からでも掘りだして来たような、世にも気味のわるいお面です。

三人はあまりのおそろしさに、釘(くぎ)づけになったように、そこに立ちすくんでしまいました。

聞こえます。自分たちの心臓の音ではありません。たしかに怪物のからだの中から、ひびいてくるのです。ギリギリ、ギリギリ、巨人が歯ぎしりをかむような歯車の音。

懐中時計が何十個あつまっても、こんな無気味な音をたてるはずはありません、怪人のからだの中に、なにかしら、そういう音をだすものがあるのです。

とつぜん、歯ぎしりの音が、びっくりするほど大きくなりました。イヤ、そうじゃない。歯ぎしりとは別の音が、怪物の三日月型の口の中から、とびだして来たのです。

それはなんともえたいの知れぬ、いやな音でした。キ、キ、キ、キ、と金属をすりあわせるような音、怪物が笑ったのです。こいつはそういうおそろしい声をたてて笑うのです。

長いあいだ笑ったあとで、怪物はまたクルッとあちらを向いたかと思うと、ヒョイとよつんばいになりました。両手には、たくさんの懐中時計のくさりをにぎったままです。そして、怪物は大きなイヌのように、四本の足でかけだしたのです。

アア、なんということでしょう。いよいよこいつはばけものです。よつんばいになって走る人間なんて、聞いたこともありません。こいつはけだものでしょうか。イヤ、けだものより、もっとおそろしいやつです。怪物の走りかたは、イヌやネコとはまるでちがっています。前足もあと足も、機械のようにぎごちないのです。まるでゼンマイじかけで走る、ブリキ製のイヌのような感じなのです。

怪物がよつんばいになる時、三人はその横顔を見ました。その時、青い色のソフトが落ちてしまったので、怪物の頭や、首のうしろも見えました。こいつはお面をかぶっているのではありません。あのおそろしい顔は、お面ではなくて、うしろのほうまでずっとつづいていたのです。耳も首も、それから頭の毛まで、みな同じ青銅色に光っているのです。髪の毛はひどくちぢれて、大仏の頭のように、無数の玉になっています。

怪物は、あの「鉄仮面」のように、頭部全体を包む、青銅の仮面をかぶっていたのでしょうか。イヤ、もしかしたら、頭部だけではなくて、からだ全体が青銅で包まれていたのではないでしょうか。

よつんばいになったかと思うと、あの歯ぎしりの音が、にわかにはげしくなりました。

どこかで歯車がおそろしいいきおいで、かみあっているのです。そして、その走る早さというものは。

そこはちょうど国電のガードのそばでしたが、怪物はガードの下をかけぬけて、そのむこうを、線路にそってまがりました。

いくら気味がわるくても、どろぼうをこのまま見のがすわけにはいきません。三人は気をとりなおして、怪物のあとを追いました。

ところが、ガードのむこうをまがって、横通りに出てみますと、ふしぎなことに、そこには月に照らされた白い道が、ずっとつづいているばかりで、ネコの子一匹いないではありませんか。

「おかしいな。たしかに、こっちへまがったね。」

「エエ、まちがいありません。」

三人はいいあわせたように、立ちどまって、耳をすませました。しかし、どこからも、あの歯ぎしりの音は聞こえてこないのです。

一方には戸をしめきった商家がならび、一方の線路の下は、ずっとあき地になっています。昔は倉庫に使われていたのですが、今は道路とのさかいの板壁もとりはらわれて、なんの目ざわりになるものもなく、そのへんいったい、一目で見わたせます。

三人は念のために、線路の下にはいって、あちこちとさがして見ましたが、あの大男がかくれているような場所は、どこにもありません。怪物は影ものこさず消えうせてしまったのです。

それからまた、手わけをして、そのへんいったいをくまなくさがしまわりましたが、やはりなんの手がかりもありません。

青銅の首を持ち、鉄の指を持つ怪物が、気体となって蒸発するはずはない。では風船のように、からだが軽くなり、フワフワと空へまいあがったとでもいうのでしょうか。あの怪談ずきの青年店員は、よつんばいの怪物が、ちょうど花火からとびだした、紙製のトラのように、月夜の空を、高く高くとんで行くのが、かすかに見えるような気がしました。

さて読者諸君、この青銅の首を持つえたいの知れぬ怪物は、そもそも何者でしょうか。そいつはなぜよつんばいになって走るのでしょう。ギリギリという歯ぎしりのような音は、何を意味するのでしょう。そいつはいったいぜんたい、どうして消えうせたのでしょう。また、懐中時計ばかりを、あんなにたくさん盗んで行ったのは、なぜでしょう。

これにはみな、ちゃんとわけがあるのです。このお話は怪談ではありません。おそろしい知恵を持った怪盗と、名探偵明智小五郎(あけちこごろう)と小林(こばやし)少年との知恵くらべの戦いなのです。ばけもののような怪物も、やがて正体を見あらわされる時が来るでしょう。しかし、それまでには、非常におそろしい事件が、次から次へとおこるのです。

塔上の怪物

次の日の夕刊は、この人間だか機械だか、えたいの知れない怪物の記事でうずめられ、東京都民をふるえあがらせました。どこへ行ってもおそろしい機械人間のうわさで持ちきりでした。

ところが、この怪物はそれきり姿を消してしまったのではありません。それから一月(ひとつき)ほどのあいだに五、六度も、東京のあちこちで同じような事件がおこりました。ねらわれるのは、いつも有名な時計店や、珍しい時計を集めている人の家で、ありふれた時計は見向きもしませんが、宝石入りの非常に高価な時計や、古いゆいしょのある時計などを、かたっぱしからさらって行くのです。

犯人はいつも、あの銅像の顔を持ったやつでした。そして、追っかけられると、イヌのようによつんばいになって走るのですが、その早いことはおどろくばかりで、ヒョイと町角をまがったかと思うと、煙のように消えうせてしまいます。どうしてもとらえることができないのです。

新聞は毎日のようにこの怪物の記事でにぎわい、うわさはだんだん大きくなるばかりです。

「全身、鉄か銅でできてるんだってね。このあいだの晩は、はだかで現われたっていうじゃないか。」

「ウン、そうだって。お巡りさんが、うしろからピストルをうったら、カーンといって弾がはねかえったっていうぜ。」

「不死身だね。まるで装甲車みたいなばけものだね。」

こんなうわさをするものもあります。また別のところでは、

「中に人間がはいっているのかもしれないが、どうもそうじゃないらしいね。あいつはきっと、中身まで機械なんだよ。からだの中は歯車ばかりなのさ。その証拠に、あいつが現われると、ギリギリと歯車のすれあう音がするっていうじゃないか。」

「自動機械だっていうのかい。だが、そんなにうまく活動する機械人間ができるものだろうか。ひょっとしたら、犯人がどっかにかくれて無線操縦をしているんじゃないかな。」

「ウン、そうかもしれない。なんにしても、おそろしい機械を発明しやがったな。しかも、せっかくの大発明をけちなどろぼうに使うなんて、じつにけしからんばか者だ。早くひっとらえて、機械の秘密をあばいてやりたいな。」

すると、また別のところでは、

「だがね、あいつは金属でできているというが、かたい金属がどうして煙のように消え

てしまうのかね。どうもりくつに合わないところがあるよ。だから、ぼくはあいつは幽霊だっていうんだ。青銅のおばけだよ。」

「時計ばかり盗む幽霊か。」

「ウン、それだよ。ぼくはね、あいつは時計を食って生きているんじゃないかと思うんだ。時計はあいつの食糧なんだ。歯車で生きている怪物だから、時計の歯車を、毎日いくつか飲みこまないと、命がたもてないのだよ。」

こんなとっぴなことを考える者さえありました。それにしても、機械人間が、懐中時計の歯車をたべて生きているとは、じつに奇妙な考えではありませんか。

ところが、ちょうど最初の事件から一月ほどたって、じつにとほうもないことがおこりました。もし怪物が歯車をたべるために時計を盗むのだとすれば、こんどは、アッとたまげるようなでっかい物を飲みこんでしまったわけです。

東京都内ではありますが、多摩川（たまがわ）の上流のさびしい畑の中に、林にかこまれた、ちょっとした丘があって、その上に奇妙な時計塔がそびえています。その家は明治時代のすえごろ、ある有名な時計商の主人が建てたもので、建物全体が古風な赤煉瓦（あかれんが）でできていて、時計塔も煉瓦で組みあげ、その上にとんがり帽子のような屋根がのっているのです。

そんなへんぴな所に、こういう時計塔のあることは、東京の人でも知らない人が多かったのですが、こんどの事件で、この塔が一度に有名になってしまいました。というのは、その塔の時計の部分が、一晩のうちに盗みさられてしまったからです。

ある風のはげしい夜でした。その日は若夫婦がとまりがけで用たしに出かけ、家には七十をこした老主人と、年とったばあやと、女中の三人だけで、早くから戸じまりをして寝てしまったのですが、朝起きて見ると、時計塔の四方にある白い文字盤がみんななくなって、中の機械もからっぽになっていることがわかったのです。

文字盤は直径一メートルほどもある大きなもので、それが塔の四方についていたのですから、つごう四枚です。その文字盤があとかたもなく消えさったうえ、時計の針も、心棒も、その奥にあった大きな歯車じかけの機械もすっかりなくなって、塔の屋根の下は見とおしのガランドウになっていたのです。

犯人はあいつにきまっています。あの時計きちがいの怪物でなくて、だれがこんな物ずきなまねをするものですか。この世のありとあらゆる時計を盗まないでは、しょうちしない、あの青銅のばけもののしわざにちがいありません。

この珍妙な事件は、大きな新聞記事になって、たちまち東京中の人に知れわたりました。すると、またしてもさまざまの不思議なうわさが、あちこちに立ちはじめたのです。

「事件の二、三日前からね、毎日、日のくれじぶんに、あの銅像のばけものみたいな機械人間が、時計塔の上に、つっ立って、ニヤニヤ笑っていたというんだよ。近所の農家の若いものがハッキリそれを見ているんだ。」

「ほんとうかい。じゃあ、なぜそれを家の人にいってやらなかったんだ。警察へ知らせなかったんだ。」

「駐在所のお巡りさんに知らせたけれど、まぼろしでも見たんだろうといって相手にしてくれなかったそうだ。時計塔の文字盤の前に、銅像みたいなやつがつっ立っているなんて、ちょっとほんきにできないからね。」

「それにしても、あんな大きなものを、どうして盗みだすことができたかね。」

「それには、こういう話があるんだよ。これも近所の農家のものが見たというんだがね、事件の晩おそく、町からの帰りに、塔の丘のそばを通りかかった人があって、遠くから、暗やみの中にうごめいている、へんなものを見たというんだ。」

「やっぱり、あの機械人間かい。」

「ウン、それがひとりやふたりじゃなかったというのだ。十人ほども同じ形のやつが、長いはしごを、のぼったりおりたりしていたそうだ。」

「ヘエ、はしごをね。」

「ウン、そのはしごというのが、またへんなんだよ。消防自動車みたいなものが、建物の前にとまっていて、あの空へグングン伸びて行く機械じかけのはしごね、あれが時計塔のところまで伸びて、その空中ばしごを、機械人間が幾人も、のぼったりおりたりしていたというんだ。」

うわさには尾やひれがついて、とほうもない怪談になっていきます。おしまいには、その幾人もの機械人間が、スーッと空高く飛んで行って、雲の中へかくれてしまったなどと、まことしやかに、いいふらすものさえ現われるしまつでした。

しかし、そういううわさ話は信じられないとしても、時計塔の文字盤と機械が盗みさられたことは動かしがたい事実です。小さな懐中時計ばかりでなく、時計と名のつくものなら、どんな形のものでも、あの大きな時計塔までも、盗んで行くやつがあるのです。

これは時計きちがいとでもいう一種の狂人なのでしょう。しかもそれが、人間なのか機械なのか、それとも星の世界からでもやって来た、まったくわれわれの知らない生きものなのか、すこしも正体がわからないのですから、そのぶきみさは、ちょっとくらべるものもありません。

しかし、この怪物が時計をほしがっていることだけはたしかです。それも、ありふれた時計ではなくて、高価なもの、ゆいしょのあるもの、珍しいものをねらっているのです。明治時代にできた赤煉瓦の時計塔などもその珍しさが怪物の注意をひいたのにちがいありません。

サア、そうわかってきますと、世間に知られた珍しい時計を持っている人たちは、もうビクビクものです。この次は自分の番ではないかと思うと、夜もおちおち眠れないしまつです。

夜光の時計

昌一君のおとうさんの手塚龍之助さんも、そういう心配組のひとりでした。

手塚さんは三十何歳の時、兵隊に召集せられて、五年余りも戦地で苦労したのですが、戦争がおわって帰って見ると、さいわいにも港区の家は焼けていなかったけれど、おくさんは長い病気で見るもあわれな姿になっていました。そして、待ちに待った手塚さんの顔を見ると、安心したせいか、わずか数日ののち、この世を去ってしまいました。そのかわりには、五年前に残していったふたりの子ども、昌一君とその妹の雪子ちゃんが、びっくりするほど大きくなって、元気に育っていました。昌一君はことし十三歳、雪子ちゃんは八歳になります。

手塚さんは戦争前には非常なお金持ちでしたが、現在ではいろいろな財産を手ばなしてしまって、やっと広い邸宅が残っているだけでした。親子三人に書生と女中、それから同居の戦災者の家族が六人いますけれど、それでもお家がひろすぎてさびしいほどでした。

手塚さんは、そんな中にも、これだけは手ばなさないで、たいせつに持っている宝物がありました。それはヨーロッパのある小国の皇帝が愛用されたという、大型の懐中時計ですが、機械がよくできているばかりでなく、がわのプラチナにはみごとな模様が彫刻してあって、それにダイヤモンドや、そのほかの宝石が無数にちりばめられ、時計というよりも、一つのりっぱな美術品なのです。無数の宝石のために、暗やみでも虹のような光をはなつというので、この時計は、「皇帝の夜光の時計」と名づけられていました。

手塚さんが青銅の怪人の新聞を読んで心配したのは、この時計を持っているからでした。「夜光の時計」のことは世間にもよく知られていて、新聞や雑誌にも出たことがあるくらいですから、あの魔物のような怪物が気づかぬはずはありません。

昌一君もそのことが心配でたまらないものですから、ある日、おとうさんにたずねてみました。

「ねぇ、おとうさん、うちの夜光の時計はだいじょうぶでしょうか。」

「青銅の機械人間のことだろう。」

おとうさんもひじょうに心配らしい顔で、すぐお答えになりました。

「ナアニ、あれはだいじょうぶだよ。いくら魔物のようなやつだって、あれがとりだせるものか。鉄筋コンクリートの蔵の中の金庫にしまってあるんだからね。蔵を破ってはいったとしても、金庫をひらくことができない。それに、コンクリートの蔵を破るなんて、コッソリできる仕事じゃないからね。」

手塚さんは口でこそ自信ありげにいっていますが、内心はやはり心配でしかたがないようすです。

「ほんとうにだいじょうぶでしょうか。ふつうのどろぼうじゃないのですよ。いつでも追っかけられると、煙のように消えてしまうじゃありませんか。あいつは、どんなせまいすきまからでも、幽霊みたいにスーッとはいりこむかもしれませんよ。」

「そんなばかなことがあるもんか。しかし、おまえがそれほど心配なら、蔵の外に見はり番をおくぐらいのことはしてもいいがね。」

手塚さんもじつは数日前から見はり番のことを考えていたのでした。ところが、ふたりがそんなそうだんをした、ちょうどその日の夕方、早くも心配が事実となって現われ、おそろしいことがおこりました。昌一君がその時庭へ出たのは、まっかな夕焼け雲が美しかったからです。しかし、それからつづいて、庭の奥のうすぐらい木立ちの中へ、どうしてはいって行く気になったのか、あとになって考えてみても、よくわかりません。虫が知らせるというのでしょうか。ただなんとなく、そこへ行ってみたくなったのです。

手塚家の庭は千坪もあって、築山(つきやま)や、池があり、奥のほうは森のような木立ちになっているのですが、戦争中から久しく手いれをしないので、木立ちの下には落葉がたまって、歩くとジュクジュクして、気味がわるいようです。

昌一君は何かに引きつけられるように、そのうすら寒い、うす暗い木立ちの中へはいって行きました。

ひとかかえ以上もある大木が重なりあって立っていて、五、六歩もふみこむと、もう、一間さきが見えないほどの暗さです。大きな森林の中へでも迷いこんだような感じなのです。

ジュクジュクする落葉をふんで歩いて行きますと、自分の足音のほかに、なんだかへんな音がきこえてきました。ギリギリ、ギリギリという、貝がらでもすりあわせているような音です。

虫が鳴いているのかしら。今ごろ虫が鳴くはずはないが、へんだな。オヤ、なんだか人間が歯ぎしりしているような音だぞ。

そこまで考えると、昌一君はハッとして立ちすくんでしまいました。歩くのをやめても、その音はまだきこえています。しかも、それが、だんだん高くなってくるのです。

アア、歯ぎしりの音、あの有名な歯ぎしりの音。昌一君は一度もきいたことはありませんが、新聞の記事で知っています。青銅の魔人の歯車じかけは、ちょうど歯ぎしりのような音をたてるというではありませんか。

きっとそうだ。あの木のかげに、あいつがかくれているんだ。と思うと、ワッと叫んで逃げだしたいのですが、おそろしさに、からだがしびれたようになって、声をたてることも、身うごきすることもできなくなってしまいました。

一間ほどむこうのうす闇の中に、何かユラユラ動いたものがあります。見まいとしても、目がそのほうに釘づけになって、見ないわけにはゆきません。

大木のかげから、あいつが姿を現わしたのです。暗いのでボンヤリとしか見えませんが、銅像のような顔、銅像のようなからだ。服は着ていません。全身金属の怪物です。

大きな顔にポッカリほら穴のようにひらいた両眼、その穴の奥からチロチロと光ったものがのぞいています。怪物のひとみです。それから、三日月型にギューッとまがった口、これもまっ黒な穴になっています。

新聞に書いてあったとおりです。イヤ、それよりいくそう倍もおそろしい姿です。

怪物は機械のようなぎごちない歩きかたで、ジリジリとこちらへ近づいて来ます。そして、歯ぎしりに似た歯車の音は、刻一刻、はげしく強くなってくるのです。

昌一君は石になったように、身うごきもしないで、怪物を見つめていました。勇気があるためではありません。今にも気をうしなわんばかりの、何がなんだかわからない気持ちで、目だけが相手をじっと見つめていたのです。

怪物の右手がヌッと前に出て来ました。その手の先の、ちょうつがいになった青銅の指のあいだに、一枚の白い紙がはさまっています。怪物はそれを昌一君に渡そうとでもするように、気味のわるいかっこうで、こちらへつきだすのです。

昌一君は、その紙を受けとる勇気などありません。やっぱり化石のように、身うごきもしないで、立ちすくんでいました。

すると怪物は、また一歩近づいて、グーッと上半身をまげ、昌一君の頭の上におおいかぶさったかと思うと、その三日月型の口のへんから、金属をすりあわせるようなするどい音がもれて来ました。歯車とは別の、もっと大きな音です。

キ、キ、キと物のきしむような音ですが、何か意味のあることばらしくも感じられます。狂ったラジオでもきいているようです。

「アシタノ、バン、ダヨ。」

気のせいかもしれません。しかし、なんだかそんなふうに聞きとれたのです。

それからまた、

「ヤコウ、ノ、トケイ。」

そういうようなきしみ音も聞こえました。この二つのことばが、なんどもなんども、くりかえされたように思われるのです。

しばらく、その気味のわるい音をさせたあとで、怪物はまげていたからだをのばし、クルッとうしろむきになって、例の機械のような歩きかたで、ゆっくりと、むこうの闇の中へ消えて行きました。

そのあとに、さっきの白い紙きれが、拾えといわぬばかりに落ちています。

怪物が立ちさっても、昌一君はたっぷり一分間、そのままボンヤリ立っていましたが、やっとからだの自由をとりもどすと、いきなり、その紙きれを拾いあげて、やにわにお家のほうへかけだしました。

明智小五郎と小林少年

青銅で作ったロボットのような、おそろしい怪物が、昌一少年をおびやかした翌日の午前のことです。

千代田区の明智探偵事務所の書斎で、名探偵明智小五郎と助手の小林少年が話しあっていました。

ひろい洋風書斎の四方のかべは、天井の近くまで本棚になっていて、金文字の本がぎっしりつまっています。部屋のまん中には、畳一枚分もあるような大きなデスクがすえられ、もたれに彫刻のある古風なイスがデスクをはさんで向かいあっておいてあります。

明智小五郎は、そのイスに腰かけ、デスクに頰づえをついて、一方の手で例のモジャモジャの髪の毛をもてあそんでいます。

リンゴのような頰をした小林少年は、名探偵と向かいあって腰かけ、ひどく熱心な調子で話しかけているのです。

「先生、少年探偵団の連中が、ぼくにやかましくいってくるんです。なぜ先生は何もしないで、だまっていらっしゃるのかってぼくをせめるんですよ。」

「少年探偵団」という本を読まれた読者はおぼえているでしょう。小林君は小学上級生や中学生で作った少年探偵団の団長なのです。

「そんなにさわがなくても、今にぼくの所へ依頼者がやってくるよ。青銅の魔人といわれているやつは、機械だか人間だか、えたいの知れない怪物だ。敵にとってふそくはないね。小林君、久しぶりで大いに腕をふるうんだね。」

明智探偵は、愛用のパイプをくわえると、ゆっくり紫色の煙をはきだしながら、若々しい顔をニッコリほころばせました。

「先生、あいつは機械じかけで動く青銅の人形でしょうか。ピストルでうたれても平気だっていいますね。でも、その機械じかけの人形が、煙のように消えてしまうのはなぜでしょう。ぼくにはそれがどうしてもわからないんです。」

「それにはいろいろ考えかたがあるんだがね。いずれにしても幽霊ではないし、また火星の人類というようなものではないことはたしかだ。人間だよ。非常に悪がしこいやつが、とんでもないことを考えだしたんだ。その悪知恵に勝てばいいんだ。知恵の戦いだよ。」

「そうですね。でも、この戦いに勝つためには、まず、あいつの秘密を見やぶらなくちゃなりませんね。」

小林君はリンゴのような頰をいっそう赤くして、意気ごんでいうのでした。

「そうだよ。それにはね、見ててごらん、今に依頼者がやってくるよ。青銅の魔人もこんなに有名になっては、だんだん仕事がしにくくなる。そこで、あいつはきっと、どろぼうの予告をはじめる。ああいう悪がしこいやつになると、ふつうの考えの逆をやるものだよ。そうすれば予告をうけた人は、かならずぼくのところへ相談にくる。なんだかきょうあたりは、その依頼者がやって来そうな気がするね。」

明智探偵はそういって、じっと空間を見つめていましたが、とつぜん、いたずらっぽい顔になって、小林君に笑いかけました。

「ホラ、表のベルが鳴ったね。きっとこの事件の依頼者だよ。」

それを聞くと、小林少年はいきおいこんでイスを立ちあがり、玄関のほうへかけだして行きましたが、まもなく、はりきった顔つきでもどって来ました。

「先生、やっぱりそうでした。少年探偵団の篠崎君のお友だちですって、それで篠崎君から聞いてきたんだといって、手塚昌一君という小学生と、そのおとうさんです。応接間のほうへ通しておきました。」

明智探偵と小林君が応接間へはいって行きますと、四十歳余りのりっぱな紳士と、学生服のかわいらしい少年がイスから立ちあがってあいさつしました。ひととおりあいさ

つがすんだあとで、手塚君のおとうさんは、小林少年のリンゴのような頰をながめながら、

「このかたが小林さんですか。篠崎君からいろいろあんたの手がら話を聞きましたよ。うちの昌一とは二つ三つしか年がちがわないようだが、そんな小さいなりをして、えらいものですなあ。」

とほめあげるのでした。昌一君も、尊敬のまなざしで小林少年を見つめています。小林君の頰はまたしてもいっそう赤くなりました。

みんながイスにかけると、昌一君のおとうさんは、「皇帝の夜光の時計」という、非常にたいせつな家宝を持っていること、青銅の魔人がそれをねらって今晩やってくるらしいことを話し、きのうの夕方庭の木立ちの中で、魔人が昌一君の前に残して行った紙きれをテーブルの上にひろげました。

「フーン、これは気味のわるい字ですね。」

明智探偵が紙きれを手にとって、つぶやきます。

「そうでしょう。まるできちがいが書いたようなうす気味のわるい字です。ちょっと見たのでは字だか絵だかわかりませんね。しかし、よく見ていると、カタカナらしいことがわかって来ます。」

「アスノバン十ジですかね。それからヤコウノトケイですね。」

「あすの晩十時と書いてあるだけで、よくわかりませんが、あの時計きちがいのような魔人のことですから、むろん、十時に時計を取りに行くぞという意味でしょう。そのほかに考えかたがありません。」

「あすの晩というのは、つまり今夜のことですね。それで、警察にはおとどけになりましたか。」

「ゆうべとどけました。警視庁の捜査課の中村係長とはちょっと知りあいだものですから、お会いしてお願いしたのですが、その時先生のことを申しましたところが、中村係長も、明智さんなら立ちあっていただいてもさしつかえないといっておられました。」

「そうでしょう。中村君とはずっと懇意にしていますからね。ところで手塚さん、その問題の夜光の時計は、どこに置いてあるのですか。」

「コンクリートの蔵の中の金庫の中です。」

「ホウ、厳重な場所ですね。」

「あれを盗むためには、コンクリートの蔵のかべを破って、それからまた、金庫を破らなければなりません。いくら魔人だって、そうやすやす盗みだせるものではありません。夜光の時計をどこか銀行の地下金庫へでもあずけようかと考えましたが、持って行く道があぶないと思いましてね、やっぱり元の場所へおくことにして、そのかわりに、ゆうべから十人に近いお巡りさんが、蔵のまわりや庭の要所要所に見はり番をしていてくださるのです。あたりまえの賊なれば、こんな大さわぎをするにもおよばないのですが、なにしろ相手が魔物のことですから、警察でも特別にはからってくださったわけです。」

「わかりました。それでは小林君をつれてお宅へうかがうことにしましょう。二、三用意しておきたいこともありますし、いくら魔物でも明かるいうちにやって来ることはないでしょうから、きょう日がくれてからおじゃまします。」

明智探偵の承諾を得たので、手塚さんと昌一君とは喜んで帰って行きました。

それを見送ったあとで、小林少年は何ごとか明智探偵にささやいて、いそがしくどこかへ出かけて行き、明智探偵は電話機の前に腰かけると、しきりにダイヤルを回しはじめました。

魔人と名探偵

その夕方、手塚家には、主人の手塚さん、昌一、雪子のきょうだい、書生と女中、それから戦災者で手塚家に同居している会社員の平林（ひらばやし）さんとおくさん、そのおくさんの妹のみよ子おばさん、中学生の太一（たいち）君、まだ学校へ行かぬ太一君の小さい妹ふたり、全部あわせると十一人です。そのほかに庭の要所要所にお巡りさんが八人もがんばっています。明智探偵と小林君はまだ来ませんが、小さい女の子たち三人は別としても、つごう十六人で見はっているわけですから、いくら魔物でも、まさかこの中へ姿をあらわすことはないだろうと、手塚さんもいくらか気をゆるしていました。

ところが傍若無人の怪物は、どこをどうしてはいったのか、いつのまにか邸内にしのびこみ、まだ日もくれぬうちに、人々の前に、あのいやらしい姿をあらわしたのです。しかも、それが、りくつではどんなに考えてもわからないような、ふしぎな気味のわるいあらわれかただったのです。

台所のほうで「キャーッ」という女の悲鳴がきこえました。おどろいて、近くにいあわせた人たちが、かけつけてみますと、同居の平林さんの家族みよ子おばさんが、まっさおになって倒れていました。

みよ子さんが湯殿(ゆどの)の前を通りかかると、中で何か動いているものがあるので、戸をひらいたところが、そのうす暗い洗い場のすみに、大きな銅像みたいなものが立っていたというのです。

しかし庭には見はりがいるんだし、家の中には、あちこちの部屋に人がいたのですから、だれの目にもふれないで、あの怪物が湯殿にはいったり出たりしたというのは、まったく考えられないことです。みよ子さんがこわいこわいと思っているものだから、まぼろしでも見たんだろうということになりました。

しかし、それはまぼろしではなかったのです。それから三十分もたたないうちに、こんどは昌一君と平林太一君とが、怪物にぶつかってしまったのです。

手塚家は非常に広い建物ですから、曲がり曲がった長い廊下がほうぼうにあるのですが、その中でも一番陰気なのは、たんすなんかならべてある納戸の前の廊下で、一方は窓のないかべ、一方は納戸の障子、その障子の中の部屋は六畳ぐらいで、三方ともかべになっているのですから、昼間でもうす暗い場所です。昌一君と太一君とが、そこを通りかかった時、納戸の障子が一本だけひらいていたので、ふと中を見ますと、そこに大きな人間の形をしたものが立っていました。

「おとうさんですか。」

昌一君は暗くてよくわからないものですから、そう声をかけてみました。すると、その者は、答えるかわりに、フラフラと身うごきしたかと思うと、ギリギリギリと歯ぎしりの音を立てました。忘れもしない、庭の林の中で聞いた歯車の音です。ギョッとして、よく見ると、そいつはあの銅像みたいな怪物でした。

ふたりはゾッとして立ちすくみましたが、どちらが先にともなく、いきなりもと来たほうへかけだしました。

すると、ちょうど一つおいてつぎの部屋に平林さんのおじさんとおばさんの姿が見えたので、

「たいへんです。納戸に、あいつが……。」

と、思わず大声をたてました。

しばらくして、四人が手をつなぐようにして、こわごわ納戸のほうへ近づいて行きますと、ふたりのかけだす音を聞きつけたのか、納戸のむこうのほうの廊下からも、手塚さんと書生とが、あわただしくこちらへやって来ました。そのあとからふたりのお巡りさんもついて来ます。

「昌一、どうしたんだ。何か見たのか。」

昌一君はだまって納戸の障子を指さしました。物をいうのもこわいのです。

おとうさんやお巡りさんたちも、障子のところまで近づいて来ました。ふたりのお巡りさんはもうピストルを握っています。そして昌一君の指さすのを見ると、そのピストルを前にかまえて、いきなり暗い納戸の中へふみこんで行きました。

昌一君は、今にもピストルが発射されて、とっくみあいがはじまるのではないかと、ビクビクしていましたが、納戸の中からはなんの物音も聞こえず、とつぜんパッと電灯がつきました。お巡りさんがスイッチを入れたのです。

それに力をえて、みんなが開いた障子の所へ行って、中をのぞいてみますと、そこにはふたりのお巡りさんがいるばかりで、さっきたしかに見た怪物は、影も形もないのです。青銅の魔人はまたしても、煙のように消えてしまったのです。

「おかしいな。君たち何か見ちがえたんじゃないかね。もしだれかがこの部屋にいたとすれば、逃げだすひまは、まったくなかったんだからね。自分たちはあっちから、あんたたちはそっちから、はさみうちにしたわけだね。この部屋は廊下に面した一方口で、三方はかべになっているし、廊下も窓のないかべなんだから、われわれの目につかないで逃げだすことは、絶対にできないはずだ。」

　ひとりのお巡りさんが、昌一君の顔をジロジロ見ながらうたがわしそうにたずねました。

「いいえ、気のせいじゃありません。たしかに銅像みたいなやつが動いていました。」

「そうです。ぼくも昌一君といっしょに見たんです。それから、あの歯車の音も聞こえました。ギリギリ、ギリギリ、いつまでもつづいていました。」

　中学生の太一君までがいいはるので、おとなたちも、信じないわけにはいきません。あまりの気味わるさに、みんな青くなってしまいました。金属でできた人間が、一瞬間に透明な気体になってしまうなんて、科学の力では説明できないことです。では、やっぱり幽霊なのでしょうか。しかし、だれも幽霊などを信じる気になれません。ただ、不思議というほかはないのです。ところが、ふしぎはこれだけでおわったのではありません。やがて、もっともっとふしぎなことが、しかも名探偵明智小五郎の目の前でおこるのです。

　怪物が家の中にしのびこんだとわかると、手塚さんは蔵の見はりを、いよいよ厳重にしました。蔵の外の三方には、お巡りさんがふたりずつ立ち番をしています。正面の入口の前は広い廊下になっているのですが、そこには長イスを置いて、手塚さんと平林さんと、ふたりのお巡りさんが、たえず蔵の入口を見はっています。昌一君と太一君と書生とは、そのへんを見まわる役目です。

邸内にはどの部屋にも、あかあかと電灯をつけ、蔵の前の廊下はもちろん、蔵の中にも明かるい電灯が引きこんであります。

手塚さんは、ときどき鍵で蔵の大戸(おおど)をひらいて、中にはいり、金庫の中をあらためるのですが、夜光の時計はちゃんとその中にあります。さすがの魔人もこの厳重な蔵の中へは、はいることができないのでしょうか。それとも、紙きれに書いた約束を守って、十時になるのを待っているのでしょうか。

六時少し過ぎたころ、明智探偵が、捜査課の中村係長とふたりでやって来ました。小林少年の姿は見えません。明智は小林君をつれて行くといっていたのに、どうしていっしょにこなかったのでしょう。これには何かわけがあるのかもしれません。

手塚さんはふたりを蔵の前に案内し、別のイスを持ちだしてかけさせ、夕方からのできごとをくわしく報告しました。

「そんなことがあったものですから、たびたび先生の所へお電話したのですが、もうお出ましになったあとでした。」

「それは失礼しました。じつは中村君と打ちあわせて、さそいだして来たものですから、おそくなりました。ところで、品物はまだ蔵の中にあるのでしょうね。」

「それはもうたしかですよ。さっきからたびたび、しらべてみたのですが、すこしも異状はありません。」

「それから、この蔵には床下のぬけ穴などないのでしょうね。」

「それもたしかです。私もよくしらべましたし、警官がたも、きょう昼間、じゅうぶんおしらべになったのですから。」

「すると、人間以上の力を持ったやつでなくては、この蔵へはいることはできないわけですね。」

「そうです。しかし、相手は人間以上の力を持っているかもしれません。なにしろ、さっきみたいな不思議な消えかたをするばけものですからね。」

それから、お茶やお菓子が出て雑談に時をすごしましたが、これという変わったこともおこりません。しかし、時間は刻一刻と十時に近づいています。

九時を過ぎると、手塚さんはもう気が気ではないらしく、なんどとなく時計を出してながめ、立ったり腰かけたり、落ちついていられないようすです。

「明智先生、中村さん、私はどうもこれでは安心ができません。これから十時まで蔵の中へはいって、金庫の前にがんばっていることにします。蔵の入口はごらんのように網戸になっていますから、外からよく見えます。この戸はただしめるだけにして、鍵をかけないでおいて、いざという時には、みなさんで中へ飛びこんでください。」

それまでにしなくてもと、一同がとめたのですが、手塚さんはどうしても不安心だからというので、とうとう蔵の中へはいることになりました。そして、蔵のまん中にすえてある二メートルほどの高さの大金庫のまわりをグルグルめぐりあるいているのです。

蔵の中には電灯がついているし、あらい網戸ですから、そとからよく見えます。はじめのあいだは蔵の中とそとで、何かと話しあっていましたが、やがて、それにもあきて、どちらもだまりこんでしまいました。

「十時五分前だ。」

中村係長が腕時計を見て、ソッと明智にささやきました。こんな厳重な見はりをしているのだから、だいじょうぶとは思うものの、やはり時間が近づくと心配です。蔵の前の一同はかたずをのむようにして、身動きもしないで、網戸の中を見つめています。

手塚さんは相かわらず、大金庫のまわりを歩きまわっています。そして、金庫のうしろに回って、ちょっと姿が見えなくなったと思うと、とつぜん、「ワーッ」というさけび声が一同の耳をつんざきました。すわとばかり立ちあがった人々の目に、網戸を通しておそろしい光景がうつりました。金庫のかげからヨロヨロとあらわれた手塚さん、そのうしろから、のしかかるようにして、せまってくる怪物。

アア、いつのまにはいったのか、そこには、青銅の魔人がいたのです。ギリギリ、ギリギリ、例の無気味な歯車の音。まっ黒な穴になった両眼、三日月型の黒い口、怪物はついに名探偵の前に姿をあらわしたのです。

奇々怪々

だれよりも先に、蔵の網戸に飛びついていったのは、明智探偵でした。そして網戸に両手をかけてひらこうとした時です。

パチャンという、はげしい音がしたかと思うと、蔵の中がまっ暗になってしまいました。魔人が電球をたたきわったらしいのです。

廊下には電灯がついていますが、奥深い蔵の中まで光がとどかず、魔人と手塚さんとが、何をしているのか、少しも見えません。

明智探偵はポケットから、用意の懐中電灯を取りだし、それをつけて、網戸をガラッと引きあけ、いきなり中へ飛びこんで行きました。中村係長もそのあとにつづきます。

しかし、懐中電灯の細い光では、思うように見ることができません。どこかのすみで、魔人と手塚さんとが、とっくみあっているような物音がしているのですが、なかなかその場所へ光があたらないのです。

そのうち、金庫の横のへんで、ドタリと人の倒れる音がしました。明智探偵がいそいでそこを照らしてみますと、倒れたのは手塚さんでした。懐中電灯の丸い光の中で、しかめっ面(つら)をして、起きあがろうとしています。

中村係長が手塚さんを助けおこしているあいだに、明智の懐中電灯は大金庫の正面を照らしました。

「アッ、金庫がッ！」

だきおこされた手塚さんのさけび声です。

見れば金庫のとびらがひらかれて、中のひきだしがぬきだしたままになっています。手塚さんはそのひきだしに取りすがりました。

「ないッ、夜光の時計がなくなったッ！」

アア、魔人は約束をたがえなかったのです。あの有名な宝石時計をうばいさったのです。しかし、逃げ道はありません。蔵の戸の前の廊下には電灯がついている。大ぜいの目が光っている。その入口からはだれも出たものがありません。では、窓は？ 窓もだいじょうぶです。蔵のことですから、どの窓にもがんじょうな鉄の格子がとりつけてあります。怪人は蔵の中にいるにちがいない。もう袋のネズミも同じことです。

そとの廊下には、さわぎを聞きつけて、昌一君、太一君、書生なども来ています。そのほかにふたりのお巡りさんと平林さんです。

明智は金庫が開かれたことを知ると、いきなり網戸の所へかけよって、さけびました。

「平林さん、中へはいって、手塚さんを介抱してください。それから、書生さんはいそいで電球を。警官おふたりも中にはいって、捜索してください。あとの人は厳重にここを見はっていて、怪しいやつが出て来たら、大声でどなってください。」

そこで平林さんとふたりのお巡りさんは蔵の中へはいり、まもなく、書生は電球を持ってかけつけました。それらの人たちを中に入れると、明智は網戸をピシャンとしめて、その前にたちはだかったまま、ゆだんなく蔵の中を見まわすのでした。

中村係長がわれた電球を、書生の持って来たものと手早く取りかえました。パッと明かるくなった蔵の中、平林さんは手塚さんを抱きかかえるようにして、一方のすみに立っています。手塚さんの額から血が流れていますが、たいした傷ではありません。

中村係長は窓の所へ行って、鉄格子に顔をくっつけるようにして、外を見はっている警官たちによびかけました。

「外から見て異状はないか？」

「異状ありません。」

警官たちの答えです。

「よし、窓はいうまでもなく、かべや屋根もじゅうぶん注意してくれたまえ。怪しいやつを見たら、すぐよびこを吹くんだぞ。」

庭にはところどころ屋外灯がついているうえ、警官たちは六人とも懐中電灯を持っているのですから、めったに見のがすことはありません。

それから明かるい電灯の下で、蔵の中の大捜索がはじまりました。というのは青銅の魔人は、どこへかくれたのか、見わたしたところ、まったく姿が見えないからです。中村係長とふたりの警官と書生、それから、ほとんど元気をとりもどした手塚さん、平林さんもいっしょになって、蔵のすみからすみまでさがしまわりました。

蔵の中には着物などを入れた大きな箱や、たんすや、そのほかの道具類がズラッとならんでいるのですが、それらを一つ一つひらいて中をしらべ、そのうしろのかべをしらべ、床板をしらべ、人間ひとりかくれられそうな個所は、残るところなく見てまわったうえ、かべと床と天井とを全体にわたって念入りにしらべましたが、どこにも怪人の姿は見えません。また秘密の抜け道などは、まったくないことがわかりました。

この捜索のあいだ、明智探偵は入口の網戸の前をすこしもはなれず、するどい目で四方をにらみまわしていました。みんなが捜索にむちゅうになっているすきに、この入口からコッソリと、怪物が逃げだすようなことがあってはならないと考えたからです。

一時間余りつづいた捜索は、まったくむだにおわりました。蔵のそとを三方から見はっていた警官たちは、窓からも、かべからも、屋根からも、ネズミ一匹ぬけださなかったと断言し、また、蔵の入口の前にいた人たちは、だれも網戸のそとへ出なかったといいはりました。蔵のあつい床板にはすこしの異状もないのですから、怪物が地下へもぐったはずもありません。つまり、前後、左右、上下、どこに一点のすきもない、いわば鉄の箱のような蔵の中から、あの大きな金属製の怪物が、かきけすように消えうせてしまったのです。

いったいこれを、どう説明したらいいのでしょう。あいつは、目には見えるけれども、堅さのない気体のようなおばけだったのでしょうか。イヤ、そんなものがこの世にいるはずはありません。それとも、捜査にあたった人たちが、ひとりのこらず催眠術にかかったのでしょうか。イヤ、こういうたいせつな場合に、みんなが催眠術にかかるということは、ありえないのです。人々はハッキリと、手塚さんにおそいかかっている怪物の、おそろしい姿を見たのです。では、あとにどんな説明がのこっているでしょう。このふしぎな謎をどうとけばいいのでしょう。

手塚さんや家族の人たちはもちろん、中村係長もお巡りさんたちも、おそろしい夢でも見ているような、へんな気持ちになって、ボンヤリと、おたがいに顔見あわせるほかはありませんでした。

さすがの名探偵明智小五郎も、とっさにこの謎をとく力はないように見えました。蔵の前のイスにもたれこんで、例のモジャモジャの髪の毛を、指でかきまわしながら、じっと考えこんでいます。

しかし、へんですね。明智が頭の毛を指でかきまわすのは、いつも何かいい考えがうかんだ時にやるくせではありませんか。ではこのだれにもとけない謎が、明智にはわかりはじめていたのでしょうか。

そうです。われらの名探偵は、その時、じつにとほうもないことを考えていたのです。このふしぎな謎が、明智の頭の中では、ほとんどとけていたのです。しかし、たしかな証拠をつかむまでは何もいわないのが名探偵のくせです。その晩は、中村係長から、

「さすがの明智君も、この怪物には、少々こまっているようだね。」

と、からかわれても、ニコニコ笑うだけで、何も答えませんでした。

チンピラ別働隊

手塚家の蔵の前で怪事件がおこった同じ日の夕方のことです。もう暗くなりはじめた上野(うえの)公園の、とある広っぱで、きたないカーキ色の服を着た、げたばきの、帽子もかぶらない少年が、しきりに口笛をふいていました。

浮浪少年にしては、顔色がよく、まるでリンゴのような頰をしています。オヤ、どっかで見たような顔だぞ。アア、わかった。小林少年です。服装がかわっているけれど、たしかに明智探偵の助手の小林君です。

これで、小林君が明智探偵といっしょに、手塚家へこなかったわけがわかりました。しかし、いったい小林君は、こんな妙な変装をして、公園なんかで、何をしているのでしょう。

しばらく口笛をふいていますと、それがあいずだったとみえて、むこうの木立ちの中から、小林君と同じようなきたないふうをした十二、三歳のチンピラ小僧がひとり、かけだして来ました。この子供の小林君とちがうところは、年が二つ三つ下なのと、頭の毛がボウボウにのびているのと、顔色のわるいことでした。

「ヤァ、小林のあにい、何か用かい？」

チンピラは小林君に近よると、なつかしそうな顔をして、へんなことをいいました。

「ウン、きょうはきみたちにたのみたいことがあるんだ。なかまをみんなあつめてくれ。」

小林君はこのきたないチンピラとなじみとみえて、したしい口をききます。

チンピラはいきなりかけだして行きましたが、しばらくすると、同じようなきたない浮浪児を十五、六人もつれて帰って来ました。

「サア、きみたち、ぼくのまわりに輪を作ってならぶんだ。」

子供たちは命令のままに、すばやく、小林君のまわりにならびました。小林君はこのチンピラどもに、よほど人気があるようです。

さて、そこで、小林君はエヘンと一つせきばらいをすると、ふしぎな演説をはじめたものです。

「諸君――おまえたちのことだぞ、諸君は親方の命令をうけて、モクひろい（たばこひろいのこと）を商売にしている。そこまではいいんだよ。ところがきみたちは、ときどきカッパライもやっている。ごまかしたってだめだ。ぼくはちゃんと知っているんだよ。しかし、諸君はけっして、カッパライなんか、やりたくてやってるんじゃない。しかたがないからやっているんだね。ね、そうだね。それはね、きみたちには、おとうさんやおかあさんがいないからだ。やしなってくれる人がないからだ。だがね、それだからといって、こんなことをいつまでもつづけていちゃあ、ろくなもんにならない。そこで、諸君にそうだんがあるんだよ。どうだい、みんな、ぼくたちのやっている少年探偵団のなかまにならないか。」

「少年探偵団ってなんだい？」

チンピラが口々にたずねました。

「まてまて、いま、説明するよ。きみたちは名探偵明智小五郎を知ってるかい？」

「アケチなんてやろう、知らねえな。」

「ウン、知ってる、知ってる。いつか、三ちゃんのあにいがいってた。すげえ私立探偵だってね。」

明智の名を知っているものが、五、六人ありました。

「よし、わかった。とにかく、そのすげえ私立探偵なんだよ。ぼくはその明智探偵の弟子さ。少年助手っていうんだよ。ところで、その弟子のぼくが団長になって、小学生や中学生で少年探偵団っていうのを作っているんだ。悪者をつかまえるために、子供にできることをやって、世の中のためになろうってわけなんだよ。

ところで、諸君は青銅の魔人という悪者を知っているだろうね。」

「知ってる。」

「知ってる。」

チンピラの全部が、生徒のように手をあげて答えました。あの怪物は、新聞に出はじめてからわずか一ヵ月あまりで、これほど世間をさわがせているわけです。

「敵はあの青銅の魔人なんだ。こわいか。」

「おっかねえもんか。オラ、あいつと話したことがあるぜ。」

チンピラはときどき、こんなうそをいうものです。しかし、ふつうの子供とちがって、ひとりもこわいというものはありません。

「ほんとうなら、ぼくたちの少年探偵団がやる仕事だけれど、なにしろこんどは相手が相手だし、夜中の仕事だからね。学校へ行っている団員たちにはやらせられないんだ。そういう危険なことをやらせてはいけないって、明智先生から、きびしくいいつけられているんだよ。

ところが、諸君は夜中なんか平気だね。ほんとうはそんなふうじゃいけないんだけれど、きみたちはおとなみたいになってしまっているんだからね。そこで、こんどの仕事は、ひとつきみたちに頼もうってわけさ。でもまだ本団員にはしないよ。きみたちみたいなのをなかまに入れたら、ほかの団員がおこるからね。少年探偵団チンピラ別働隊っていうのを作るんだ。きょう、その結成式だよ。」

「チンピラなんて、やだな。もっと、ましなのにしてくんなよ。」

二、三人、異議を申したてるものがありました。

「諸君は知らないがね、イギリスに私立探偵の大先生がいるんだ。シャーロック・ホームズ先生っていうんだよ。このえらいホームズ先生が、やっぱり、君たちみたいなチンピラやおとなの浮浪者を助手につかって、悪者をつかまえたことがあるのさ。そのイギリスの探偵団の名は『パン屋町(やまち)のごろつき隊』っていうんだ。このごろつき隊が、とてもえらい手がらを立てたものだから、世界中に知れわたって、みなにほめられているんだぜ。だからさ、チンピラ別働隊だって、ちっとも悪い名じゃないよ。」

小林君はなかなかうまいことをいいます。こんなふうにおだてあげられたので、チンピラ君たちも、なっとくしたのか、だまりこんでしまいました。

「さて、今夜の仕事だがね、今夜十時ごろに、青銅の魔人がある家へしのびこむことがわかっているんだ。君たちはその家の塀の外にかくれていて、魔人が逃げだすのを見たら、ソッとあとをつけるんだよ。みんなでつけちゃいけない。見つけたものふたりか三人でいいんだ。そして、あの怪物のすみかをつきとめるんだよ。そうすれば、あとはお巡りさんがつかまえてくれる。どうだい。すばらしい仕事じゃないか。ぼくもきみたちといっしょに、まちぶせをするよ。

それからね、きみたちがうまく手がらを立てたら、明智先生にお願いして、モクひろいなんかしないでもいいようにしてあげるよ。そして、学校へ行けるようにしてあげるよ。」

チンピラ諸君は、もとより冒険ずきです。人のあとを尾行するなんて、お手のものです。おとなが尾行すればすぐ気づかれますが、十二、三歳のチンピラがついて来たって、だれも気にしないからです。そのうえ、からだが小さくて、すばしっこいと来ています。チンピラ諸君十六人は、むろん小林君の申し出に同意しました。

小林少年は、みんなに電車のきっぷを買ってやり、チンピラ別働隊を五つにわけて、あまり目立たないように、べつべつに電車にのせ、港区の手塚家の近くまで連れて行きました。

チンピラ諸君は、カッパライの経験もあるくらいですから、人に気づかれないように立ちはたらくことは、じつにうまいものです。小林君がいちいちさしずをしないでも、ちゃんと気をきかせて、手塚家の塀のまわりへ、あちらにふたり、こちらに三人とうまく手わけをして、たちまちひとりのこらず身をかくしてしまいました。

それが夜の八時すぎのことでした。それから二時間ほど寒い道ばたに、じっとかくれている苦しさは、なみたいていのことではありません。ふつうの子供だったら、たちまちカゼを引いてしまうところですが、チンピラ諸君はなれたもので、それぞれワラやゴザなどをひろって身をくるみ、さもたのしげに、怪人の出現を、今やおそしと待ちかまえるのでした。

天空の怪物

小林少年はふたりのチンピラ君といっしょに、手塚家の裏手の、いちばんさびしいばしょに陣どって、しんぼう強く待っていました。塀のそばの、ちょっとした木のしげみのかげに、むしろをしいて、寒いので、三人がだきあうようにして、暗やみの中を見つめていました。

もう十時をすぎていました。魔人がやくそくをまもったとすれば、とっくに蔵の中へ姿をあらわしたはずです。

「明智先生はうまく魔人をとらえてくださったかしら。もしつかまったとすれば、先生からあいずがあるわけだが、あいずがないところを見ると、魔人はうまく逃げたのかもしれない。それとも、あの手紙はただのおどかしだったのかしら。」

小林君がそんなことを考えていた時、十メートルばかりむこうの塀の前に、人間ほどの大きさの黒い影が、フワッと浮きだすようにあらわれました。

「アッ、あいつだッ。」

小林君は思わず両がわにいるチンピラ君の肩を、つよくだきしめました。

月のないまっ暗な晩でしたが、白いコンクリートの塀の前に、黒い姿があらわれたので、よく見わけられたのです。その黒い影はじつにへんなかっこうをしていました。黒いダブダブのオーバーを着て、そのえりを立て、あごをかくし、ソフト帽のひさしをグッと目のへんまでさげています。ふつうの人間なら、帽子の下の顔のところが、ボンヤリ白く見えるはずですが、この男の顔はなんだかおそろしくドス黒いのです。

それればかりではありません。そいつがむこうのほうへ歩きだしたかっこう！　まるで機械のような、あのぎごちない歩きかた。そのうえ、耳をすますと、アア、やっぱりそうです。話にきいていた歯ぎしりのようなギリギリという音が、きこえてくるではありませんか。

小林君はふたりのチンピラ君にあいずをして、立ちあがりました。そして、相手にさとられぬように気をつけながら、怪物のあとをつけはじめたのです。チンピラ君たちも、すばやく小林少年の気持ちをさっし、グッと背をかがめて、用心ぶかくあとからついて来ます。

すこし行くと、焼けあとの広い原っぱに出ました。こわれたコンクリート塀がところどころにのこっていたり、煉瓦のかたまりが、うず高くつんであったりするほかは何もないさびしい所です。はるかむこうのほうに、工場のあとにのこったコンクリートの煙突だけが、空高くそびえているのがかすかにみえています。

怪物は尾行されているとも知らず、コックリコックリと、へんなかっこうで、大またに歩いて行きます。ときどき歯車の音がびっくりするほど強くなるかと思うと、またまるできこえないほど、弱くなることもあります。強くなる時には、怪物が何か腹だたしいことを思いだして、おこっているのかもしれません。

小林君たちは、今にも怪物がうしろを向いて、ガーッと歯車の音を立てて、追っかけてくるのではないかと、ビクビクものでしたが、さいわい魔人は一度もうしろを見ないで、まっすぐに進んで行きました。むこうの空にそびえている煙突が、だんだん大きくなって来ます。つまり怪物はその煙突のほうへグングン近づいて行くのです。

そして、とうとう煙突の根もとまで来てしまいました。そこにはもとボイラーがすえつけてあったらしい煉瓦づくりの小屋のようなものがのこっています。屋根はなく、四方のかべも半分はこわれているのですが、それでもまあ小屋のかっこうにはなっているのです。怪物はその煉瓦小屋の中へはいって行きました。

「オヤ、へんだぞ。もしかしたら、あの中に地下室でもあるのじゃないかしら。そして、そこが魔人のかくれがになっているんじゃないかしら。」

小林君は遠くのほうから、オズオズと小屋の中をのぞいて見ました。暗くてよく見えないけれど、怪物は地下に姿を消すこともなく、小屋の奥の石の段のようなものの上に腰かけて、じっと休んでいます。しばらく見ていても、急に動きだすようすがありません。

小林君は「今だ。」と思いました。このまに手塚家へとってかえして、明智先生に話し、まわりから警官隊でとりまいてもらえば、怪物は袋のネズミだと考えたのです。そこで、ふたりのチンピラ君に、げんじゅうに見はりをすること、もし怪物があるきだしたら、どこまでもあとをつけるようにと、ソッとささやいておいて、やみの中を、大いそぎで手塚家へひきかえしました。

十分、二十分、チンピラ君たちはビクビクしながら、見はりをつづけていましたが、どうしたものか、怪物はもとのところに腰かけたまま身うごきもしません。いったいこの機械人間は何を考えているのでしょう。

まもなく、あたりのやみの中に、あちらにもこちらにも、物のうごめくけはいが感じられました。黒いかげぼうしが、四方から近づいてくるのです。

「オイ、お巡りさんが大ぜい来たんだよ。それから、きみたちのなかまも、みんなひっぱって来たよ。」

チンピラ君の耳もとで、小林少年のささやき声がしました。すると、小林君のからだのうしろから、兄弟ぶんのチンピラ君の顔が、ヒョイとのぞいて、コックリとうなずいて見せるのです。

そのうちに、警官隊は煉瓦小屋を完全にとりまいてしまったらしく、とつぜん、ピリリリリと呼子(よびこ)がなりひびき、大型懐中電灯の光が、いくすじも、煉瓦小屋の中に集中され、いきなりパン、パンとピストルの音がつづきました。

警官隊は怪物をうち殺してはいけないという命令をうけていたので、わざとまとをはずしてうっているのです。

青銅の魔人はかさなりあう懐中電灯の光のなかに、スックと立ちあがりました。そして、かれのからだの中から、キーッ、キーッという金属をこすりあわせるようなおそろしい音がひびきました。怪物は人間のことばではなく、機械のことばで何かわめき叫んでいるのです。青銅の口がパクパク動き、ほら穴のような両眼のなかから、ギラギラと、あやしい光がかがやいています。そして、かれの銅像のような巨体が、ガクリ、ガクリとこちらへ近づいて来るではありませんか。

警官隊はあまりのおそろしさに「ワーッ」と声をあげてあとじさりしましたが、おどかしのピストルは、いっそうはげしくうちつづけられます。

怪物は煉瓦小屋のそとに出て、つっ立ったまま、あたりを見まわしていましたが、四方八方から懐中電灯の光がそそがれ、それにもましてはげしいピストルの音に、とても、逃げられないと考えたのか、いきなりそこの煙突の根もとに近づき、コンクリートの表面にうちつけてある梯子(はしご)がわりの金物(かなもの)に、手足をかけて、グングン煙突をのぼりはじめました。

空へ逃げようとでもいうのでしょうか。しかし、いくら煙突をのぼってみても、まわりをとりかこまれていては、逃げられるはずがありません。ひょっとしたら、怪物は煙突の頂上までのぼると、風船のように身が軽くなって、やみ夜の空高く飛びさってしまうのではないでしょうか。

お湯屋(ゆや)の煙突などよりもずっと高い煙突です。怪物はそれを機械でできたサルのように、少しも休まず、非常な早さでのぼって行き、もう懐中電灯の光もとどかなくなってしまいました。しかし、やみ夜にもほの白くそびえている煙突を、黒い影がグングンのぼって行くのが見えます。

黒い影は上に行くほど小さくなって、とうとう大煙突の頂(いただき)にたどりつきました。そして、そのはるかの天空から、あの金属をすりあわせるような、キーッ、キーッという、いやな物音が、下界の人々をあざ笑うように、気味わるくひびいて来るのでした。

怪人の正体

それから四、五十分のち、煙突のまわりは火事場のような騒ぎになっていました。中村係長のきてんで、もよりの消防署に電話がかけられ、一台の消防自動車が、小型の探照灯まで用意してやって来たのです。探照灯は近くの電灯線につながれ、まぶしい光線が煙突の頂上を照らしつけています。

青銅の魔人は昇天しないで、まだそこにいました。煙突の頂上に腰をかけ、二本の金属の足をブランブランさせ、両手を空ざまにひろげて、おどかしつけるようなかっこうで下界をにらみつけ、例のキーッ、キーッという、いやな叫び声をたてています。

警官が煙突へのぼって行って、怪人をとらえるなどは、とてもできることではありません。足場がわるい上に、相手はどれほど力があるかわからないやつです。そこで中村係長は消防署にたのんで、怪物めがけてホースの水をぶっかけてもらうことを考えつきました。そうすれば怪物は苦しまぎれにおりて来るだろうと思ったのです。しかし、その考えはまちがっていました。怪物はけっしておりてこなかったのです。

自動車ポンプのエンジンが動きだし、消防署員はホースの筒口(つつぐち)をとって身がまえました。ホースからはおそろしい音をたてて、水がほとばしり、はるかの空の怪物は真っ白な水しぶきに包まれました。

ポンプの水は煙突の上の怪物をふきとばすほどの力があります。しかし、つきおとして殺してしまっては、なんにもなりませんから、手かげんをして、ただ顔に水しぶきをかけて苦しめるようにしているのです。

ところが、魔人はすこしも苦しむようすがありません。機械人間は息をしないので、いくら水をかけられてもへいきなのでしょう。

消防手はもどかしくなって、だんだん水のかけかたをはげしくしました。怪人の姿がユラユラとゆれるように見えます。ア、いけない。そんなにひどくしたら、煙突の上から落ちてしまう。人々がそう思って手に汗をにぎった時はもうおそかったのです。

ポンプの水が強すぎたのか、それとも怪人がわざとそうしたのか、青銅のからだが左右にはげしくゆれたかと思うと、もう怪人の姿は煙突の上から消えていました。しかしこんどは煙のように消えてなくなったのではありません。落ちたのです。はるかの天空から、黒いかたまりとなって、矢のように地上に落下したのです。人々は思わず「ワーッ」と声をあげました。

その時でした。ちょうどその時、地上の暗やみの中で、なんとも説明のできない異様なことがおこっていました。

小林少年はその時、警官隊のずっとうしろのほうから、煙突の上を見あげていたのですが、怪物が落ちたので、いそいでそのほうへかけだそうとしました。そして、一歩ふみだした時、とつぜん頭の上から黒雲がかぶさって来たような気がして、目の前がすこしも見えなくなってしまい、からだがスーッと宙にういたかと思うと、こんどは深い深い穴の中へすべりおちて行くような気がして、それっきり何もわからなくなってしまいました。人々は怪物のほうにむちゅうになっていたのと、何をいうにも暗やみのことですから、小林君の身のうえにおこった変事には、だれも気づいたものはありません。しかし、この時かぎり、小林君の姿はかき消すように見えなくなってしまったのです。つまりこの世から消えうせてしまったのです。

こちらでは青銅の魔人が、おそろしい音を立てて地上に落ちたものですから、警官たちはいっせいにその場にかけよりました。懐中電灯の光ではたよりないので、消防自動車を動かして、ヘッド・ライトでそこを照らしたのですが、怪物は見るもむざんなありさまで、地面にたたきつけられていました。むろん死んでいるのです。しかしそれはなんという不思議な死がいでしょう。手足は折れまがり、腹はさけているのに、一てきの血も流れていないのです。そして、さけた腹の中からとびだしているのは、はらわたではなくて、数知れぬ大小の歯車じかけでした。

アア、やっぱりこいつはからだの中まで機械でできていたのです。ほんとうの機械人間だったのです。

それにしても、その歯車を動かす力のもとは、いったいなんだったのでしょう。まさかゼンマイの力でこんな大きなものが動くはずはありません。電気の力にしても、これだけの人形を動かす蓄電池をしこむなどということはとても考えられません。なにか今までだれも知らなかったような発明をした者があるのでしょうか。では、その発明者はいったい何者でしょう。中村係長は魔人の死がいのそばによって、靴の先で肩のへんを動かして見ました。えたいの知れぬ魔物のことですから、こんなになっても、まだ生きているのではないかと、ためして見たのです。しかし機械人間はグッタリとなったまま、動きだすようすもありません。たしかに死んでしまったのです。

「なんだ、青銅の魔人って、こんなものだったのか。」

ちらばっている歯車を見ると、なんだかばかにされたような気がしました。

しかし、この機械があのような悪事をはたらき、そのうえたびたび煙のように消えうせたことを思いだすと、やっぱり気味がわるいのです。なんともいえない、ふしぎな感じがするのです。

人々は奇妙な死がいのまわりに立ちすくんだまままだまりこんでいました。あまりのふしぎさに、何を考えていいのだか、何をいっていいのだか、けんとうもつかないのです。

そこへ、人々をかきわけるようにして、名探偵明智小五郎があらわれました。明智はだまって機械人間の死がいに近づくと、そのそばにしゃがんで、あちらこちらとしらべ

ていましたが、

「オヤ、これはなんだろう。」

と、つぶやいて、怪物の右の手を持ちあげました。見ると、ちょうつがいになった青銅の指が、かたくにぎりしめられていて、その指のあいだから、白い紙きれのはしが出ているのです。明智はその紙きれを破れないようにソッとぬきだし、ひざの上でしわをのばして、消防自動車のヘッド・ライトの光にあてて見ました。

「アア、やっぱり手紙だ。こいつは手紙でぼくらに何かをつげようとしているんだ。」

その紙きれには、字だか絵だかわからないようなへんなかなで、

「フクシュウ」

と、ただ五字だけしるされていました。「復讐(ふくしゅう)」と読むのでしょう。つまり、復讐してやるぞという、例のおどし文句です。

しかし、死んでしまった怪物がどうして復讐できるのでしょう。どうもわけがわかりません。でも、相手は化けものみたいなやつです。死んでしまっても、たましいがのこっていて、何かおそろしいたくらみをしているのかもしれません。

そうだんのうえ、機械人間の死がいは警視庁の理化学研究室に運んで、くわしくしらべることにし、警官も消防手もそれぞれ引きあげることになりましたが、その時になって、明智探偵は小林少年の姿が見えないことに気づきました。

れいのチンピラ別働隊の少年たちは、さっきからのおそろしいできごとに、すっかりめんくらってしまって、ひとかたまりになって、何か話しあっていましたが、明智が小林少年のことをたずねますと、その中からひとりのチンピラ君が前に出て、妙なことをいいました。

「ねえ、なんだかへんなんだよ。おら、わけがわかんねえや。小林のあにいね、フッと消えちまったんだよ。おら、あんとき小林のあにいのすぐそばにいたんだ。暗くってよくわかんなかったけどね、たしかに消えちゃったんだよ。フッと消えちゃったよ。」

チンピラ君のいうことはなんだかよくわかりませんでしたが、小林君がいなくなったことはまちがいありません。みんなで手わけをして、できるだけさがしたのですが、どうしても見つからないのです。そして、あくる日になっても、小林君はどこからもあらわれて来ませんでした。

アア、これはいったいどうしたことでしょう。青銅の魔人は死んでしまったように見えて、じつは生きているのでしょうか。それにしても、どうして小林君をかくしてしまうことができたのでしょう。魔人の復讐とすれば、こんなおそろしい復讐はありません。

小林君は今どこにいるのでしょう。まさかほんとうに消えてしまったのではありますまい。

これには何かわけがあるのです。きっとだれにもわからないようなおそろしいわけがあるのです。

鏡の中の怪人

おそろしい青銅の魔人は、ついに死んでしまいましたが、では、これで魔人さわぎはおわったのかというと、どうもそうではなさそうです。魔人のたましいが、どこかにのこっていて、おそろしい復讐をたくらんでいるらしいのです。

復讐のやりだまにあがったのは、明智探偵の少年助手小林君でした。あの魔人ついらくのさわぎのさいちゅう、アッと思うまに、小林君の目の前に、まっ黒な布がかぶさって来て、そのまま気をうしなってしまったのでした。

それから、どれほど時間がたったかわかりませんが、小林君は、おそろしい夢からさめたように、フッと目をひらきました。

部屋の中には、なんだか見なれない、赤ちゃけた光がただよっています。なんの光だろうと、ふしぎに思って、目をそのほうに向けてみますと、天井から細い鉄のくさりで、へんなかっこうの石油ランプがさがっているのです。

あたりを見まわすと、そこは、今まで一度も見たことのない、ふしぎな部屋でした。四方のかべはお堀のどてのような石垣になっています。天井は太い材木をたてよこに組みあわせて、その上に厚い板がはってあるのです。床も大きな石をならべたままで、しきものもなく、道具といっては、木のベッドがただ一つあるだけ。そのベッドの上に、小林君は、今まで寝ていたのです。

「いったい、ここはどこなんだろう？」

しばらく考えているうちに、青銅の魔人が煙突からついらくしたこと、それを見ていた時、まっ黒なものがフワッと頭の上からかぶさって来て、そのまま何がなんだかわからなくなってしまったことを思いだしました。

「じゃあ、今まで気をうしなっていたんだな。それにしても、ここはだれのうちなんだろう？」

小林君はベッドからおりようとしましたが、なんだか、からだじゅうがしめつけられているようで、自由に動けないのです。やっとのことで、石の床に立って、ヨロヨロと二、三歩あるきましたが、たちまち、アッとさけんで、たちすくんでしまいました。じつにおそろしいものを見たからです。

正面の石垣のかべに窓があって、むこうの部屋が見えています。その窓のところに、ギョッとするようなものがいたのです。それは青銅の魔人でした。

煙突からおちて死んだはずの怪物が、ゆうぜんとして姿をあらわしたのです。小林君は夢ではないかと、うたがいました。

怪物は小林君と同じように、じっと立ちどまって、こちらを見つめています。首をかしげて、何か考えごとをしているようです。気がつくと、例のギリギリという歯ぎしりの音がきこえます。ふしぎなことに、小林君には、その音が自分の腹のへんから出ているように感じられるのです。

いつまでにらみあっていてもはてしがないので、小林君はためしに一歩前に進んでみました。すると、怪物のほうでも、まるで、こちらのまねをするように、サッと一歩前にすすみました。手をあげると先方も手をあげます。首をかしげると先方も首をかしげます。

「オヤ、へんだぞ!」

小林君の頭にハッとある考えがうかびました。それはじつにとほうもない考えでしたが、小林君はためしてみる気になりました。ツカツカと窓のほうへ近づいて行ったのです。すると、怪物もツカツカとこちらへ進んできました。窓のところで、今にもふたりの顔がぶつかりそうです。

小林君は思いきって、右の手を前にのばしました。すると、思ったとおりでした。そこにはつめたいガラスがあったのです。小林君の手は厚いガラス板にぶつかって、カチンと音がしたのです。

小林君は背中に水をあびせられたように、ゾーッとしました。

むこうから近づいて来たのは、青銅の魔人ではなくて、小林君自身の顔だったのです。

窓ではなくて、これは一枚の大きな鏡でした。鏡が石垣のかべにかけてあったのです。その鏡にうつった小林君の姿が、青銅の魔人とそっくりだったのです。

思わず自分のからだを見ました。両手を前にだして、つくづくとながめました。そして、鏡のかげばかりではなく、じかに見ても、自分のからだがいつのまにか、すっかり青銅にかわっていることをたしかめました。

さっきベッドをおりる時、なんだか、からだがギクシャクしてきゅうくつに感じたのは、このためだったのです。やわらかい肉が、いつのまにか、よろいのような青銅につつまれていたからです。

小林君は両手で顔にさわってみました。頭の毛にもさわってみました。すると、顔もかみの毛も、カチカチと金属の音がするのです。アア、小林君は魔人の妖術によって、生きた銅像にされてしまったのでしょうか。

「エヘヘヘヘヘヘヘ。」

とつぜん、うしろのほうで、へんてこな笑い声がしました。人をばかにしたように、ヘラヘラ笑っているやつがあるのです。

小林君は、ヒョイとふりむきました。すると、またしてもドキンとするような、えたいのしれぬ怪物が、そこに立っていたではありませんか。

地底の道化師

怪物といっても、青銅の魔人ではありません。まるで、この場所にそぐわない、ひとりの道化ものが、まっ白な顔に、まっかな口を大きくひらいて、エヘラエヘラと笑っていたのです。

はでな紅白だんだらぞめの、ダブダブのパジャマのようなものを着て、顔には白かべのようにおしろいをぬり、両方の頬を日の丸のように赤くそめ、くちびるもまっかにぬって、頭には、これも紅白だんだらのとんがり帽子をかぶっています。

小林君はつぎつぎとおこるふしぎに、夢に夢みる心もちで、ボンヤリ道化ものの顔をながめていますと、その男はやっと笑いをとめて、こんなことをいいました。

「チンピラ探偵さん、びっくりしてるね。オイ、ここをどこだと思う。ここはね、地底の青銅魔人国だぜ。かくいうおいらは、魔人さまの秘書官と通訳とボーイをつとめているたったひとりの人間。この国には肉でできた人間は、おれのほかにはいないのさ。」

「それじゃあ、青銅の魔人はひとりではなかったんだね。」

小林君はそういおうと思って、口を動かしたのですが、ふしぎなことに、その声は、まるで歯車のきしむような、キイキイというしわがれ声になって、自分でも聞きとれないほどです。アア、小林君は声までも青銅人種にされてしまったのでしょうか。

「ウン、そのとおりだよ。煙突から落ちて、こわれたやつは、ただの人形さ。ほんものの魔人さまは、ちゃんとこの地の底に、ごぶじでおいでなさるのだよ。」

小林君の歯車のきしるような声が、この道化ものにはよく聞きわけられるらしいのです。通訳というのはそのことなのでしょう。

「じゃあ、ぼくをなぜこんな姿にしたんだい？　きみはそのわけを知っているんだろう。」

小林君が、やっぱりキイキイいう声でたずねますと、道化ものはまっかな口をニヤリとさせて、

「それは、きみが魔人さまを煙突の上に追いつめたばつさ。きみをこうして地の底のチンピラ魔人にしてしまえば、もう今までのようなじゃまはできないからね。今に、きみの先生の明智小五郎もここへつれこんで、青銅人間にかえてしまうことになっているんだぜ。エヘヘヘヘヘヘ。」

聞いているうちに、だんだんことのしだいがわかって来たので、小林君はすっかり安心しました。

小林君はからだの中まで機械人形にされてしまったわけではなくて、ただ青銅のよろいのようなものを着せられているだけなのです。顔も首から上をすっかりつつんでしま

うお面のようなものをかぶせられているばかりです。その口のへんに何かしかけがあって、ものをいうと、キイキイと歯車のような音が出るのでしょう。また青銅のよろいの腹のへんにもゼンマイじかけがあって、たえず歯車の音がしています。

「じゃあ、あの煙突からおちた魔人は、かえだまの人形だったんだね。いつのまにほんものと入れかわったんだろう。ちっともわからなかった。」

ああ、なんという奇妙な光景でしょう。ひとりはかべのようにおしろいをぬった、とんがり帽子の道化もの、ひとりは頭から足のさきまで青銅でできた少年、そのふたりが、赤ちゃけたランプの光の下で、まるで友だちのように話しあっているのです。

「エヘヘヘヘヘ、そこが、それ、魔人国の魔法というやつさ。名探偵の明智にもとけない謎だよ。チンピラのおまえなんかにわかってたまるものか。」

「フーン、それじゃあ、魔人が煙のように消えるのもやっぱり魔法なのかい?」

「そうともさ、魔人国第一歩の魔法だよ。そのほか、まだいろいろな魔法がある。そのうち、きみにもわかってくるよ。この魔人国へ、はいったからには、二度とふたたび、しゃばには出られないのだから、きみには何もかも話してきかせるが、ここは世界にも類のないりっぱな美術館なんだぜ。魔人さまが、長いあいだに、おあつめになった、ありとあらゆる美術品が、七つの部屋にギッシリつまっている。

その中に時計室という部屋があってね、近ごろは、その部屋におさめる時計類を、お集めなさっているのだよ。世間に名のきこえた、めずらしい時計は、一つのこらず手に入れようってわけさ。

今、その七つの部屋を、きみにも見せてやるがね、その前に、食堂へ行こう。きみはずいぶんおなかがすいているはずだからね。」

道化ものが、こちらへこいという身ぶりをするので、小林君はそのあとについて行きました。コックリコックリと、例の機械人形の歩きかたです。われながら気味がわるいけれども、青銅のよろいを着ていると、そういう歩きかたしかできないのです。

部屋と部屋のあいだは、廊下ではなくて、せまい石のトンネルでつながっています。うす暗いトンネルを十歩ほど行くと、道が二つにわかれて、その左のほうの行きあたりに、がんじょうな板戸がしまっていました。

道化ものが「あけてごらん。」というような身ぶりをするものですから、小林君は何げなく、不自由な青銅の指で、その重いドアーをひらきましたが、一目部屋の中を見るとギョッとして、思わず、板戸をしめてしまいました。

その広い石の部屋の中には、大きな銅像みたいな、あの青銅の魔人が、ニューッと立ちはだかって、こちらをにらみつけていたからです。

小魔人

「エヘヘヘヘヘヘ、おどろいたかい。だがね、まだまだおどろくことがあるんだよ。三分間、かっきり三分間、そのドアーを、中からひらかないように、グッとおさえていてごらん。いいかい、三分間だよ。」

道化ものは、まっかな口でヘラヘラ笑いながら、だんだらぞめのパジャマのそでを、たくしあげて、りっぱな宝石入りの腕時計をながめるのでした。この腕時計も、きっと、魔人がどこかで盗んできたものでしょう。

小林君はさいぜんからひきつづいて、わけのわからぬことばかりおこるので、もうものを考える力もなくなったように、ボンヤリと、ドアーの前に立っていましたが、やがて三分がすぎたとみえて、道化ものは、

「さあよし、ドアーをひらいてもいいよ。エヘヘ。」

と、またいやな笑いかたをしました。

小林君はもうどうにでもなれという気持ちでドアーをひらき、ソッと中をのぞいてみました。すると、オヤッ、これはどうしたことでしょう。部屋はまったくからっぽで、さっきの魔人の姿は、かげもかたちもないのです。

どこかに別の出入口があって、そこから立ちさったのかと、部屋の中を見まわしましたが、小林君が今ひらいたドアーのほかは、石だたみのかべばかりで、戸も窓もありません。

石だたみのどこかに、かくし戸があって、そこから出て行ったのでしょうか。道化ものは、どこにもかくし戸やぬけ穴はないといって、小林君をつれて、部屋の四方のかべをグルッと見てまわりました。ところどころに、あけてある小さな空気ぬきの穴のほかには、どこにもあやしい個所はありません。銅像のような大男が、三分のあいだに煙のように、消えうせてしまったのです。

「エヘヘヘヘ、どうだね、これが魔人国の魔法というものだ。ちょっとした見本がこれだよ。サア、食事にしよう。おなかをこしらえてから、ご主人の魔人さまにお目にかかるという順序だよ。まだまだ、びっくりすることが、たくさん待ちかまえているからね。」

広い石部屋のまん中に、りっぱな大テーブルが、どっしりとすえられ、もたれに彫刻のある、背の高い六つのイスがテーブルのまわりにならんでいます。道化ものは、そのイスの一つに腰かけ、小林君にもかけるようにすすめました。

この部屋も、やっぱり石油ランプで照らされています。シャンデリヤのように、りっぱなガラスのかざりのあるランプが、天井からさがっているのです。

大テーブルの上に、門のようなかたちをした置きものがあって、その門の中に小さなつりがねがさがっています。道化ものは、そばにおいてある金の棒をとって、そのつりがねを、つづけざまにたたきました。カーンカーンと美しい音が、遠くのほうまでひびいて行きます。

その音があいずだったのか、しばらくすると、ひらいたままになっていた入口から、小さな怪物があらわれました。やっぱり青銅の顔、青銅のからだですが、小林君よりも小さくて、なんだかかわいらしい感じです。その小魔人は両手で大きな銀色のお盆をささげています。お盆の上には洋食のお皿がならんでいるのです。

小魔人がお盆を小林君の前においたと思うと、またしても、入口のところに、別の怪物があらわれました。こんどのやつは、まえの小魔人の半分ほどの、おもちゃのように小さな、豆魔人です。豆魔人もやはり銀のお盆を持っていて、その上にはコーヒーのようなのみもののコップがのっているのです。

魔人国にも子供がいたのです。機械人間も子を生むのでしょうか。そして、魔人国の人民がだんだんふえて行くのでしょうか。さきにはいって来た小魔人はにいさんで、あとから来た豆魔人は弟かもしれません。にいさんのほうは十二、三歳、弟のほうは七、八歳ぐらいに見えます。

道化ものは赤いくちびるでニヤニヤ笑いながら、そのありさまをながめていましたが、

「アア、そうだ、口をひらいてやらなければ、ごちそうがたべられないね。」

と、ひとりごとをいいながら、ポケットから、小さなカギをとりだして、小林君の青銅のあごのへんをカチカチいわせていたかと思うと、お面の下あごが、パクッとはずれて、にわかに息がらくになりました。

「さあ、ゆっくりごちそうをたべな。おいらはちょっと魔人さまにお知らせしてくるからね。」

道化師はまたヘラヘラと笑ってみせてそのまま入口から出て行きました。

あとに残ったのは、小林君と、小魔人と豆魔人の三人です。小林君はお面のあごがはずれて、口がきけるようになったのをさいわい、そこに立っている小魔人に話しかけてみました。

「きみは人間なのかい、それとも、腹の中まで歯車でできた機械人形なのかい？」

それを聞くと、小魔人は一歩小林君のほうへ近づいて、キ、キ、キ、キと、するどい歯車の音をたてましたが、何をいっているのだか、小林君にはさっぱりわかりません。

小魔人はいくらしゃべっても、相手に通じないので、もどかしくなったとみえて、いきなりかわいらしい青銅の指で、テーブルの上に字をかきはじめました。

「オヤッ、この小魔人は人間界の字を知っているのかしら。」と、おどろきながら、よく見ていますと、カタカナで、同じことを何度もくりかえして書いていることがわかりました。

「なんだって？　ボ、ク、ハ、だね。ウン、それから、テ、ヅ、カ、だね。シ、ヨ、ウ、イ、チ、えッ、なんだって、もう一度書いてごらん。ウン、ボ、ク、ハ、テ、ヅ、カ、シ、ヨ、ウ、イ、チ、あッ、それじゃあ、きみは手塚昌一君。そこにいる小さいのは、え、え、なんだって？　ユ、キ、コ、ああ雪子だね。きみの妹の雪ちゃんだね。わかった、わかった、きみたちもぼくと同じ目にあったんだね。この地の底へかどわかされて、青銅のお面をかぶせられ、青銅のよろいを着せられたんだね。」

　小魔人と豆魔人とは小林君のことばに、コックリ、コックリとうなずいてみせました。手塚昌一君と雪子ちゃんは、例の「夜光の時計」を盗まれた手塚さんの子供です。青銅の魔人は時計ばかりでなく、いつのまにか生きた宝ものまで盗みだしていました。手塚さんが警察や明智探偵にたのんで賊をとらえようとしたのをうらんだのでしょう。そして、その復讐のために、このいたいけな兄妹まで機械人間にかえてしまったのでしょう。

　魔人はこの三人の少年少女をとりこにして、いったい何をするつもりなのでしょう。明智探偵はこのことを知っているでしょうか。いや、おそらく、まだ知りますまい。さすがの明智も魔人のために先手をうたれたのです。

悪魔の美術館

そこへ、道化師がもどって来ました。

「さあ、これから七つの宝ものの部屋を見せてあげよう。きみたち、びっくりするぜ。」

道化師は小林君たちをあんないして、魔人の美術館を見せてくれました。魔人の盗みためた、いろいろの宝ものが、地の底の七つの部屋にかざってあるのです。

時計の部屋には、大小さまざまの時計が、まるで時計屋の店のようにならび、一方のすみには、大きな時計塔までかざってあります。そして、そのまん中の、いちばん目につきやすいところに、手塚さんの蔵の中から盗んで来たばかりの、皇帝の夜光の時計が、りっぱな黒ビロウドの台の上でキラキラとかがやいていました。

仏像の部屋には、見あげるばかりの大きな仏像が、まるで博物館のように立ちならび、絵の部屋には古い日本の名画や西洋の名高い油絵が、ズラリとかけならべてあります。そのほか、宝石の部屋、織物の部屋、蒔絵（まきえ）の部屋など、よくもこれだけ盗みあつめたものだと、びっくりするほどでした。魔人が「美術館」だといっていばっているのも、もっともです。

小林君はすっかりおどろいてしまいましたが、それといっしょに、魔人をにくむ心がムラムラと胸の中にもえあがって来ました。なんというおそろしい悪人だろう。こんなやつを一日も自由にさせておいてはいけない。「ぼくは、どんなことがあっても、ここをぬけだしてみせる。そして、明智先生や警察にこれを知らせて、魔人をとらえ、この宝ものをもとの持ち主に返すんだ。きっと、やってみせるぞ。」と、かたく心にちかうのでした。

「エヘヘヘヘヘ、どうだい、魔人さまの美術館はたいしたもんだろう。サア、見物がすんだら、魔人さまにお目みえだ。小林君ははじめてのお目みえだね。なあに、こわいことはない。きみをとって食おうとは、おっしゃらないよ。」

道化師がさきに立って、石のトンネルをグルグルとまわって行きますと、奥のほうにうす暗い部屋がありました。

十畳ほどの部屋ですが、まわりに黒ビロウドのかべかけが幕のようにたれていて、天井から、へんなかっこうのつりランプがさがっています。それが今までの部屋とは、くらべものにならないほど、うす暗いのです。

小林君たちが、そこへはいって行きますと、正面のビロウドの幕がユラユラと動いて、その合わせ目から、青銅の魔人の姿がヌーッとあらわれ、いきなりギリギリと、例のはげしい歯ぎしりの音をさせました。何か大声にどなっているのです。

「さあ、魔人さまのおおせを通訳するから、よく聞くんだぜ。いいか。……小林、きさまはよくも、おれをひどい目にあわせたな。だが、おれは神通力をもっているんだ。あの煙突からおちて死んでしまったけれども、見ろ、こうしてちゃんと生きている。きさまの先生の明智なんかにつかまるようなおれじゃない。わかったか。そこで、きさまはばつとして、一生この地の底にとじこめておくことにする。きょうから明智の弟子でなくて、おれの弟子になるんだ。どうだ、うれしいか。なに明智にあえないのが、かなしいというのか、ワハハハハハハ、しんぱいするな。明智ならいまにあわせてやる。あいつも、きさまと同じように、この魔人国のとりこにして、青銅人間にしてしまうつもりだからな。そうすれば、毎日、明智にあえるというもんだ。ワハハハハハハ。」

道化師はそこでプッツリ口をとじました。魔人も歯ぎしりをやめて、おどかすように、青銅の両手を大きくふったかと思うと、そのまま、また幕のうしろへかくれてしまいました。小林君は何かいってやろうと思ったのですが、自由に口がきけないうえに（さいぜん、食事の時、鍵でひらいてくれた下あごは、またもとのとおり、ふさがれていたのです）アッと思うまに魔人が姿を消してしまったので、何をいうまもありませんでした。

それから一週間ほど、小魔人の姿をした小林君たち三人の、地底のふしぎなくらしがつづきました。

青銅の魔人はひとりなのか、それとも、ふたりも三人もいるのか、そこがどうもよくわかりません。はじめに黒ビロウドの部屋で出あったほかは、魔人は小林君たちを、一度もそばへよせつけません。ただ、トンネルを歩いていたり、石の部屋へはいって行ったりするのを、遠くからチラチラと見るばかりです。それがみなまったく同じ姿なのですから、相手が幾人いるのだか、すこしもけんとうがつきません。道化師にそのことをたずねても、ヘラヘラ笑うばかりで答えてくれないのです。

小林君たちはべつにひどい目にあうわけでもなく、一室にとじこめられることもなく、ただ時々いろいろなものを運んだり、炊事の手つだいをさせられるぐらいで、これといって苦しいこともありませんが、この地の底から、いつまでも出られないのが、何よりもつらいのです。

石のトンネルの一方のはじに、いつもげんじゅうに鉄の戸のしまっている所があります。どうやら、そこが地上への出口らしいのですが、鍵がかかっているとみえ、その戸はおしても引いてもビクとも動きません。

ある時、小林君がその戸をしらべていると、とつぜん、うしろに人の声がしました。

「エヘヘヘヘヘ、だめ、だめ、その戸のむこうがわに出ると、いのちがないのだよ。おそろしい地獄が口をひらいて待っているんだ。悪いことはいわない。この戸のむこうへ出ようなんて、けっして考えるんじゃないよ。」

いつのまにか、例の道化師が、そこに来て、ヘラヘラ笑っているのでした。小林君はその時、道化師のいったことは、ただのおどかしだろうと思いましたが、あとになって、けっしておどかしでなかったことがわかるのです。その戸の外には、ほんとうに身の毛もよだつ地獄があったのです。

古井戸の底

もしその鉄の戸が、地上へのたった一つの出入口だとすれば、魔人が外へ出る時には、戸がひらかれるはずです。ひょっとしたら、小林君たちが夜ねているあいだに、魔人はいくども、そこから出たりはいったりしていたのかも知れません。

「そうだ、今夜は、ねないで、コッソリあの戸を見はっていてやろう。そして、もし魔人が戸をあけたら、そのあとについて出ればいい。」

小林君は昌一君ともうちあわせたうえ、その晩はよっぴて、見はりをすることにしました。それが、地底につれられて来てから、ちょうど一週間めのことでした。

小魔人の姿の小林君が、石のトンネルのまがり角の、まっ暗なくぼみに身をかくして、しんぼうづよく見はっていますと、真夜中ごろ、あんのじょう、青銅の魔人が、あの機械のような歩きかたで、小林君の前を通りすぎました。

ソッとついて行きますと、魔人は例の鉄の戸を鍵でひらいて、そのまま外のやみの中へ。そして、鉄の戸はまたピッタリとしまってしまいました。小林君はすばやく魔人のあとからぬけだすつもりでいたのですが、とてもそんなひまはありません。しかたがないので、しまった戸の前に行って、未練らしく力いっぱいそれをおしてみました。

すると、これはどうでしょう。鉄の戸がスーッとむこうへひらいたではありませんか。魔人は鍵をかけるのを忘れて行ったのでしょうか。それとも、もしかしたら、小林君がつけてくるのをちゃんと知っていて、わざと鍵をかけなかったのではないでしょうか。

しかし、小林君はそんなことを考えるゆとりなどありません。うれしさのあまり、昌一君と、雪子ちゃんのねている部屋へとんでいって、ふたりをおこし、手を引きあって、もとの戸口へもどりました。

三人は胸をドキドキさせながら、入口のむこうがわに出ると、鉄の戸をしめましたが、そこは真のやみで、どんな場所だかすこしもわかりません。もし魔人がまだそのへんにいたら、たいへんですから、しばらく、じっと耳をすましていましたが、怪物はもう遠くへ行ったとみえ、何の物音もきこえません。

そこで小林君は、こんな時の用意にと、炊事場からマッチを持って来ていたので、それをシュッとすって、あたりを見まわしました。

おどろいたことには、一メートルばかりさきに、大きな深い穴があるのです。

マッチをすらなかったら、三人はその穴の中へころがりおちていたかもしれません。

穴のふちに近づいて見ると、石のだんだんがついています。底は二、三メートルの深さです。広さはたたみ半畳ぐらいで、コンクリートでかためた、まっ四角な箱のような穴です。

またマッチをすって、よく見ますと、その箱のようになった、むこうがわのかべにやっと人間ひとり通りぬけられるほどの、黒い穴があいていることが、わかりました。そのせまい穴が、地上への出口なのでしょう。ほかには、どこにも行くところがありません。

それにしても、へんな出入口です。地上へ出るのに、なぜ、こんな穴の中へおりなければならないのでしょう。それがあんなおそろしいしかけとは、すこしも知らないのですから、小林君はふしぎに思いました。しかし、そのほかに進む道がないとすれば、ふしぎでもなんでも、穴の中へおりるほかはありません。

三人は手を引きあうようにして、泣きだしそうになっている雪子ちゃんを、いたわりながら、マッチの光で見おぼえておいた、石のだんだんをおりて行きました。

穴の底につくと、またマッチをすりましたが、見ればそのコンクリートの穴の底には、水がいちめんにたまっていて、歩くとピチャピチャと音がします。それに、コンクリートのかべも、シットリと水にぬれたような色をしています。地の底のことですから、どこからともなく、水がしたたっているのでしょう。

三人は、べつにふしんもいだかず、むこうがわのかべの、人間がひとりやっと通れるほどの穴を、くぐりぬけて、外へ出ました。そして、そこで、またマッチをすって見ますと、外へ出たと思ったのに、そこも同じようなせまい穴であることがわかりました。

それは、さしわたし一メートル半ぐらいの丸い穴で、マッチの光では見とどけられないほど、ズッと上のほうまで、筒のようになっているのです。そして、ここはコンクリートではなく、大きな石をつみかさねた石のかべでした。なんだか古い井戸の底のような場所です。

「アァ、わかった。この石かべをのぼって行けば、地面に出られるんだな。」

小林君はそこへ気がつきましたが、まっすぐな石かべにはだんだんも何もついていないので、とてもよじのぼることはできません。小林君はどうしていいのか、わからなくなってしまいました。昌一君とそうだんしようにも、まっ暗な中では、字を書いて見せるわけにも行きません。しかたがないから、もとの地下室へ引きかえそうかと思いましたが、せっかくここまで来て引きかえすのもざんねんです。

ところが、その時、おそろしい物音がきこえて来ました。ドドドドドドドドと、なにか滝でもおちているような音です。

小林君はもっと早く、思いきって引きかえせばよかったのです。しかし、もうまにあいません。

アッと思うまに、今くぐりぬけて来た穴から、川のつつみを切ったように、ドッと水が流れこんで来たのです。いや、流れるなんてなまやさしいものではありません。穴いっぱいの水のかたまりが、バッとぶっつかって来たのです。

その水のかたまりに足をさらわれて、三人は一度に尻もちをついてしまいました。おたがいに助けあって、やっとのことで立ちあがった時には、水はもう三人の腰のあたりの深さになっていました。

逃げだす道は、さっきくぐって来た穴のほかにありません。ところが、その穴からは滝のように水がふきだしているのです。近づけば、たちまちはねかえされてしまいます。

それでも、小林君は勇気をふるって、雪子ちゃんをだいて、穴のほうへつき進んで行きましたが、だめです。水のいきおいのために、大きな槌でガンとたたきつけられたように、水の中へもぐってしまいました。

やっと立ちあがって、はかってみると、水はもう胸のへんまで来ています。そして、グングン上のほうへあがってくるのです。

またたくまに、首のところまで来ました。それから、あごへ……。

せいのひくい雪子ちゃんは、ほうっておけば死んでしまうので、小林君がだきあげていました。しかし、その小林君も、もういきができなくなって来たのです。昌一君はくるしまぎれに、小林君にしがみついて来ます。雪子ちゃんをだいたうえに、昌一君にしがみつかれては、どうすることもできません。

小林君は、いよいよ死ぬんだなと思いました。そして、すっかりあきらめて、からだの力をぬいて、目をとじてしまいました。

寝室の魔術

小林君、昌一君、雪子ちゃんの三人は、どうなるのでしょう。このまま水におぼれてしまうのでしょうか。それにしても、あのおそろしい水はどこからわいて来たのでしょう。魔人は三人の子供のいのちをとるために、あんなしかけをしておいたのでしょうか。どうもそうではなさそうです。これには何かわけがあるのです。

地の底でこんなさわぎのあった、ちょうどそのころ、地上にまた、おそろしい事件がおこっていました。

港区にある手塚さんのおうちは、昌一君と雪子ちゃんが、行くえ不明になって、もう一週間も帰ってこないので、大へんなさわぎでした。そのうえ、青銅の魔人は、ふたりの子供をさらって行っただけでは、まだたりないのか、そののちも、時々手塚家に姿をあらわすので、警察ではたえず手塚家のまわりに、見はりの刑事をおくことにしました。

ちょうど昌一君たちが水におぼれていたころです。夜中の十二時、ひとりの刑事が手塚家の庭に、寝ずの番をしていました。刑事がしゃがんでいる、木のしげみの間から、手塚さんの寝室の窓が見えます。黄色いカーテンがひいてあって、それに寝台のまくらもとの電灯の光があたっているので、やみの中に窓だけが、映画のスクリーンのようにうきだしているのです。

刑事は、なにげなくその窓を見ていましたが、カーテンにへんな影がうつっているのに気づいて、ハッと立ちあがりました。

それは人の姿でした。しかし、手塚さんの影ではありません。なんだかぎごちない動きかたをする、西洋のよろいを着たような影でした。

「もしや！」と思った刑事は、足音をしのばせて、窓に近よりました。鉄格子のある窓です。その鉄格子に顔をくっつけるようにして、カーテンのすきまから、部屋の中をのぞいて見ますと……。

アア、やっぱりそうでした。あいつがいたのです。手塚さんのベッドのすそのほうに、あのおそろしい青銅の魔人がヌーッと立ちはだかって、今にも手塚さんに、つかみかかろうとしていたではありませんか。

その時、よく寝入っていた手塚さんが、目をさましました。そして、怪物の姿に気がつくと、ガバッとベッドの上に半身をおこしました。

おそろしいにらみあいでした。魔人は二つの黒いほら穴のような目の中から、じっと手塚さんをにらみつけています。

手塚さんは、まるでヘビにみいられたカエルのように、怪物の目を見つめたまま、身動きもできないのです。

そのうちに、手塚さんの顔が、今にも泣きだしそうにゆがんで来ました。そして、やっとの思いで、その口からさけび声がほとばしりました。ゾーッとするような、なんともいえぬものすごいさけび声でした。

刑事はそれを聞くと、パッと窓のそばをはなれて、矢のように裏口へとんで行き、そこから廊下づたいに、手塚さんの寝室の入口へかけつけました。鉄格子があるので窓からは、はいれなかったのです。寝室のドアーはピッタリとしまっていました。とってをまわしても、ドアーはひらきません。手塚さんは用心のために、いつもドアーに中から鍵をかけて眠るのです。刑事はピリリリリとよびこを吹きならしました。

バタバタ廊下に足音がして、もうひとりの刑事や書生などがかけつけて来ました。

ふたりの刑事は力をあわせてドアーにぶっつかりました。メリメリと音をたててわれる板、その穴を、足でけやぶって広くし、そこからのぞいて見ますと、もう青銅の魔人の姿はなくて、手塚さんがベッドの上にグッタリとなっています。気を失っているのか、それとも、もしや……。

刑事たちはドアーの破れをもぐって、部屋の中へ飛びこんで行きました。カーテンのうしろ、ベッドの下、洋服だんすの中、どこをさがしても、青銅の魔人は、影も形もありません。たった一つのドアーには鍵がかかっていました。窓には全部鉄格子がついています。ぬけだすすきまはどこにもありません。

アア、またしても魔術です。怪物は煙のように消えてしまったのです。

手塚さんはさいわいにも、どこもけがはしていません。刑事にだきおこされて正気づくと、「明智さんを、早く……。」といったまま、またグッタリとなってしまいました。

刑事は中村捜査係長の自宅と、明智探偵の宅へ電話をかけました。すると、係長のほうは「すぐゆく。」という返事でしたが、明智探偵のほうは、「一昨夜事務所を出たまま、まだお帰りがないので心配している。」という答えです。

名探偵はいったいどこへ行ったのでしょう。アア、もしかしたら、魔人の計略にかかって、地の底のすみかへつれさられたのではないでしょうか。

刑事たちは、ベッドの上にグッタリとなっている手塚さんを、助けおこして、ブドウ酒などをのませて、元気づけました。すると、手塚さんは、やっと口がきけるようになり、さもおそろしそうに、とぎれとぎれに、こんなことをいうのでした。

「あいつは、私の手をとって、どこかへつれて行こうとしました。ギリギリ歯車の音をさせるだけで、ものをいわないから、わけがわからぬけれども、サァ、おれといっしょにこい。こんどはきさまを盗みだすのだ、といっているように思われたのです。私はいっしょうけんめいに、抵抗しました。魔物にだきしめられ、今にもどこかへつれて行かれそうになったのを、やっとのことでふみこたえていました。そこへ、あなたがたがドアーを破る音がきこえて来たものですから、魔人はビックリして私をはなし、消えるように逃げさってしまったのです。」

「あいつは、どこから逃げました。どこにもぬけだす個所はなかったと思いますが。」

刑事がたずねますと、手塚さんはゾーッとしたような顔をして、

「それがわからないのです。逃げだしたのでなくて、消えてしまったとしか思われません。あいつの姿が、だんだんうすくなっていって、ボーッとかすんで、そして、消えてしまったのです。あいつは魔物です。おそろしい魔物です。」

そうしているところへ、電話のしらせで、中村捜査係長がかけつけて来ました。

中村係長のさしずで、あらためて寝室の中をしらべましたが、なんの手がかりもありません。もう真夜中です。ともかく厳重な見はりをつけて、手塚さんや家の人たちを朝まで眠らせることとしました。その手配がおわったとき、

「オヤ、手塚さんが見えないようだが、どこへ行かれたんだね。」

中村警部が、からっぽのベッドに気づいて、びっくりして、たずねました。

「さっき、便所へ行かれるというので、田中君がついて行ったのですが。」

そういっているところへ、その田中刑事が青くなって、かけつけて来ました。

「手塚さんがさらわれました。申しわけありません。廊下の曲がりかどで、ヒョイと姿

が見えなくなってしまったのです。そこの雨戸が少しあいていました。魔人のやつ、その雨戸の外の暗闇(くらやみ)にまちぶせしていたのかも知れません。私は、すぐに庭へかけだして、懐中電灯で、そのへんをさがしまわりましたが、どこにも姿が見えません。」

田中刑事の大失策でした。しかし、今さらしかってみてもしかたがありません。中村警部は、刑事のほかに書生などにも手つだわせて、ただちに手塚家の庭の大捜索をはじめました。庭の林の中を懐中電灯やちょうちんの光がじゅうおうにとびまわりました。しかし、何も発見することはできなかったのです。魔人ばかりか、手塚さんまで、空中にとけこむように消えうせてしまったのです。

縄ばしご

その翌朝、まだうす暗い午前五時ごろ、名探偵明智小五郎が、ヒョッコリ手塚家に姿をあらわしました。

「アア、よかった。明智君、きみはぶじでいたんだね。」

中村警部はうれしそうに声をかけました。

「あいつは手塚さんまで、さらって行ってしまった。だから、きみもひょっとしたら、あいつにやられたんじゃないかと、しんぱいしていたんだ。だが、きみは二日ほどうちへ帰らなかったようだが、いったいどこへ行っていたんだ。」

「ウン、それは今にわかるよ。それよりも手塚さんの行くえをつきとめなくちゃあ……サア、大いそぎだ。」

明智がいきなり、どこかへ出かけようとするので、中村警部はびっくりして、

「きみはいったいどこをさがそうというのだ。庭のうちそとは、ゆうべから何度となくさがしまわったが、なんの手がかりもつかめなかったんだよ。」

「イヤ、ぼくにはだいたいけんとうがついているんだ。きみもいっしょに来てくれたまえ。それから刑事さんもひとり。」

明智はさも自信ありげです。

「むろん、いっしょに行くが、どこへ行くんだね。」

「庭の林の中さ。」

「林の中なら、すっかりしらべたが、すこしも、うたがわしい個所はなかったよ。」

「ところが、たった一つ、きみたちが見のがしているものがあるんだ。」

明智が何を考えているのか、少しもわかりませんが、これまでいろいろ手がらをたてている名探偵のいうことですから、中村警部もだまって、これにしたがうことにしました。

明智は縁側に靴を持ってこさせて、庭におり、グングン庭の林の中へはいって行きました。

す。中村警部はひとりの刑事をつれて、そのあとにつづきました。千坪もある広い庭。大きな木の立ちならんだ林の中は、昼も暗いほどです。明智はちゃんと行く先がわかっているらしく、わき目もふらず進んでいきましたが、ふと立ちどまると、「これだよ。」とささやき声でいって、前を指さしました。

それは一つの古井戸でした。土をかためて作った古ふうな井戸がわが、半分くずれてしまったような古い古い井戸でした。中村警部はけげん顔で、

「その井戸もじゅうぶんしらべたんだよ。中は石がけになっているが、べつに、ぬけ穴はないようだぜ。」

「シッ、大きな声をしちゃいけない。あいつはこの下にいるんだ。きみはピストルは持っているだろうね。」

明智はいよいよささやき声です。

「ピストルを手に持っていてくれたまえ。いつ攻撃を受けるかもしれないのだから。」

それをきくと、警部はにわかに緊張して、ピストルをサックから取りだしました。

「見たまえ、この井戸の底を。」

明智が懐中電灯で井戸の中をてらすと、中村警部がのぞきこんで、びっくりして顔をあげました。

「オヤッ、すっかり水がなくなっている。ゆうべのぞいた時も、その前に見た時も、こ

の井戸の底にはドス黒い水が、いっぱいたまっていたんだが……。」

「そこが魔法なんだよ。あいつが呪文をとなえると、井戸の水がスーッとなくなってしまう。そして、ここが地下の密室への出入口になるというわけだよ。」

「じゃあ、この地の下に魔人のすみかがあるというのか。」

「そのとおり、手塚さんも、昌一君も、雪子ちゃんも、小林君も、みなこの地の底へつれこまれているのさ。」

「フーン、おどろいたなぁ。手塚さんの庭の井戸の中が賊のすみかだなんて、なんという大胆不敵なやつだろう。」

「そこが魔法使いの物の考えかたなんだ。すべてふつうの人間の逆を行くのさ。だから、あたりまえの考えかたでは、あいつの秘密をつかむことはできない。こっちも逆の手を使わなくてはだめなんだよ。サァ、ぼくはこの縄ばしごで先におりるから、きみたちはあとからついて来たまえ。そして、いざとなったら、かまわないから、ピストルをぶっぱなしてくれたまえ。」

「三人ぐらいで、だいじょうぶかい。相手はたくさんいるんじゃないのかい。」

「だいじょうぶ、ぼくは敵の秘密はだいたい、さぐってあるんだ。三人でも多すぎるほどだよ。」

明智探偵は小わきにかかえていた小さい新聞紙の包みをとくと、中から黒い絹糸をよって作った、細いけれどもじょうぶな縄ばしごをとりだし、そのはしの、まがった金具を井戸がわにかけ、縄ばしごを井戸の中にたらして、用心しながら、それを一段一段とくだって行きます。

井戸は三メートルほどの深さで、まわりはコケのはえた古い石がけ、底にはコンクリートがしきつめてあります。井戸の古さにくらべて、このコンクリートはごくあたらしいのです。井戸の底をコンクリートでかためるなんて、聞いたこともありません。さきほど明智がいったとおり、地底のすみかへの入口として魔人が何かしかけをしたものでしょう。

井戸の底はおとながふたりはらくに立てるほどの広さです。明智は縄ばしごをおりると、無言で懐中電灯の光を石かべの一方に向けました。あとからおりて来た中村警部に地下の通路をしめすためです。

石かべの一ヵ所が、人間ひとり、やっと通れるほどの穴になっています。明智は先に立って、その穴をもぐりました。穴のむこうがわは、コンクリートの四角い箱のような場所です。そこにだんだんがついていて、それをあがると、正面に大きな鉄のとびらがしまっています。

読者諸君にはハハアと思いあたることがあるでしょう。そうです。あれと同じ井戸の底なのです。小林君、昌一君、雪子ちゃんの三人が、おそろしい水ぜめにあったあの穴なのです。

あれからまだ八時間ほどしかたっていないのに、あのたくさんの水は、すっかり地の底へ吸いこまれてしまったのでしょうか。イヤ、そんなはずはありません。井戸の底はすっかりコンクリートでかためてあるのです。では、どうして水がなくなったのでしょう。また、小林君たちは、あれからどうなったのでしょう。水におぼれてしまったとすれば、三人の死がいがあるはずです。しかし、そんなものは何も見あたらないではありませんか。

それから、もっとふしぎなことがあります。魔人は小林君たちが逃げだそうとした時には、水ぜめにして、これをふせぎました。ですから、明智探偵たちがはいって来たとわかれば、また水ぜめにして、ふせぐことができたはずです。魔人はなぜ水をださないのでしょう。それとも、探偵の来たことをまったく気づかないでいるのでしょうか。

それもこれも、今にすっかりあきらかになります。そして、わが明智小五郎がどんなにえらい探偵だかということがわかるのです。

名探偵の魔法

明智探偵は、どうして手に入れたのか、正面の鉄のとびらの鍵を持っていました。ポケットからそれを取りだして、カチカチとやると、大とびらはギーッとひらきました。

そのむこうの闇の中に、青銅の魔人がヌーッと立っているのではないかと、中村警部はゆだんなくピストルをかまえましたが、そこには、うす暗いトンネルが、ズーッと奥ふかくつづいているばかりで、人の影もありません。

明智は懐中電灯をふりてらしながら、少しもおそれないで、そのトンネルの奥へ進んで行きます。警部と刑事は注意ぶかくあたりに目をくばりながらそのあとにつづきました。

明智はまるで自分の家の中でも歩いているように、まがり角に来ても、少しもためらわないで、ドンドン進んで行きます。そして、うす暗い石のトンネルを、グルグル回って行きついた所は、読者諸君はもうごぞんじの小林少年たちが道化師につれられて、青銅の魔人に対面した、あの黒ビロウドの幕をはりめぐらした部屋でした。

三人がその部屋へはいるとすぐに、奥のビロウドの幕のすその所に、ひとりの人間がたおれているのに気づきました。

「アッ、手塚さんだッ。」

中村警部は思わず口ばしりました。

たんぜんのねまき姿の手塚さんが、手と足をしばられて、気をうしなったように、そこにたおれていたのです。

三人はいきなりそのそばへかけよって、縄をとき、介抱しましたが、手塚さんはグッタリとなって、物をいう力もありません。ただ右手をわずかにあげて、むこうの黒ビロウドの幕をゆびさすばかりです。

そこには、ひだの多いたれ幕が二重にかさなって、何かしらあやしい物をかくしているように見えます。ふと気がつくと、アア、あの音です。ギリギリ、ギリギリ、ぶきみな歯車の音が、どこからともなくきこえて来ます。三人は思わずハッと身がまえました。手塚さんの指は、ビロウド幕の合わせ目のへんを、じっとさし示しています。その顔はおそれのために真青(まっさお)です。

気のせいか、ひだの多い幕が、かすかに動いているように見えます。天井からさがっているランプがゆれたのでしょうか。それとも、幕のうしろにいる魔人が、今にもとびだそうと、身うごきしているのでしょうか。

中村警部はピストルの手をあげて、いきなりぶっぱなしそうな身がまえをしました。

「アッ、まちたまえ、むやみにうってはいけない。そのピストルは、ぼくがあずかっておこう。」

明智はなぜか、警部のピストルを取りあげてしまいました。刑事はピストルを持っていなかったので、ただ一ちょうの武器が明智の手にわたったわけです。

明智はそれから、部屋の入口へ行って、ドアーをピッタリしめて、刑事をさしまねきました。

「きみはこのドアーの前に立っていてください。ぼくがよろしいというまでは、どんなことがあっても、ここをひらいてはいけない。わかりましたか。たとえ中村君でも、手塚さんでも、それから、ぼく自身でも、ここから一歩も外へだしてはいけないのです。わかりましたか。」

明智のふしぎな注文に、刑事は目をパチパチさせていましたが、魔人の巣窟を発見した名探偵のいいつけです。わけはわからなくても、したがうほかはありません。刑事はしめきったドアーの前に立って、ネズミ一匹も通すまいと、がんばるのでした。

「中村君、いよいよ青銅の魔人と対面だよ。」

明智はそういって、ツカツカとビロウドのたれ幕の合わせ目に近づいて行きました。中村警部はその時、チラッと自分のほうを見た明智のへんな目つきに、気づかないではいられませんでした。

警部は「オヤッ」と思いました。あれはたしかに、いたずら小僧が、何かかわるさをする時の目つきです。笑いたいのをじっとこらえているような目つきです。この真剣な時に、明智探偵はなぜ、そんなへんな目つきをしたのでしょう。警部にはどうしても、そのわけがわかりません。

その時、明智は幕の合わせ目をひらいてサッとその中へふみこんで行きました。アア、なんというむちゃなことをするのでしょう。幕のむこうがわには、青銅の魔人がいるにきまっています。そこへ明智がただひとりでとびこんで行ったのです。

警部はじっと幕をにらんで、両手をにぎりしめました。今にも格闘がはじまって、幕が波のようにゆれるのではないかと、目もはなさず、ようすをうかがっていました。

しかし、べつにとっくみあいがはじまるでもなく、しばらくすると、幕の合わせ目のところが、ズーッとこちらにふくらんで来て、それから合わせ目が左右に少しずつ、少しずつひらいて行き、そこから、何か青黒いものがあらわれて来ました。

そして、幕がひらききってしまうと、そこに、ヌーッと、銅像のようなやつが、あのおそるべき青銅の魔人が、姿をあらわしたのです。

警部はこぶしをにぎりしめて、思わずタジタジと、あとじさりをしました。

魔人は、あの三日月型の唇で、ニヤニヤ笑いながら、それを追うように、こちらへ進んできます。だれかにうしろから、おされているような、へんな歩きかたで、ジリジリと幕の外へ出てくるのです。

明智探偵はどうしたのでしょう。とっさのまに、魔人のためにやられてしまったのではないでしょうか。そして、幕のうしろに、たおれているのではないでしょうか。

もしそうだとすれば、一刻も猶予はできません。中村警部は死にものぐるいの決心で、魔人にむかってとびかかって行こうとしました。そして、一歩前にふみだした時……。

みなさん、安心してください。名探偵明智小五郎は、けっしてそんなボンクラではありません。かれはその時、魔人のうしろから、ヒョイととびだして来たのです。しかもニコニコ笑いながら、とびだして来たのです。

「中村君、おどろくことはない。こいつは今ぼくが退治して見せるよ。サァ、よく見ていたまえ。ぼくの魔術がはじまるのだ。青銅の魔人が魔術師なら、この明智だって、それにおとらぬ魔術師だということを、今、きみに見てもらうのだ。」

いうかと思うと、明智は青銅の魔人のうしろにまわって、そこにしゃがんで、何かカチッと音をさせました。

すると、アア、これはどうしたというのでしょう。魔人はユラユラとゆれたかと思うと、あのいかめしい青銅のからだが、たちまちグッタリと力をうしない、首を前にたれ、いかった肩がスーッとしぼんで行き、まるであめ細工のようにグニャグニャになって、見るみる形がくずれ、アッと思うまにとけてしまったのです。雪だるまがとけるように、くずれてしまったのです。そして、今まで魔人の立ちはだかっていた足もとに、一かたまりの青黒いものが、まるで着物でもまるめたように平べったく横たわっていました。

「中村君、魔人が、しめきった部屋の中から、消えうせる魔法は、これだよ。これがあいつの魔術の種さ。」

明智はそういって、一かたまりのグニャグニャしたものを足でふんづけて見せました。

するると、その青黒いくらげのようなかたまりは、ふしぎな生きもののように、ブルブルッと身をふるわせるのでした。

ゴム人形

「中村君、青銅の魔人の正体はこれだよ。」

明智がニコニコしながらいいました。

中村警部たちは、あまりのことに、夢でも見ているのではないかと、きゅうには返事もできません。

「ハハハハハハ、おどろいたかい。ごらんのとおり、こいつは厚いゴムでできた、ゴム人形なんだよ。両足のうらに大きな穴があって、それがとめ金でおさえてある。ぼくは今、そのとめ金をはずしたんだよ。パチンと音がしたのが、それだ。足のうらの二つの大穴からいっぺんに空気がぬけるので、たちまちペチャンコになってしまったのさ。」

アア、なんという、とほうもないことでしょう。あのおそろしい青銅の魔人が、ゴム風船のような人形だったなんて、まるで信じられないことです。たましいのないゴム人形が、物を盗んだり、かけだしたり、できるわけがありません。中村警部はあっけにとられて目をパチクリするばかりでした。

「こいつを、もとの魔人にするのも、わけはないのだよ。ちょっとやって見るからね。」

明智はそういって、幕のうしろへはいって行きましたが、すぐに一本のガス管のような長いくだのさきを持って、出て来ました。

「このくだは、かべのうしろのエア・コンプレッサーにつづいているんだよ。ボタンをおすと、その機械がうごいて、おそろしいいきおいで、このくだから空気がふきだすのだ。自動車のタイヤに空気を入れる、あのエア・コンプレッサーと同じしかけなのさ。」

明智はペチャンコになったゴムのかたまりを、あちこちとさがして、空気を入れる小さな穴を見つけだすと、そこへくだのさきのネジを、はめこみました。すると、シューッと音がして、ぞうきんのかたまりみたいに見えていたゴム人形が、ムクムクと動き、すこしずつ、すこしずつふくれてきたではありませんか。

「足のうらのとめ金をはめて、しばらくこうしていれば、もとの青銅の魔人になるんだが、そこまでやらなくてもいいだろう。ただ、ゴム人形のしかけさえ、わかればいいのだからね。」

とめ金をはめなくても、空気のいきおいが強いものですから、見るみるふくれあがって、青黒い大きな海亀がはっているような形になりました。首のほうにも空気がはいって、あのぶきみな魔人の顔が、半分ぐらいの大きさで、しわだらけで、ビクンビクンと動いています。

「アア、わかった。かえだまだね。そいつはほんとうの魔人ではなくて、魔人のかえだまなんだね。」

中村警部はやっとそこへ気がつきました。

「そうだよ。ゴム人形は自分で動けないからね。魔人のるすのあいだ、この幕のうしろに立っていて、代理をつとめるというわけさ。それには人間の助手がいなくちゃどうにもならない。幕をちょっとひらいて、魔人の姿を見せるのにも、例の歯車の音をさせるのにも、人手がいり用だ。それにはね、魔人のけらいで、道化師のふうをした、へんなやつがここにいるんだよ。」

明智はそこで、ふとことばをきって、ツカツカと中村警部のそばによると、耳に口をつけて、なにかボソボソとささやきました。すると、中村警部は入口に立ちはだかっていた刑事を、手まねきして、なにかまたささやきます。

明智はつぎに手塚さんのほうへ近づこうとして、びっくりしたように、立ちどまりました。

「オヤ、手塚さん、顔色がよくないですね。気分がわるいのですか。」

手塚さんは、魔人にしばられた手足の縄を、警部たちにといてもらっていましたが、ひどくつかれているようすで、もとの場所にグッタリと、うずくまったまま、青ざめた顔をしていました。

「イヤ、なんでもありません。だいじょうぶです。」

歯をくいしばるようにして、ひくい声でこたえるのです。

「中村君、手塚さんのそばについていてあげてくれたまえ。ひどく気分がわるいようだったら、ひとまずここを出てもいいのだが……。」

中村警部と刑事とは、手塚さんの両がわに、すりよって、手塚さんを、だきかかえんばかりにして、気をくばっています。

「イヤ、それほどでもありません。それよりも、昌一と雪子のことが心配です。ふたりはどうしたのでしょう。どこにいるのでしょう。」

手塚さんは、ふたりの愛児をほうっておいて、魔人のすみかを立ちさる気には、なれないようすです。

アア、昌一君、雪子ちゃん、それから、われらの小林少年、あの三人は、いったいどうしたのでしょう。古井戸の底で水ぜめになり、今にもおぼれようとしていたのですが、うまく助かることができたのでしょうか。

「ご安心なさい。昌一君も雪子ちゃんもぶじです。今にあわせてあげますよ。」

明智は手塚さんを、やさしくなぐさめました。やっぱり三人は助けられていたのです。

それにしても、だれが、どうして助けたのでしょう。

びっくり箱

「明智君、ゴム人形の秘密は、わかったが、すると、ほんものの青銅の魔人は、いったい、どこにいるんだね。まさかゴム人形が、手塚さんを、ここへつれて来たわけではなかろう。」

手塚さんのそばにしゃがんだ中村警部が、いぶかしそうに、たずねました。

「それも、じきにわかるよ。ちょっと、待ってくれたまえ。そのまえに見せたいものがあるんだ。中村君、それから手塚さんも、いまぼくが妙なことをはじめるからね、よく見ていてください。」

明智は、なんだかニヤニヤ笑いながら、黒ビロウドのたれ幕の中へ、スーッと、はいって行ってしまいました。

明智の意味ありげなことばに、三人は何事がおこるのかと、だまりこんで、待っていますと、やがて、ビロウドの幕がユラユラとゆれて、その合わせ目から、パッと、まっかなものが、とびだして来ました。まるで、ビックリ箱から、道化人形がとびだすように、ひとりの道化師があらわれたのです。

紅白だんだらぞめの、ダブダブの服、トンガリ帽子、顔はまっ白におしろいをぬって、両方の頬に、赤い日の丸がついています。

こちらの三人は、あっけにとられて、ただ目を見はるばかり、口もきけないでいますと、道化師は、三人の前に立ちはだかって、いきなりゲラゲラと笑いだしたではありませんか。

「ワッハハハハハハ、どうだね、この早わざは。一分間におしろいをぬって、べにをつけて、道化服を着た手ぎわは、ハハハ……、まだわからないかね。ぼくだよ、明智だよ。ちょっと、魔人の弟子の道化師に化けて見たのさ。」

「なあんだ、きみだったのか。びっくりさせるじゃないか。そんな変装をして、いったい、どうしようというのだ。」

中村警部は、おこったような声で、たずねます。

「イヤ、ゆうべ、真夜中にね、ぼくはこういうふうをして、あるところで、大はたらきをしたんだよ。道化師になりすまして、敵のうらをかいたのだよ。手塚さん、わかりますか、ぼくのやりかたが。探偵というものは、こういう早わざの変装もするのですよ。」

「じゃあきみは、その道化師の服をとりあげたわけだね。すると、ほんものの道化師は、いったい、どうしたんだ。まさか、きみは……。」

警部が心配そうにいいだすのを、明智は身ぶりでとめて、また笑いました。

「ハハハハハハハ、それは今お目にかけるよ。ちょっと、待ってくれたまえ。」

そういって、出て来た時と同じすばやさで、パッとビロウド幕の中へ、とびこんで行きましたが、しばらくすると、幕が大風にふかれたように、波うって、めくれあがり、幕のはじが天井の綱にひっかかりました。つまり幕がひらいて、その奥が見えるようになったのです。

そこに明智がニコニコ笑って、立っていました。道化師は、かき消すようにいなくなって、もとの姿の明智探偵でした。いつのまに、ふきとったのか、顔には、べにのあとも、おしろいのあともありません。手品師のような早わざです。

「では、ほんとうの道化師を、お目にかけます。」

明智のうしろに、仏像などをおさめる厨子(ずし)の形をした、黒ぬりの大きな戸棚のようなものが、おいてありました。明智はその前に近づいて、鍵をカチカチさせたかと思うと、観音びらきの戸を、サッと左右にあけて見せました。

光といっては、石の天井からつるした石油ランプばかりですから、戸棚の中はボンヤリとしか見えませんが、たしかに人間です。シャツ一枚になった大男が、手足をグルグルまきにしばられて、まるくなって横たわっているのです。

「ハハハハハハハ、わかりましたか。こいつは二日も前から、ここにとじこめてあるのですよ。そして、その二日のあいだ、ぼくが道化師の身がわりをつとめていたのですよ。むろん、こいつには、時々たべものを、やっておきましたがね。おわかりになりましたか手塚さん。この厨子の中には、魔人がどこかのお寺から盗みだした仏像が、安置してあった。ぼくはそれを、別の場所におきかえて、仏像のかわりに、道化師を入れておいたというわけですよ。」

「じゃあ、そいつも魔人のなかまだなッ。」

中村警部は今にも飛びかかりそうな、いきおいで、どなりました。

「そうだよ。しかし、こうしておけば、けっして逃げやしない、だいじょうぶだよ。」

明智は観音びらきをしめて、また鍵をかけてしまいました。

「手塚さん、おまちどおでした。では、これから、昌一君と雪子ちゃんのいる所へ、ごあんないしましょう。」

それを聞くと、中村警部がへんな顔をして、明智をせめるようにいいました。

「なあんだ、きみはそれを知っていたのかい。それじゃあ何も、道化師に変装したりして、グズグズしていないで、早くそこへ行けばいいのに。」

「イヤ、ものには順序がある。手塚さんに、ぼくも変装の名人だということを、ちょっと見せておきたかったのだよ。じゃあ、手塚さんといっしょに、ぼくのあとから、ついて来たまえ。」

明智は先に立って、入口のドアーをひらくと、石のトンネルの中へ出て行きます。警部と刑事とは、青ざめた手塚さんを、中にはさむようにして、そのあとにしたがいました。

犯人はここにいる

うす暗いトンネルを、ひとまがりすると、別の部屋の入口があります。そこは、読者諸君は、とっくにごぞんじの、例の時計の部屋でした。かずかぎりなく、ならんでいる、大小さまざまの時計に、三人が目を丸くしたことは、いうまでもありません。

「手塚さん、ごらんなさい。あなたの皇帝の夜光の時計が、ここにあります。もうだいじょうぶですよ。ここを出る時に、持って帰ればいいのです。」

手塚さんは、目をかがやかせて、時計を見つめていましたが、明智がズンズン歩いて行くので、長くそこに立ちどまっているわけにも行きません。

それから絵の部屋、織物の部屋などを通りすぎ、仏像の部屋にはいりました。いちばん気味のわるい部屋です。天井からつるした石油ランプの、あわい光の中に、お化けのような仏像が、かさなりあって、立ちならんでいるのです。

「おどろいたものだなあ。こんな広い地下室をつくり、これだけの美術品を集めるのは、よういなことじゃない。やつは、いつのまに、こんな大仕事をやったものだろうね。」

中村警部は、感にたえたように、つぶやくのでした。

「ぼくもおどろいたがね。今ではそのわけがわかっている。この美術品の大部分は、長いあいだに集めたもので、いぜんは別のところにかくしてあったのだ。この地下室も徳川時代のすえに、ある大名が、秘密の会合の場所として造らせたものだが、それが明治になってから、持ち主もかわり、入口もふさがって、だれにも知られないでいたのだ。

魔人のやつは、戦争後、ある古文書によって、この地下室のあることを知り、ひそかに手入れをして、美術品をはこびこんだ。大きな仏像を持ちこむために、古井戸の底の石かべをこわして、また元どおりになおしたあとも残っている。

どうです。手塚さん、この土地の持ち主のあなたも、ごぞんじないことを、ぼくは知っているのですよ。ハハハハハハ。」

明智はなぜか、意味ありげに笑うのでした。

それから一同が、仏像のあいだを進んで行くうちに、どうしたことか、今まで先にたって歩いていた明智の姿が、フッと見えなくなってしまいました。ちょうど人間ぐらいの仏像がたくさんならんでいるので、その中にまじってしまって、明智がどこにいるのか、わからなくなったのです。

「明智君、どこへ行ったんだ。明智君、明智君……。」

呼んでも答えるものはなく、うす暗い部屋はシーンとしずまりかえって、立ちならぶ仏像の顔が、みな笑っているように見えます。さすがの中村警部も、なんだか、うす気味わるくなって来ました。

三人は明智をさがしながら、仏像のあいだを、まよいあるいていましたが、ふと気がつくと、どこからともなく、いやな、いやな物音がきこえて来ました。アア、あの音です。ギリギリ、ギリギリ、魔物が歯ぎしりをかんでいるような、あの歯車の音です。

三人はハッとして、釘づけになったように、そこに立ちすくんでしまいました。

すると、かさなりあった仏像のあいだから、チラッと、青黒いものが見え、それが、だんだん大きくなって、やがて、ヌーッと、三人の目の前に、あの化けものが、青銅の魔人があらわれたのです。

三人はジリジリと、あとじさりをしました。魔人は、それを追うように、ゆっくり、ゆっくり、こちらへ近づいて来ます。ゴム人形ではありません。足を動かして、人間と同じように歩いてくるのです。両手をひろげて、今にも、つかみかかろうとしているのです。

ところが、気がつくと、もっとふしぎなことがおこっていました。大きな魔人のうしろに、別の青黒いものがチロチロと動いているのです。しかし、それが、やっぱり魔人の姿をしています。小型の魔人です。魔人にも子供があるのでしょうか。ひとり、ふたり、三人……三人の小魔人です。それが、手を引きあって、大きな魔人のうしろから、チョコチョコと歩いてくるのです。

「まてッ、そこから一歩でも進んでみろ、これだぞッ。きさま、いのちがないぞッ。」

中村警部は、手塚さんをかばうようにして、ピストルをかまえました。

するど、アア、またしても、ギョッとするようなことが、おこったのです。どこからともなく、きこえてくる、クスクスという、しのび笑い、それが、だんだん大きくなって、ついにワハハハハハハハと、人をばかにした大笑いになりました。魔人は笑っているのです。腹をかかえて笑っているのです。

あっけにとられていますと、魔人は両手で自分の頭をかかえるようなかっこうをして、それからその手をグッと上のほうへのばしました。すると、魔人の首がスッポリとぬけて、宙にういたではありませんか。イヤ、そうではありません。魔人の顔が二つになったのです。両手にささえられて、はるか頭の上のほうにうきあがった顔と、もとの胴体についているもう一つの顔と。

その胴体についているほうの顔は、青銅色ではなく、ふつうの人間の顔でした。なんだか見おぼえのある顔です。その顔がニコニコと笑いました。

「ぼくだよ、ぼくだよ。たびたび、おどろかせて、すまなかったね。ゴム人形のほかに、こういう魔人もいるということを、きみたちに見せておきたかったのだよ。」

それは明智探偵でした。首がぬけたように見えたのは、かぶっていた青銅の首から上をとりはずして、両手でささえたのです。青銅の頭のうしろのところで、たてにわれるようになっていて、鍵でそれをひらくと、自由にとりはずせるのです。

「これが、青銅の魔人のほんとうの正体だよ。つまり、青銅のよろいを着て、青銅の首をかぶっているのさ。これなら自由自在に歩きまわれるからね。……ところで、ぼくのうしろにいる、三人の小さな魔人は、なんと思うね。ほかでもない、これが昌一君と雪子ちゃんと小林だよ。魔人の着物を着せられているんだ。この大きいのが小林、中ぐらいなのが昌一君、いちばん小さいのが雪子ちゃんだよ。」

それをきくと、手塚さんは「オオ」とさけんで、よろめくように、前にすすみました。小魔人たちは、ひとかたまりになって、手塚さんのほうへ近づきました。手塚さんは両手をひろげて、いちばん小さい魔人を、つまり雪子ちゃんを、さもなつかしげに、だきかかえるのでした。

子供たちはぶじでした。たいせつな夜光の時計もみつかりました。あとには、あのにくむべき青銅の魔人をとらえることがのこっているばかりです。

「明智君、いつもながら、きみのうでまえには、かぶとをぬぐよ。たびたび、びっくりさせられたが、これはきみのわるいくせだね。しかし、マア、そんなことはどうだっていい。ところで、明智君、かんじんの犯人は、青銅の魔人はどこにいるんだね。まさか、きみともあろうものが、犯人をにがしたわけではあるまいね。」

中村警部は明智の前につめよって、なじるようにいいました。

「ものには順序があるよ。犯人をひきわたすのは、いちばんあとだ。けっして逃がしゃしないよ。」

明智は自信ありげに、ニコニコして答えました。

「ウン、さすがは明智君だ。で、その犯人はどこにいるんだね。」

「ここにいる。」

警部はおどろいて、キョロキョロと、あたりを見まわしました。うす暗い石の部屋に、ニョキニョキと立ちならぶ、人間のような仏像たち、かくれんぼには、もってこいの場所です。

「またきみのくせがはじまった。じらさないで、ハッキリいいたまえ。あいつは、いったい、どこにいるんだ。」

「ここにいるんだよ。」

「ここは？」

首から下は青銅の魔人そっくりの明智が、右手をあげて青銅のひとさし指を、まっすぐにのばし、すぐ目の前をゆびさしました。

警部はハッとして、その指さきの方角を見つめます。

ふしぎなことに、その方角には、べつにあやしいものは、いないのです。手塚さんと三人の小魔人と刑事と、そのうしろに二つの仏像が立っているばかり、あとは入口のドアーです。

しかし、明智の指は、ある一点をさししめしたまま、すこしも動きません。これがわからないのかといわぬばかりです。

警部はもう一度、その方角を見なおしました。ひとみをさだめて、じっとにらみつけました。

明智の指は、どうやら手塚さんを、さしているようです。いくら見なおしても、そうとしか考えられません。中村警部は、とほうにくれました。手塚さんが青銅の魔人であるはずがないと思ったからです。

古井戸の秘密

手塚さんが魔人だなんて、そんなばかなことはありません。手塚さんは時計を盗まれたり、子供をさらわれたりした、被害者なのですから。

では、魔人は立ちならんだ大きな仏像の、どれかの中に、かくれてでもいるというのでしょうか。みんなは、このふしぎなことばに、あっけにとられて、名探偵の顔を見つめるばかりでした。

「イヤ、中村君、きみにのみこめないのはもっともだ。それじゃ、もっとわかるように説明しよう。」

明智は指さしていた右手をおろして、もとの場所に立ちはだかったまま、話しはじめました。

「さっきぼくは、二日前からこの地下室にしのびこんで、魔人の手下の道化師を戸棚にとじこめ、ぼくが道化師にばけていたといったね。それから、ゆうべはその道化師の姿で、たいへんなはたらきをしたといったね。それをまず説明しよう。

あの手塚さんの庭の古井戸が、魔人のすみかの入口だということを発見したのは、今から三日前の夜中だった。古井戸の底にはいつも水があったのに、その晩、ぼくが懐中電灯でのぞいたときには、すっかり水がなくなっていた。へんだなと思ったので、林の木のかげにかくれて、長いあいだ見はっていると、あんのじょう青銅の魔人が古井戸の中からノコノコと出て来たのだよ。

ぼくは魔人のあとをつけるよりも、古井戸の中をしらべるのが先だと思ったので、魔人が立ちさるのをまって、井戸の中をのぞいて見た。すると、どうだろう、井戸の底には、どこからか、おそろしいいきおいで水がながれこんで、白く波だっているじゃないか。

エ、わかるかい。きみ。じつにうまいことを考えたもんだね。古井戸の底にはいつも水がいっぱいあるので、だれもうたがわない。ただ、魔人が出はいりする時だけ、その水をなくすればいいのだ。それにはね、あとでしらべてわかったのだが、井戸の底の石の壁のうしろに、大きなタンクがかくしてあるんだ。スイッチをおすと、モーターの力で、井戸の水がそのタンクの中へすいあげられてしまう。魔人のやつは、近所の動力線から電気を盗んでいるんだよ。

そうして、水をなくしておいて、魔人は縄ばしごのさきのまがった金具をほうりあげ、それを井戸がわにひっかけて、地上へのぼってくるんだ。

縄ばしごといっても、じょうぶな一本の絹ひもに、三十センチおきぐらいにむすび玉をこしらえたもので、丸めるとポケットにはいってしまう。やつは井戸を出ると、それを丸めてポケットに入れて立ちさる。

すると、一分もたたないうちに、自動的にタンクの口がひらいて、ドッと水がながれだし、たちまち井戸の底は水でふさがってしまう。それでもうなんのあとかたものこらないというわけだよ。

ぼくはどうかして、魔人のるすのまに、地下のすみかへはいりたいと思ったが、水のなくなるのはホンのすこしのあいだだから、とても、まともにははいれない。そこで、ぼくは一度家にかえって、じゅうぶん用意をしたうえ、その次の真夜中に魔人の出て行ったあとを見すまして、ぼくの縄ばしごで井戸の中へおりて行った。むろん、水をもぐる決心だよ。ぴったり身についたゴム製のシャツとズボンを着たのだ。

ずいぶんつめたい思いをしたが、井戸の底にもぐって、横穴をさがし、それをぬけて、地下道へはいあがるのには、一分もかからなかった。からだをすっかりふいて、ゴム袋に入れて持っていた服を身につけ、この地下の部屋部屋をコッソリ見てまわった。そして三人の小人の魔人を見つけ、三人を見はっているのは、あの道化師ひとりだけだということをたしかめた。

ぼくは物かげにかくれて、道化師のくせや、口のききかたを、よくおぼえておいてから、ふいにおそいかかって、やつをしばりあげ、戸棚の中におしこめ、道化服をうばって、ぼくが道化師にばけてしまった。戸棚の鍵もその道化服のポケットにあったのだよ。

道化師にばけたぼくは、魔人の正体をたしかめるのに二日かかった。ひじょうにむずかしい仕事だった。魔人は、たいてい外に出ていて、真夜中にちょっと顔を見せるくらいのもので、たしかめるのに骨がおれたが、ぼくはとうとう、魔人の秘密を見やぶってしまった。

小魔人の姿にされた三人の子供たちにも、ぼくが明智だということは知らせないで、魔人の手下の道化師と思いこませておいたが、ゆうべ、ちょっとゆだんしているまに、大へんなことがおこった。子供たちはコッソリ打ちあわせをして、魔人が外出したあとから、井戸の底へはいって行った。そして、タンクから、ほとばしり出る水に、まきこまれたのだ。三人は今すこしでおぼれてしまうところだった。」

読者諸君は、井戸の底で小林少年と昌一君と雪子ちゃんとが、おそろしい水ぜめにあったことを、おぼえているでしょう。明智は今、あの時のことを話しているのです。

あばかれたトリック

明智探偵の話はつづきます。

「しばらくして、それに気づいたぼくは、おどろいて現場へとんで行って、スイッチをおして、モーターを動かし、水をすいあげさせて、三人を助けた。この寒いのに、頭から水びたしになっていたので、魔人のよろいをぬがせて、からだをふきとり、三人をすいじ場の電気ストーブのところへつれて行って、あたためてやったものだ。ぼくは魔人のよろいをぬがせる鍵も、その時はもう、ちゃんと手に入れていたのだよ。

そして、三人の子供にまたもとの魔人のよろいを着せておいたんだが、中村君、なぜだかわかるかね。なにも、あんなよろいなんか着せなくても、三人がここへつれられて来た時の服は、ちゃんととってあるんだから、それを着せればいいわけだがね。ぼくはわざとよろいのほうを着せた。そのわけは今にわかるよ。」

明智はそこで、意味ありげにニヤリと笑いました。なにかしら、明智のほかにはだれも知らない秘密があるのでしょう。

「その二日のあいだに、ぼくは魔人のトリックをすっかり見やぶってしまった。ぼくたちは今まで、青銅の魔人というのは、一つのきまった形をしていると思いこんでいた。ここに大きなまちがいがあったのだよ。どこへあらわれる魔人も、みな同じ姿をしていたが、そのじつは、三種類の魔人があって、ばあいによって、そのうちのどれか一つが姿をあらわしていたのだ。そこに、あいつのじつに悪がしこいトリックがあったのだ。

第一種の魔人は、今ぼくが着ているこのよろいの姿だ。中に人間がはいっているのだから、自由に動ける。よつんばいになって、かけだすことだってできる。よつんばいになったからといって早く走れるわけではないのだが、魔人のやつは、あんな走りかたをして、さも機械じかけのように見せかけたのだよ。

第二種の魔人は、このあいだ煙突の上からホースの水でおとされたやつだ。こいつは腹の中まで機械ばかりでできていて、ピストルでうたれてもへいきなんだよ。だから、相手が近づけないような場所には、こいつをあらわして、わざとピストルにうたれ、ビクともしないところを見せつけるというわけだ。

この魔人はにせものだから、自分では歩けない。ほんものの魔人が夜にまぎれて、ある場所へ持って来たり、また持ちさったりするのだ。このあいだの煙突の時なども、煙突のてっぺんにあがるまでは、ほんものの魔人で、それからあとは、にせものと、とりかえたのだな。

どうしてとりかえたかというのかい。それはね、あの時は、逃げるさきは煙突のてっぺんと、ちゃんときまっていたのだ。そこで、前もって、あの腹の中が歯車ばかりででできている、かえだまを煙突のてっぺんの内がわにつるしておいて、ほんものの魔人は、そのかえだまを煙突の上に腰かけさせ、自分は、これも前もって、煙突の内がわにかけておいた長い縄ばしごをつたって、下までおり、そこで魔人のよろいを手ばやくぬいで、ふつうの人間の姿になり、あのさわぎにまぎれて、逃げさったのだ。むろん、よろいと縄ばしごは、ふろしきにつつんで持って行った。現場に証拠をのこすようなヘマはしない。

つぎに第三種の魔人は、さっき空気をぬいて見せたゴム人形だよ。こいつが煙のように消えうせる役目をつとめていたのだ。手塚さんのうちの湯殿と、納戸と、蔵の中と、それから、ゆうべは、手塚さんの寝室にあらわれた、あの魔人はみんなゴム人形だったのさ。

手塚さんのうちのどこかに、エア・コンプレッサーがかくしてある。そこからくだをひっぱって、ゴム人形に空気を入れて、うす暗い所に立たせておく。だれかがそれを見つけて逃げだしたすきに、人形の両足のとめ金をはずして、いっぺんに空気をぬいてしまう。両足の底が全部ひらくようになっているんだから、アッと思うまにペチャンコになってしまう。一度逃げだした人が、みんなといっしょに、ひきかえして来た時には、もう人形は影も形もなくなっている。というわけなんだな。

ギリギリというあの音をだす機械は置時計ぐらいの大きさだから、どこにでもかくせる。そのネジをまいておけば、あのいやな音がするのだよ。

そうしてペチャンコになったゴム人形は、小さくたたんで、どこかへかくしてしまうのだが、湯殿のときには、一時桶の中につめて、ふせておいたのかもしれない。納戸のときは、たぶん、たんすのひきだしの中へ入れたのだろう。蔵の中では、電球がわれて、まっくらになったすきに、着物のはいっている大きな箱の底へかくしたのだ。

あの時は、みんなで蔵の中を念入りにしらべたけれども、銅像みたいな大きなやつをさがしたのだから、それが着物のように小さくたたまれて、箱の底にかくされているなんて、思いもよらないことだった。それから、ゆうべの、手塚さんの寝室では、あすこにある洋だんすのひきだしの中か、あるいはベッドのシーツの下か……。」

「明智君、ちょっと。それじゃあ、あれはどう説明すればいいんだい？　魔人のやつは町を走っていて、ふいに消えてしまうことが、たびたびあったが、ゴム人形は走れないじゃないか。」

中村警部が、明智のことばの切れるのをまちかねて、たずねます。

「ウン、それにはまた、別のトリックがあるんだ。魔人のやつはね、私設マンホールをほうぼうにこしらえていたんだ。エ、わかるかい。なかなか味な思いつきだよ。下水のマンホールね、あれはどこの町にもあるが、だれでもその上を歩いていて、さてマンホールがどこにあるかと聞かれても、ちょっと思いだせないものだ。毎日かよっている学校の階段の段のかずがいくつあるか、だれも知らないのと同じわけだよ。

つまり、人間の注意力のすきまだね。このすきまにつけこんで、魔人のやつは、何か仕事をしてから、逃げだそうと思う方角へ、夜中に、たこつぼのような穴をほり、その上にマンホールのふたをかぶせて、ちゃんと用意しておくのだ。銀座の白宝堂から時計を盗みだしたときも、ガードのそばで消えてしまったが、あの人通りのすくない場所に、にせのマンホールがつくってあったのだよ。魔人のやつは、その中へとびこんで、中から鉄のふたをしめて、じっと息を殺していたのだ。

小林にきいてみるとね、例の煙突さわぎの時、小林はうしろから大きなふろしきのようなものをかぶせられ、アッと思うまに、地の下へおちこんで行くような気がしたといっているが、これもあの現場ににせのマンホールがつくってあったのだ。小林は一時その中へほうりこまれたのだよ。」

「フーム。そんな手だったか。」

中村警部は腕をくんで、考えこんでしまいました。そんな子供だましのトリックに、ごまかされていたのかと思うと、残念でしかたがありません。

「それにしても、青銅のよろいや、ゴム人形などを、いく組もつくるのは、これも、よういなことじゃないが……。」

警部が、ふしんをうつと、明智は、こともなげに答えます。

「やつは、秘密の小工場を持っているんだ。その場所もわかっているから、いずれ、おさえてしまうつもりだがね。そこで、二年もかかって、製造したものだよ。」

怪人二十面相だッ

「手塚さん。」

その時、明智は手塚さんのほうにむきなおって、つよく呼びかけました。

「魔人の秘密は、なにもかもわかってしまったのだ。このへんで、かぶとをぬいではどうです。」

「エッ、かぶとをぬぐとは？」

ねまきすがたの手塚さんは、昌一君、雪子ちゃんのふたりの小魔人を両手にかかえるようにして、けげんらしく明智の顔を見かえしました。

「青銅の魔人はきみのほかにはない。」

「エッ、私が青銅の魔人？　ハハハハハ、何をおっしゃる。ふたりのかわいい子供をさらわれたうえ、自分もここへつれこまれて、さっきまで、しばられていたのです。その私が、青銅の魔人だなんて、ソ、そんなバカなことが……。」

「しばられたのじゃない。自分でしばったのだ。きみはゆうべ、魔人にさらわれたように見せかけて、ねまき姿のまま、廊下から庭へとびおり、古井戸を通ってここにかくれた。手塚氏は行くえ不明というわけだ。そして、この青銅の魔人のおしばいをうちきりにしようとしたのだ。手塚氏も、青銅の魔人も二度とふたたび、この世に姿をあらわさないはずだった。

ところが、ふしぎなことがおこった。きみが井戸をのぞいてみると、底には一滴の水もなかった。ふつうならば、縄ばしごで中途までおりて、石がきのすきまにかくしてあるボタンをおすと、モーターが動きだして、水がすいあげられるのだが、そのボタンをおさないまえに、水がすっかりなくなっていた。

きみはおどろいて縄ばしごをおり、地下道にはいって、水を出すほうのボタンをおしたが、機械に故障ができたのか、水はすこしも出ない。石がきのうしろのモーターをしらべてみると、電気の動力線が切れていた。急にはどうすることもできない。ウロウロしているうちに、夜があけてしまった。たのみに思う道化師も、どこへ行ったのか、姿を見せない。その時、井戸の外にぼくたちの話し声がきこえた。なんだか縄ばしごでおりてくるらしいようすだ。さあ、運のつきだ。

しかし、そんなことでまいってしまうきみじゃない。とっさに、うまいことを考えついた。自分で自分をしばって、ころがっていればいいのだ。そして、ぼくらがはいって来たら、青銅の魔人にこんな目にあわされたといえばいいのだ。ところがね、手塚君、電気の線はしぜんに切れたのじゃない。このぼくが切っておいたのだよ。きみを追っかけて、ここへはいってくるときに、水なんかあっては、じゃまだからね、機械をまったく動かないようにしてしまったのさ。

きみは魔人にかどわかされたのでなくて、自分でかってにここへはいって来たのだ。どうだい、ぼくが今いった順序に、どこかまちがったところがあるかね。」

しかし、手塚さんはまだかぶとをぬぎません。まっさおな顔になって、口をモグモグさせながら、こんなことをいうのです。

「じゃあ、この昌一と雪子はどうしたのだ。自分の子供を、そんなひどいめにあわす親があると思うのか。」

「そのふたりはきみの子供じゃない。」

明智がズバリといってのけました。

「エ、エッ、なんだって？　これが私の子供じゃない？」

「手塚さんは戦争の時召集せられて、五年あまりも帰らなかった。戦場で行くえ不明になってしまったのだ。おくさんはいつまでまっても手塚さんが帰ってこないし、戦死の知らせもないので、心配のあまり病気になって、もう物もいえないほどわるくなっていた。そこへきみが手塚さんだといつわって、帰って来たのだ。おくさんは重態のことだから、きみを見わけることができなかった。十三と八つのふたりの子供に、五年前にわかれたおとうさんの顔が、ハッキリわかるはずがない。そのうえ、きみは日本一の変装の名人だった。きみはそこをねらったのだ。そして、みごとに手塚さんになりおおせたのだ。」

読者諸君、ここで一度、このお話のはじめのほうの「夜光の時計」の章を見てください。そこに手塚さんが兵隊から帰って来た時のことが書いてあります。

「フフン、そんなことはきみのでたらめだ。わずか夜光の時計一つとるために、そんな苦労をするやつがあるものか。」

「ところが、きみの目的はほかにあった。それはな、きみは世間の人をアッといわせたかったのだ。イヤ、それよりも、この明智小五郎を、アッといわせたかったのだ。きみとしては、ぼくにはずいぶん、うらみがあるはずだからね。」

「なんだって、きみにうらみだって？」

「そうさ。奥多摩の鍾乳洞で会ってから、もう何年になるかな。あの時きみはすぐ刑務所に入れられたが、一年もしないうちに、刑務所を脱走して、どこかへ姿をくらましてしまった。さすがに戦争中は悪事をはたらかなかったようだが、戦争がすむと、またしても昔のくせをだしたね。」

「ナ、なんのことだか、さっぱりわからないが……。」

「ハハハハハ、しらばくれるのも、いいかげんにしろ。きみがどんなに変装したって、ぼくの目をごまかすことはできない。きみは怪人二十面相だっ。」

グッと右手をのばして、手塚さんの顔のまん中をさす明智の青銅の指。ハッとして、タジタジとなる手塚さん、イヤ、怪人二十面相。

「中村君、今まで、きみにもいわないでいたが、こいつが、警察にとっても、うらみかさなる怪人二十面相だ。」

アア、怪人二十面相。二十のちがった顔を持つといわれた、魔術師のようなあの怪物が、とうとう正体をあばかれたのです。「怪人二十面相」「少年探偵団」「妖怪博士」などの本を読まれた読者諸君は、よくごぞんじの、あの二十面相の賊です。それが、こんどは青銅の魔人という、おそろしいかくれみのを発明して、世の中をさわがせていたのです。

中村警部も刑事もむろん怪人二十面相のことはよく知っていました。明智の口からその名をきくと、パッと目の前がひらけたように、すべてのなぞがとけました。怪人二十面相なら、どんなとっぴなことだってやりかねないやつです。青銅の魔人とは、あいつにふさわしい思いつきではありませんか。

しかし、中村警部と刑事とが、二十面相のほうへ、とびかかって行った時、すばやい二十面相は、昌一君、雪子ちゃんのふたりの小魔人を両わきにかかえて、いちはやく走りだしていました。

立ちならぶ仏像のあいだを、かいくぐって、部屋の一方のすみに逃げこむと、ふたりの子供を足でおさえつけておいて、そこの石がきのすきまに手を入れ、何か円筒形のものを取りだし、いきなり、それを頭の上にさしあげました。

「ワハハハハハ、明智君、さすがに、まだ腕はにぶらなかったね。だが、おれはつかまらないよ。いくらでも奥の手が用意してあるんだ。さあ、一歩でも近づいてみろ。この手榴弾（てりゅうだん）で、こっぱみじんだぞッ。」

どうして手に入れたのか、その円筒形のものはおそろしい爆発薬だったのです。アア、あぶない。二十面相がいのちをすててかかれば、この部屋にいる者は、みなごろしになってしまいます。

明智小五郎はおどろいて逃げだしたでしょうか？　イヤ、イヤ、逃げるどころか、名探偵は二十面相の前に、立ちはだかって、いきなり笑いだしました。おかしくてたまらないというように肩をゆすって笑いだしたのです。

「アハハハハハハ、きみは、それが爆発すると思っているのか。よくしらべてごらん。中身が、からっぽになってやしないかい。」

チンピラ副団長

二十面相はギョッとして、ふりあげていた手をおろしました。

「オイ、二十面相君、きみは、明智のやりかたを忘れたんだね。相手のピストルのたまを、すっかりぬきとっておいてから、ご用だッとやる、ぼくのくせをさ。ハハハハハハハ、手榴弾だって、同じことだよ。ぼくはきのう、それを発見して、中の爆薬をすっかりぬきとっておいたのさ。」

二十面相は、手榴弾をしらべて、明智のいうのが、うそでないことがわかると、それをポイと地面にほうりだしました。

「フフン、明智君、さすがに腕はにぶらないねえ。おもしろい。きみのほうは昔のままだが、おれは少しばかり、かしこくなったつもりだ。おれの奥の手はまだこれからだぜ。」

二十面相はふてぶてしく、せせら笑うのです。

「たとえば?」

明智もまけずに、ニコニコしています。

「たとえば、このふたりのかわいい子供さ。もしきみたちが、おれをとらえようとすれば、この子供のいのちがなくなるかもしれないということさ。おれは人殺しはだいきらいだ。今まで一度も人を殺したり、傷つけたりしなかったのが、おれのじまんだが、こんどだけは別だ。わが身にはかえられないからね。ひょっとしたら、このふたりをおれの身がわりにするかもしれないぜ。」

二十面相は、にくにくしげにいって、ふたりの小魔人をふみつけている足に、グッと力を入れてみせるのです。

しかし、こんども、明智は少しもあわてません。おまえのほうに奥の手があれば、こっちにも奥の手があるぞと、いわぬばかりに、平気な顔で、ニコニコしています。

「二十面相君、気のどくだが、この勝負も、どうやらぼくの勝ちらしいね。」

「エッ、なんだって?」

「ホーラ、きみはもうビクビクしている。そのとおり、きみの負けだよ。いいかい、たとえばだね、ぼくのうしろに立っている小魔人を、きみはだれだと思っているのだい。きみがさいしょ、このよろいを着せた時には、たしかに、ぼくの助手の小林がはいっていた。だが、今でもそのまま小林がはいっているのだろうか。もしや、ほかの子供と入れかわってやしないだろうか。ハハハハハハ、きみは顔色をかえたね。察しがついたかい。では、一つあらためて見ることにしよう。」

明智は、かねて道化師から取りあげておいた、青銅仮面をひらく鍵を、ポケットからだして、うしろの小魔人に近づくと、その仮面の鍵穴にはめ、カチンと音をさせて、仮面をひらき、それをスッポリと取りはずしました。

仮面の下からあらわれた、ひとりの少年の顔。一同の目が、すいつけられたように、その顔を見つめました。

「アッ！」

二十面相も、中村警部も、それを見ると、思わずおどろきの声を立てました。

そこには、小林少年とは似てもつかぬ、きたない子供の顔があったのです。かみの毛は、しゅろぼうきのように、のびほうだいにのび、顔はあかでうす黒くよごれ、その中から、びっくりしたような二つの目が、ギラギラとのぞいています。

「ハハハハハハ、いくら小林が変装がうまくても、こんなにうまくばけることはできないよ。オイ、きみ、きみはだれだね。名をなのってごらん。」

明智にいわれて、そのきたない少年は、ニヤリと笑いました。そして、とほうもなく大きな声で、さもとくいらしく、名のりをあげました。

「おれかい。おれは少年探偵団のチンピラ別働隊の副団長、ノッポの松（まつ）ちゃんてえもんだ。へへへへへへへ、二十面相のやつ、泣きっつらしてやがらあ、……おらあ、明智先生のいいつけでね、小林団長の身がわりになって、魔人のよろいを着ていたんだ。てめえ、まんまとだまされていたんだぜ。へへへへへへ、ざまあみろ。」

このお話のはじめのほうで、小林少年が、青銅の魔人をせいばつするために、上野公園の浮浪児をあつめて組織したチンピラ別働隊が、いつのまにか、こういう大きな役目をつとめていたのです。

明智はさもおかしそうに、

「どうだい、二十面相君。こうなってみると、きみがだいじにつかまえている、そのふたりの子供もあやしくなってきたね。これが小林でないとすると、そっちのよろいの中も、昌一君や、雪子ちゃんではないかもしれないぜ。一つあらためて見ちゃどうだね。ホラ、ここに鍵がある。」

そういって、仮面をひらく鍵を、二十面相の前に、なげてやりました。

二十面相は、あわててそれをひろいとり、ふるえる手で、カチカチと、いくどもやりそこなったあとで、やっとふたりの小魔人の仮面を、とりはずしました。

すると、その中から、あらわれたのはあんのじょう、昌一君でも雪子ちゃんでもない、きたならしいふたりのチンピラの顔でした。

「アハハハハハハハ。」「エヘヘヘヘヘヘ。」

チンピラどもはこの時をまちかまえていたように、あかでよごれた顔を、しわくちゃにして、顔じゅう口ばかりにして、腹をかかえて笑いだしました。

さすがの二十面相もこの、人を人とも思わぬ、チンピラどものふるまいには、いささかあっけにとられて、身の危険もわすれたように、ボンヤリつっ立っているばかりでした。

最後の切り札

では、二十面相は最後の切り札をだしつくして、ここでとらえられてしまったのでしょうか。イヤイヤ、怪物といわれる二十面相です。このくらいのことで、へこたれるものではありません。やつには、まだおそろしい奥の手がのこっていたのです。

二十面相は血ばしった目で、キョロキョロと、あたりを見まわしていましたが、三人のチンピラが、「ワーッ」とわめいて、とびかかってくるのを、あいずのように、サッと身をひるがえしました。

そのすばやさは、まるで、つむじ風でもおこったようなありさまでした。二十面相は、とりすがるチンピラどもを、つきのけて、立ちならぶ仏像のあいだを、こまネズミのように、クルクルと走りまわりました。

さすがの明智探偵も、このふいうちにはちょっとおどろかされました。「何かわけがあるな」と、とっさに気づきましたが、その「わけ」が何かということがわからないのです。明智は二十面相の秘密を、何もかも見ぬいたつもりでしたが、たった一つ、見おとしていたことがあるのです。名探偵にしては、めずらしい失策、しかも、それはじつに大きな失策でした。

仏像のあいだを、クルクルはしりまわる二十面相の、目にもとまらぬ姿をあっけにとられて、見まもっているうちに、フッとその姿が消えてしまいました。クルクル動いていた人の影が、かきけすようになくなって、あとには大小さまざまの仏像が、まるで風のない林のように、シーンとしずまりかえって、立ちならんでいるばかりです。

「明智君、きゃつはまた消えてしまった。手塚さんのたんぜん姿で消えてしまった。」

仏像のあいだを、あわただしく見まわったあとで、中村警部は、なじるようにいうのでした。

青銅の魔人はゴム人形だから消えたのですが、なま身の二十面相は、ゴム人形ではありません。

「仏像だ、仏像にしかけがあったんだ。ぼくはそれを見おとしていた。」

明智は残念そうにつぶやいて、林のような仏像を、かたっぱしから、しらべはじめました。

二十面相のことです。どれかの仏像の中に身をかくし、ほとけさまになりすまして、そしらぬ顔で立っているのかもしれません。

三人のチンピラどもも、明智にならって、次から次と、仏像をげんこつでたたきまわりました。

「アッ、これだ。」

明智がとうとう、それを見つけだしました。人間よりも大きな、一つの仏像の背中が、とびらのようにひらくのです。非常にうまくできているので、ただ見たばかりではわかりませんが、たたいてみると、音がちがいます。

明智は、いろいろ苦心をして、やっととびらを見つけ、用心しながら、ソーッとそれをひらいてみました。

その中には、怪人二十面相が、おそろしい形相で立ちはだかっていたでしょうか。明智は、もしやと思って、用心したのですが、ひらいてみると、仏像の中は、ただまっ暗なほら穴で、人のけはいもありません。

明智はポケットから懐中電灯をだして、仏像の中をてらして見ました。

「アッ、ぬけ穴だ。ここに秘密の通路があるのです。二十面相はもう逃げだしてしまったかも知れない。中村君、きみはぼくといっしょに来てくれたまえ。刑事さん、きみは三人の子供をつれて、大いそぎで古井戸の出入口へかけつけてください。このぬけ穴は、たぶんあの古井戸の近くへ通じているのです。」

仏像の台座の中が地下へぬけていて、そこに、やっと人ひとり通れるほどの、せまい急なはしごがかかっていました。明智は懐中電灯をてらしながら、先に立って、そのはしごをおりて行きます。中村警部もあとからつづきます。

はしごをおりきると、背中をまげて、やっとあるけるほどの、せまいトンネルが、ズーッとつづいています。明智と警部とは、注意ぶかく、しかし、できるだけの早さで、その中を進んでいきました。

枝道(えだみち)でもあっては、事めんどうですが、さいわい、そういうものもなく、道はまっすぐに通じています。

しばらく進むと、明智はふと立ちどまりました。

「オヤ、これはなんだろう。」

トンネルのかべに、くりぬいたような穴があって、その中に、クシャクシャに丸めた着物がおいてあったのです。明智はそれを手にとって、ひろげて見ました。

「アッ、これは手塚さんのたんぜんだ。まだあたたかい。二十面相はこの穴の中に、変装の衣類などを、チャンと用意しておいたのだ。そして、今逃げだす時に、たんぜんをぬいで、まったく別の姿に変装して行ったものにちがいない。」

「ウーン、じつに用心ぶかいやつだね。しかし、あいつはどんな人物に変装して逃げたのだろう?」

探偵と、中村警部の声。

「二十面相のことだ。どんな意外な人物にばけたか、わかったものじゃないよ。」

いいすてて、明智はまた、身をかがめたまま、はしりだしました。

そして、またしばらく行くと、むこうに、二尺四方ほどのギザギザの穴が見えました。これがトンネルの出口なのでしょう。

「アア、わかった。このぬけ道の出口は、ふだんは石かべで、ふさいであるのだ。二十面相は、あわてたものだから、その秘密の出口の石をとりのけたまま、ふさがないで、逃げたんだ。この穴の外は、きっと古井戸に近い通路だよ。」

その石かべの穴に近づいて行きますと、外から、へんなやつらが、目を光らせて、こちらをのぞいているのに気づきました。

「刑事さん、来たよ、来たよ。あやしいやつが、穴の中をはってくるよ。」聞きおぼえのある声です。チンピラ隊副団長「ノッポの松」のわめき声です。

「イヤ、あやしいものじゃない。明智と中村だよ。ここは古井戸のそばだろうね。」

明智の声に安心して、そとの刑事が答えました。

「そうです、古井戸をはいった、すぐのところです。二十面相は、ぬけ穴の中にはいなかったのですか?」

「いない。きみたちも出あわなかったんだね。」

「エエ、どうやら、逃げだしてしまったらしいのです。今しらべてみましたが、ぼくたちがはいってくる時、井戸にさげておいた縄ばしごが、なくなっているのです。やつはぼくらに追っかけられることを、おそれて、あの縄ばしごを持ちさったのではないでしょうか。」

明智と中村警部は、穴をはいだして、刑事と三人のチンピラのそばに立ちました。

「明智君、縄ばしごのかわりはないだろうね。」

「いくらぼくだって、縄ばしごを二本は持っていないよ。しかたがない。むこうの部屋のドアーをこわして、はしごを造るんだ。二、三十分もあればできるよ。」

明智はのんきなことをいっています。

「だが、明智君。二、三十分もぐずぐずしていたら、やつは遠くへ逃げのびてしまうぜ、そのうえ、変装の名人ときているから、見つけだすのは、ようい のことじゃない。最後のどたんばになって、まんまと、やつに一ぱいくわされたね。」

中村警部は、のんきな顔をしている明智を、横目で見ながら、腹だたしげにいうのでした。

「中村君、心配しなくてもいい、ぼくがのんきにしているわけはね、ぼくのほうにも、まだ奥の手があるからだよ。」

「エ、奥の手だって。」

「ウン、二十面相に奥の手があれば、ぼくにだって奥の手があるさ。ここにいるノッポの松公が、小林の身がわりをつとめていた。すると、その小林は、今どこにいるだろう。

エ、わからないかね。ぼくは、こういうこともあろうかと思ったので、けさから井戸の外に、小林を団長とするチンピラ隊の連中を見はらせてあるんだよ。チンピラ隊は、ここにいる三人をのけても、まだ十三人もいるんだからね。このあいだの煙突さわぎの時の働きぶりでもわかるとおり、神出鬼没のチンピラ諸君は、おとなもおよばぬ腕がある。それに、小林と来ては、ぼくの片腕なんだからね。いかな二十面相も、そうやすやすとは逃げおおせまいよ。」

「フーン、そうだったか。いつもながら、一言(いちごん)もないよ。しかし、相手は音にきこえた二十面相だ。子供ばかりでは心もとない、大いそぎで、はしごを造ろう。さいわい、道化師のやつが、とりこにしてあるから、あいつをしらべたらいろいろわかることがあるだろう。」

それから、奥の部屋のドアーをはずして来て、急場のはしごが造られ、二十分もしないうちに、道化師を加えた七人の人々は、ぶじ、古井戸の外へ出ることができたのでした。

小林少年の危難

お話かわって、こちらは古井戸の外。手塚家の広い庭の、林のような木立ちは、にぶい冬の日をうけて、シーンとしずまりかえっています。風もないのに、時々木の幹のかげに、何かチロチロと動くものがあります。動物でしょうか。イヤ、そうではありません。なんだか、きたない破れたカーキ色の服を着たやつです。それが、あちらにも、こちらにも、木の幹からヒョイヒョイと、顔をだしたり、ひっこめたりしているのです。

その林のまん中に、例の古井戸があります。やがて、その井戸の中から、しずかに姿をあらわしたのは、名探偵明智小五郎でした。明智は井戸がわをまたいで、外に出ると、あたりを見まわしてから、強い絹ひもで造った縄ばしごを、たぐりあげ、それを小さく丸めて、手に持っているカバンの中へ入れました。へんなカバンです。なめし革の袋といったほうがいいような、グニャグニャした大きなカバンです。明智がこんなカバンを持っているのを、今までだれも見たことがありません。いったい、どうしたというのでしょう。

明智の姿を見ると、そばの大きな木のかげから、やはりボロボロに破れたカーキ服を着た、しかし、リンゴのようにつやつやした頬の、かわいらしい少年が出てきました。そして、ささやき声で、たずねます。

「先生、うまくいきましたか。」

「アッ、小林君か。」

明智は、なぜか、びっくりしたように、立ちどまりましたが、やがて、ニッコリして、答えました。

「ウン、万事うまくいった。犯人は中村警部が捕縛して、地下室に監禁してある。ぼくは、あいつの同類のすみかがわかったので、今から、そこへかけつけるのだ。きみもいっしょに来たまえ。」

明智はへんなことをいうのです。しかし、チンピラ隊のひとりになりすました小林少年は、べつにうたがうようすもなく、ハイと答えて、明智のあとにしたがいます。

カバンをさげた明智は、小林少年をつれて、広い庭を母屋のほうへあるいて行きます。すると、その時、じつにふしぎなことがおこりました。林の下のかれ草の中をヘビかなんぞのように、ひらべったくなって、ゴソゴソとはっているものがあるのです。一つ、二つ、三つ、かぞえてみると、それが十匹以上もいます。頭の毛はしゅろぼうきのようにのび、顔はあかによごれ、カーキ色の服はボロボロにやぶれた子供たちです。

つまり、チンピラ別働隊の連中です。この子供たちは、どうしたわけか、ヘビのように、かれ草の中をはって、明智と小林のあとを尾行しはじめたのです。

それとも知らぬ明智は、小林少年をつれて、ひとまず手塚家の母屋にはいり、家族の人たちにも、二十面相をとらえたことを話したうえ、門前に待っている、中村警部の自動車のそばに近よりました。

警視庁の運転手は、明智をよく知っているので、名探偵の姿を見ると、ニコニコしてあいさつしました。

「きみ、犯人は逮捕されたよ。くわしいことは、あとで中村君が聞かせてくれるだろう。それについて、ぼくは犯人の同類に不意うちをくわせることになってね、中村君の車をちょっと借りることにしたんだよ。」

明智はいそがしくわけを話して、運転手をなっとくさせ、自動車にのりこみましたが、ドアーをしめてから、ふと思いだしたように、運転手によびかけました。

「ア、すっかり忘れるとこだった。きみ、すまないがね、応接間のテーブルの上に、ハトロン紙の四角な包みがあるから、取って来てくれたまえ。十文字に細引き(ほそびき)でしばってあるから、すぐわかるよ。」

「ハ、しょうちしました。」

運転手は大いそぎで、車を出ると、門の中へかけこんで行きます。明智は、運転手の姿が見えなくなるのを待ちかねて、いきなり、うしろの座席から、しきりをのりこして、前の運転席へすべりこみ、ハンドルをにぎりました。そして、車はやにわに走りだしたのです。運転手をおいてけぼりにして、ひじょうな速度で走りだしたのです。

小林少年は、ちょっとおどろいたようですが、明智のとっぴなやりかたになれているせいか、さしてうたがうようすもありません。

自動車の中の明智のたいども ふしぎでしたが、それよりも、もっとふしぎなことが、自動車の屋根の上におこっていました。

さきほど明智のあとを尾行していた、チンピラ隊のひとりが、いつのまにか、そこへ先まわりをして自動車のかげに、身をかくしていたのです。そして明智と小林とが、自動車の中にはいり、運転手を使いにだした、あのわずかのあいだに、そのチンピラは、まるでサルのように自動車の後部に、よじのぼり、車体の上にあがると、その屋根に、ヒラグモのように、つっぷして、からだの上に、おとなのレインコートのようなものをかけて、その下に、じっとかくれていました。

自動車は、このチンピラを屋根にのせたまま、走りだしたのです。木のぼりの名人のチンピラの手と足は、まるで吸盤でもついているように、屋根にピッタリすいついて、いくら車がゆれても、ふりおとされることはありません。

また、車が町を走っていて、高い建物の窓から、見おろされても、レインコートの下に、子供がいるなんて、気づかれるはずはありません。なんだか大きなふろしきみたいなものが、ひろげてあると思うだけです。

明智の運転する自動車は、芝公園をぬけ、京橋にはいり、永代橋をわたって少し行った、隅田川ぞいの、さびしい場所でとまりました。

川岸の焼けあとの、小さなバラックが、まばらに建っている中に、まるで塔のように、ニューッとそびえた、コンクリート五階建ての、細長いビルディングがあります。化粧行きます。

煉瓦もはげおちた、みすぼらしいあき家のような建物です。

明智は車をおりると、小林少年の手をひっぱるようにして、そのビルの中へはいって行きます。

すると、それを待ちかねていたように、自動車の屋根のレインコートが、ムクムクと動いて、例のチンピラが、すばやくとびおり、明智たちのはいって行ったドアーを、ほそめにひらいて、そのすきまから、すべりこむように、中へ消えて行きました。

こちらは、明智と小林少年。せまい階段をのぼって、五階の部屋にはいると、明智はなぜか、入口のドアーに、中から鍵をかけました。机が一つとイスが三きゃく、そのほかには何のかざりもない、あきやのような部屋です。

明智は小林少年の手をギュッとにぎったまま、イスにもかけないで、意味ありげなうす笑いをうかべています。

「小林君、おれをだれだと思うね。」

明智がへんなことをいいました。しかし、小林君は少しもおどろきません。

「怪人二十面相。」

ニコニコしながら、ズバリといってのけます。

「ウフフフ、気がついていたのか。しかし、もうおそいよ。きみには少しのあいだ、きゅうくつな思いをしてもらわねばならない。」

言ったかと思うと、明智とそっくりの二十面相は、いきなり小林君を、そこにおしたおして、例のカバンから取りだした細引きで、なんなく手足をしばり、猿ぐつわまではめてしまいました。

小林君は、何か考えがあるものとみえて、少しも抵抗せず、されるがままになっています。

二十面相は、何もはいっていない押入れの中へ、小林君をほうりこむと、その板戸をピッシャリしめて、一枚のドアーで通じている、となりの部屋へはいって行きました。

やがて、そこから、二十面相の話し声がきこえて来ました。どこかへ、電話をかけているのです。板戸一枚ですから、小林君にも、その声が、かすかながら聞きとれます。

「ウン、いよいよ東京にもおさらばだ。……ボートの用意はいいだろうな。すぐここへ回してくれ。……油はうんと入れておくんだぜ。どこまで飛ばすかわからないからね……。よし、よし、わかった。」

二十面相は電話をかけおわると、押入れの前に引きかえして、声をかけました。

「小林君、今電報を打っておくから、夜にでもなれば、ほんとうの明智先生が、きみをすくいだしに来てくれるよ。少しのがまんだ。おれはこれから、外に出かけて、いろいろやらなければならないことがある。おれにだって、なごりをおしんでくれる人もあるからね。それに、目印しになる自動車をここへおきっぱなしにするわけには行かないから、そのしまつもしなければならぬ。じゃ、しばらくおとなしくしているんだぜ。」

そういいのこして、かれは部屋を出て行きました。ドアーに外から鍵をかけたことは、いうまでもありません。

ところが、二十面相が立ちさったかと思うと、どこにかくれていたのか、ひとりのチンピラ小僧が、廊下のすみから、あらわれました。そして、やぶれたポケットから、針金のようなものを取りだすと、ドアーの鍵穴に、なにかやっていましたが、やがて、錠前がカチンと、はずれました。このチンピラは、こういうことの名人とみえます。

それから、まるで、どろぼうのように、ソーッとドアーをおして、五寸ほどひらくと、そのわずかのすきまから、まるでハツカネズミのようにすばやく、部屋の中にすべりこんで行きました。いうまでもなく、自動車の屋根にかくれていた、あのチンピラ隊員です。

チンピラは、鍵穴からでものぞいていたのか、チョロチョロと、押入れの前にかけよって、それをひらくと、いきなり小林君の猿ぐつわをとり、手足の細引きをといてしまいました。

「早く、おれをしばってくんな。団長の身がわりになって、ここにころがっているよ。やつが帰ってくるといけねえ。早く、早く。」

小林君はチンピラのすばやい知恵をほめながら、自分がされたのと同じように、手足をしばり押入れの中にころがしておいて、そのまま、リスのようにすばしっこく、サッと部屋をかけだして行きました。

ふたりの明智小五郎

それから四十分ほどのち、明智探偵に変装した二十面相は、どこかで酒をのんだとみえて、顔を赤くして、五階の部屋にもどって来ました。部屋にはいると、さっそく押入れをあけて、たしかめましたが、小林少年が、もとの姿で横たわっているのを見ると、すっかり安心したようすです。うす暗い押入れの中に、むこうをむいて、ころがっているのですから、いつのまにか、同じようなボロ服を着たチンピラと入れかわっているなどとは、思いもおよばなかったのです。

「ウフフフフ、感心感心、もう少しのしんぼうだ。そうしておとなしくしているんだよ。ところで、きみにちょっと言っておきたいことがある。きみの先生の明智君に、こういうことを、つたえてもらいたいんだ。いいかね、こんどは明智君にまけた。すっかりやられた。しかしねえ、まけたけれども、おれはけっしてつかまらない。ひとまず、東京をはなれるが、いつかまた帰って来て、明智先生にひと泡ふかせてみせるとね。いいかい、これをハッキリつたえるんだよ。」

二十面相がそう言いおわった時です。どこかでカタンと妙な音がしました。押入れの中ではありません。二十面相はハッとしたように、音のしたほうをふりむきました。隣室とのさかいのドアーが、ゆっくりゆっくり、ひらいています。風ではありません。人間がいるのです。人間がドアーをひらいているのです。

「だれだッ、そこにいるのはだれだッ。」

思わずさけびましたが、それにかまわず、ドアーはだんだん広くひらいて来ます。そして、それがすっかりひらいた時、ドアーのむこうに二十面相とソックリの男が、というのは、つまり、明智小五郎とソックリの男が、ニコニコ笑いながら立っていたではありませんか。

「いいつたえるにはおよばない。ぼくがここにいるんだからね。ところで、二十面相はけっしてつかまらないという一言は、訂正してもらいたいもんだね。ぼくはきみをとらえるためにやって来たのだ。」

それは、小林少年の急報によって、手塚家からかけつけた、ほんものの明智小五郎でした。この不意うちには、さすがの二十面相も、一度に酔いがさめて、まっさおになってしまいました。

「ウーム、きさま、どうしてここを……。」

「それはね、小林君を団長とするチンピラ別働隊の手がらだよ。その押入れの中にいるのは小林ではなくて、チンピラ隊員のひとりだ。ほんとうの小林はここにいるよ。」

明智がちょっと、からだをよけると、そのかげから、リンゴのような頰をした小林少年の顔が、あらわれました。いつのまにか服をかえて、今はりっぱなつめえりの学生服を着ています。ほんものの明智と、にせものの明智は、三尺ほどの近さで、むかいあいました。さすがは、変装の名人二十面相、こうしてならべてみても、どちらがほんものだか、わからないほど、よく似ています。まるで、ふたごのようです。

ふたりはおたがいの目を見つめたまま、三分ほども、身うごきもしないで、じっとむきあっていました。ジリジリと汗がにじむような、おそろしいにらみあいです。

「で、どうするのだ。」

二十面相が、はたしあいのような声でいいました。

「きみはつかまったのだ、ぼくひとりではない。この建物は、すっかり警官にとりまかれている。きみはもう、逃げられないのだ。」

「フン、きみはそう信じているのか。」

「むろんだ。」

「だが、おれは逃げてみせる。さあ、こうすればどうだッ。」

二十面相は、飛鳥（ひちょう）のように、ドアーの外にとびだしました。目まいするような早さで、階段まで。しかし、その階段の下には、中村警部を先頭に、制服私服の警官がヒシヒシとつめかけています。これを突破するなんて、思いもよらぬことです。

二十面相は階段をおりると見せて、パッと身をひるがえしたかと思うと、反対の方角に走りました。そのうす暗い廊下のすみに、直立の鉄ばしごがとりつけてあります。彼はいきなり、それをかけのぼりました。五階の上には屋上しかありません。つまり屋根へ出るはしごなのです。

屋根つづきの建物なんて、一つもないのですから、屋上へ出たところで、逃げみちがあるわけではありません。いったい、どうしようというのでしょう。

明智や中村警部は、二十面相のあとを追って、鉄ばしごをのぼりました。しかし、その時には、はしごの頂上にある、大きなふたのような戸がおろされてしまって、ふたりや三人の力で、下からおしても、びくともしないのです。

そうこうしているうちに、建物の外から、ワーッという声がきこえて来ました。何かしら、ひじょうなことがおこったらしいのです。

青銅魔人の最期

屋上に逃げだした二十面相は、忘れないで持って来た、例の袋のようなカバンから、黒い絹紐のたばをとりだしました。いつか煙突さわぎの時に使ったのと同じような、一尺ごとにむすび玉のある、じょうぶな長いひもばしごです。

かれはそれをつかんで、屋上のてすりから、はるかの地上を見おろしました。五階の屋上ですから、二十メートルに近い高さです。目の下には川岸へ出る道があって、そこに、数名の警官がならび、そのそばに、きたない浮浪児のような子供が十数人、ウジャウジャとかたまっています。チンピラ隊の連中です。

二十面相は、その屋上の出っぱりのはじに、ひもばしごの金具をとりつけ、長いひもをパッと下へなげました。のぞいて見ると、ひもの長さは建物の三分の二ほどしかありません。このひもをつたいおりても、地面にはとどかず、中途にぶらさがっているほかはないのです。二十面相は、それを知りながら、ひもをつたって、おりはじめました。いったい、どうするつもりなのでしょう。

建物は表は道路に面し、裏は隅田川にのぞんでいるのですが、今、二十面相のぶらさがっているのは、その横のがわです。そのがわには、ほとんど窓がなく、中途でひもを切られる心配がありません。

地上の人々は、二十面相の空中曲芸に気づいたようです。足の下から、ワーッという声が、わきあがって来ました。その人々の姿が、おもちゃのように小さく見えるほど、高いのです。ひと足ひと足、注意ぶかく、むすび玉に指をかけて、おりて行くのですが、空ふく風にひもがゆれて、ともすれば、スルスルと、すべりおちそうになります。もし手をはなしたら、弾丸のように地上に墜落して、からだはめちゃめちゃになってしまうでしょう。身の毛もよだつ、いのちがけの曲芸です。二十面相がひものはじまで、おりきったところには、地上には明智や中村警部の姿も見えました。ひものはじといっても、地面から七、八メートルの空にあるのですから、どうすることもできません。

それは、ちょうど、木の枝からさがったクモが、風にゆれているのと同じでした。二十面相は絹ひものはじに、しがみついた一匹のクモのように、あぶなっかしいのです。見ていると、そのクモの糸は、だんだん大きくゆれはじめました。風のためばかりではありません。二十面相が、まるでブランコをこぐように、大きく、いきおいをつけているのです。

やがて、ふしぎな空中のブランコは、時計のふりこのように、規則ただしく、右に左に、ヒューッ、ヒューッとゆれ動き、そのはばが、刻一刻広くなって、今では建物のはばよりも、大きくゆれているのです。

そのころになって、地上の人々は、やっと二十面相の真意をさとることができました。彼は世にもおそろしい大冒険を、くわだてていたのです。つまり、そうして、できるだけふりこを大きくして、最後にはパッと手をはなし、隅田川の中へダイビングをするつもりなのです。

見れば、ちょうどかれの飛びこむかと思われるあたりに、一艘のモーターボートが、人まち顔に浮いています。アア、あのボートは二十面相が飛びこんでくるのを、待っているのかもしれません。

人々はそこへ気づくと、いきなり川の上手にむかって走りだしました。小林少年が盗みぎいた電話によって、二十面相がボートの用意を命じたことがわかっていたので、こちらにも、水上快速艇が待機させてあるのです。人々はその快速艇へと、いそいだのです。

その時でした。人々が予想したとおりのことがおこりました。二十面相は、ひもばしごを振れるだけ振っておいて、パッと手をはなしたのです。丸めたからだが、弾丸のように、サーッと風をきって、空中をとびました。そして、岸から十数メートルはなれた水中に、おそろしい水しぶきがあがりました。

待ちかまえていた賊のモーターボートは、水しぶきの個所に近づき、浮きあがった二十面相を、すくいあげたかとみると、そのままエンジンの音も高く、東京湾の方角にむかって走りだしました。

さいわいにも、その時には、水上署の大型ランチが、出発の用意を、おわっていました。そのランチには、水上署員のほかに、明智探偵、中村警部、小林少年、チンピラ隊の代表者五名がのりこんでいます。

賊のモーターボートとランチとの距離は約百メートル。世にもおそろしい水上競技が、はじまったのです。

　モーターボートは、さすがに二十面相が用意しておいただけあって、おどろくべき速力でした。トビウオがとぶように、船体はほとんど水面をはなれて、空中を滑走しています。へさきの切る水しぶきは、みごとに左右にわかれ、大きな噴水が走って行くようです。

　両艇は、ほとんど同じ距離をたもちながら、月島をはなれ、お台場に近づき、またたくまに、そのお台場もうしろに見て、洋々たる東京湾の中心にむかって疾駆しています。

「ワーッ、青銅の魔人だッ。」

　チンピラのわめき声に、ふと気がつくと、賊のボートの中には、あの銅像のような青銅の魔人が、こちらをむいてスックと立ちあがり、しきりに両手をふり動かしています。二十面相は、この最後の大場面をかざるために、思い出の青銅のよろいを身につけて、追手に見せびらかし、追手を嘲笑しているのです。

　それから十分あまり、追うものも、追われるものも、機関もやぶれよとばかり、全力をつくして突進しましたが、けっきょく、小型のモーターボートは、大型ランチの敵でなかったのです。賊のモーターボートに、何かしら疲れのようなものが見えて来ました。機関に故障でもおこったのか、よろめくような走りかたをはじめたのです。遠くきこえてくるエンジンの響きも、調子がくるっています。

しかし、二十面相としては、何がなんでも、逃げおおせなければなりません。ボートの上の青銅の魔人は、手をふり、足をふんで、もっと早く、もっと早くと、機関手にどなりつけているようすです。

しかし、ついに最期が来ました。

ダダーンと、爆弾が投下されたような、おそろしい水けむり。耳をろうする爆発音。ムクムクとあがる黒煙の中にチロチロうごくヘビの舌のような火焔、そこに一瞬間火につつまれた不動明王のような青銅の魔人の、ものおそろしい姿が、チラチラとながめられました。

やがて、煙のうすれた海面には、モーターボートの影も形も見えませんでした。

これが青銅の魔人、すなわち怪人二十面相の、ひさんな最期でした。警察のランチは、ただちに現場に近づいて、人命救助につとめたことは、いうまでもありませんが、ボートの乗組員はひとりとして生きのこったものはなく、中にも青銅のよろいを着た二十面相の死体は、いくらさがしても、発見することができませんでした。あのよろいの重さのため、海中にしずんだまま、浮きあがることができなかったのかも知れません。

残念ながら、主犯をとらえることは、できませんでしたが、青銅の魔人の秘密は、ことごとくあばかれ、かれの同類はとらえられ、秘密の工場は、とりつぶされ、地底の財宝は、それぞれ、もとの持ち主の手にもどりました。

名探偵明智小五郎と、少年助手小林の名声は、いよいよ高く、それにつれて、あのチンピラ別働隊の手がらも、大きく新聞にのり、十六人のチンピラどもが肩をくんで笑っている、むじゃきな写真が、どの新聞にも出たものですから、その評判は大へんなものでした。

そして、このチンピラ少年たちは、そののち、明智探偵の世話で、あるものは学校にはいり、あるものは職業につき、それぞれ、幸福な身のうえになったということです。

コラム「青銅の魔人」から「虎の牙」まで

『明智小五郎回顧談』（以下、『回顧談』）では、終戦後に明智が大陸から日本へ引き揚げてくるまでを描いたので、戦後の明智の活躍については、本シリーズ「明智小五郎事件簿　戦後編」で考察していくことにする。

『回顧談』の設定では、明智は中国大陸で「明智機関」という諜報組織の長であり、八月十五日の敗戦後は戦犯として逮捕されたが、初代小林少年らの助けで帰国した。おそらくそれは一九四五年秋の出来事だろう。「青銅の魔人」が発生したのはその年から翌四六年にかけての冬の間だから、最短では明智が帰国してから二、三ヶ月しか経っていない。その間に彼は千代田区に探偵事務所を構え、二代目小林少年を助手にした。

実に素早い行動力だが、その一方で「青銅の魔人」では、少年探偵団は言及されるものの、現場には登場せず、表舞台に立つのは事件発生後に急いで結成したチンピラ別働隊だけだった。おそらく戦後の少年探偵団はまだ結成直後で何の訓練もしておらず、戦力にならなかったのだろう。終戦直後の東京は、治安に問題があったとも考えられる。また手塚昌一少年は「少年探偵団の篠崎君のお友だち」だと記述されているが、篠崎は「少年探偵団」や「妖怪博士」に登場する戦前の少年探偵団員だ。十年あまり前の事件なので、戦後の「青銅の魔人」事件当時はすでに二十数歳になっていたはずだ。おそらく彼は現役団員ではなく、ＯＢとして明智を紹介したのではないだろうか。

一方二十面相は、戦前最後の事件「妖怪博士」（一九三三年四月二日〜五月二日発生）で逮捕投獄されたが、「一年もしないうちに、刑務所を脱走」したのは一九三四年中のことと考えられる。「戦争中は悪事をはたらかなかった」が、今回の「青銅の魔人」の準備に「二年もかかって」いたのだから、一九四三年には自分の出番が近いうちにやってくると、予想していたことになる。結局二十面相は、戦争中の八、九年はおとなしくしていたようだ。

さて、「青銅の魔人」の後、「鉄塔の怪人」（本シリーズ未収録。一九四六年もしくは四七年発生）事件が起きた。異形の怪物が夜の銀座に現れるのは、「青銅の魔人」にまだ二十面相が拘（こだわ）っていたのだろうか。なお事件発生年は、これはのちに高原療養所に入る文代（ふみよ）夫人とまだ同居していること、明智家は一戸建てに居住していること、小林少年の年齢などから推定した。この事件にも少年探偵団は登場しない。

次に起こる事件は「虎の牙」（一九四七年春発生）だ。発表順としては、「青銅の魔人」に続く戦後二作目の少年少女向け作品で、乱歩の筆が乗っていた時代の名作である。

虎の牙

1947年　春

魔法博士

このふしぎなお話は、まず小学校六年生の天野勇一（あまのゆういち）君という少年の、まわりにおこった出来事からはじまります。

その出来事というのは、一つはたいへんゆかいな、おもしろくてたまらないようなこと、もう一つは、なんだかゾーッとするような、えたいのしれないおそろしいことでした。

ある春の日曜日、天野勇一君は、おうちのそばの広っぱで、野球をして遊んでいました。場所は東京の世田谷（せたがや）区の、ある屋敷町です。広いおうちのならんだ、屋敷町に、むかしながらに森のある八幡（はちまん）さまのお社（やしろ）がのこっていて、その前に野球のできるような広っぱがあるのです。

天野君のキリン・チームは、十八対十五で敵のカンガルー・チームを破り、一戦をおわったので、みんながひとかたまりになって、ガヤガヤとおしゃべりをしているときでした。

ふと気がつくと、ひとりのふしぎな紳士が、勇一君のうしろに立ってニコニコ笑っていました。歳(とし)は五十ぐらいでしょうか。黒い洋服を着て、その上に、うすいラシャでできた、そでのヒラヒラする外(がい)とうをはおっています。オーバーではなくて、おとなの人が和服の上に着る外とうの、すそのほうを短くしたような形で、なんだか、大きなコウモリが、羽をヒラヒラさせているように見えるのです。

帽子をかぶっていないので、フサフサした頭の毛がよく見えますが、それがまた、ひどくかわっていました。この紳士のかみの毛は、もえるような黄色なのです。日本人にも赤毛の人はときどきありますが、こんな黄色いのは見たこともありません。しかも、ただ黄色いのではなくて、その中に、縞(しま)のように黒い毛がまじっています。黄色と黒のだんだらぞめ。言ってみれば、虎ネコの毛なみを思いださせるようなかみの毛、それを長くのばしてうしろへなでつけてあるのですが、油をつけてないので、フワフワして、風がふくたびに、こまかくゆれ動き、陽(ひ)の光をうけて、まるで黄金(こがね)のようにかがやくのです。

ふといべっこうぶちのメガネをかけ、その中に糸のようにほそい目が笑っています。

ワシのように高くてだんだんになった鼻、その下に針のようにこわい口ひげが、ピンと両方にはねています。そのひげが、やっぱり黄色と黒のまだらなのです。口は大きくて、唇は紅でもぬったようにまっかです。

みんなが、このふしぎな紳士を、ビックリして見つめていますと、紳士はポケットに入れていた右手を出して、空中に輪をかくように、大きく動かしたと思うと、いままで何もなかった、その手の中に、一たばのトランプの札があらわれました。

紳士はその十数枚のカードを、一枚一枚、ヒラヒラと地面におとし、すっかりおとしてしまって、手の中がからっぽになると、ニヤニヤ笑って、その手で、空中に大きな輪をえがきましたが、すると、ふしぎ、ふしぎ、またしても、一たばのカードが、手の中にあらわれたのです。紳士はそれを、まえとおなじように、ヒラヒラと地面におとしました。

紳士はニヤニヤ笑いながら、このふしぎなしぐさを、なん度となくくりかえしました。地面には、美しく色どられたトランプの札が、まるで秋の落ち葉のように、いちめんにちらばっているのです。

「アハハハハハ、どうだね、キリン・チームとカンガルー・チームの少年諸君。カードはまだいくらでもわきだしてくるんだよ。だが、カードだけでは、つまらないかね。きみたちは、もっとほかのものを出してほしいのかね。」

紳士は、そこではじめて、まっかな唇をひらき、大きな声で、こんなことを言いました。

「ふしぎだなあ、それ、手品でしょう。」

ひとりの少年が、紳士を見あげて、言いますと、紳士はべつにおかしくもないのに、ワハハハハハハと笑って、

「まあ手品のようなものだ。しかし、世界中に、わしのような魔法使いは、ほかにいないのだよ。わしは手品師ではない。魔法博士だ。一つ諸君のほしそうなものを、空気の中から取りだしてみせるかな。ほら、いいかね、よく見ていたまえ。」

紳士はそう言って、クルッと、一まわりしたかと思うと、その手には一本の新しいバットがにぎられていました。

「さあ、これが優勝したキリン・チームの賞品だ。受けとってくれたまえ。」

天野勇一君のとなりにいた少年がそれを受けとりますと、紳士はまたもや、つま先でクルッと、一まわり、マントのそでがヒラヒラとしたかと思うと、こんどは両手に、新しいミットが一つずつ、わきだしていました。

「さあ、これは両チームに、なかよく一つずつだ。キリン・チームの主将、それからカンガルー・チームの主将、さあ取りに来たまえ。」

少年たちは見知らぬ人から、こんなにいろいろなものをもらって、いいのかしらと、

顔見合わせて、ためらっていましたが、紳士のすすめかたがうまいので、両チームとも、このりっぱなミットを受けとってしまいました。

「おじさん、魔法博士ってほんとうかい。おじさんのうちはどこなの？」

天野勇一君がたずねますと、紳士は黒いマントのそでをはばたくように、ヒラヒラさせ、ほそい目をいっそうほそくして、またカラカラと笑いました。

「すぐそばだよ。ほら、ここからも見える、あの八幡さまの森の向こうに、煙突がヌッと出ている洋館さ。わしは一月ほどまえに、あすこへひっこして来たんだよ。」

その洋館なら、少年たちはよく知っていました。赤レンガの古い建物で、スレートぶきの急な屋根から、やはりレンガでできた四角な暖炉の煙突がそびえている。いまどき、どこにも見られないような、うすきみの悪い、へんなうちなのです。

「ヘエー、あの化けもの屋敷かい？」

だれかがとんきょうな声をたてました。

「ワハハハハハ、あのうちは、近所で化けもの屋敷という、うわさがたっていたそうだね。だが、化けものなんかより、この魔法博士のほうがうわてだからね。化けものは逃げだしてしまったよ。へんなうわさがたってだれも借り手がないと聞いたので、わしが借りて、すっかり手をいれて、りっぱなうちにしてしまった。そのうち、きみたちを招待するからね、見にくるといい。」

「魔法の力で、空気の中から、いろいろなものを取りだして、かざりつけをしたのかい？」

だれかがそう言うと、少年たちのあいだに、ワッと笑い声がおこりました。紳士はマントのそでを、ヒラリとはばたかせて、手でそれを制しながら、

「イヤ、笑うことはない。きみはうまいことを言った。そのとおりだよ。魔法の力で、かざりつけをしたのさ。だから、わしはあのうちをふしぎの国と名づけた。きみたちは、『ふしぎの国のアリス』という西洋の童話を知っているだろう。つまり、あれとおなじふしぎの国が、あの洋館の中にあるのだよ。」

紳士はそう言って、またカラカラと笑いましたが、天野君は『ふしぎの国のアリス』を読んだことがあるので、いっそう、この魔法博士のうちが、見たくてたまらなくなりました。

黄金のように光るかみの毛、みょうな口ひげ、コウモリのような黒マント、そして、空気の中から、バットやミットを取りだして見せた、このふしぎな紳士、八幡さまの森の向こうに見えている、こけのはえた赤レンガの煙突、それだけでも、ここはふつうの世界ではなくて、いつのまにか、童話の国にかわっているのではないかと思われ、なんだか夢を見ているような気持ちになるのでした。

「ぼく、おじさんのうち見たいなあ。いつ見せてくれる？」

天野君は、思いきって、そうたずねてみました。すると、少年たちのあいだから、

「ぼくも。」

「ぼくも。」

「ぼくも。」と、ふしぎの国見学の希望者が、たくさんあらわれ、みんなで、紳士のまわりをとりまいてしまいました。

「よし、よし、諸君がそんなにわしの話を歓迎してくれたのは、光栄のいたりだな。だが、いまというわけにはいかない。きょうはまだ諸君とはじめてあったばかりだからね。もうすこし、おたがいに知りあってからにしよう。だいいち、諸君をだまってわしのうちにつれこんだりしては、きみたちのおとうさんやおかあさんに、しかられるからね。」

紳士はそう言いながら、右手で空中に大きく輪をえがいたかと思うと、いつのまにか、指のあいだに、スポンジ・ボールが一つ、わきだしていました。

それを少年たちのほうへ、ヒョイと投げておいて、また輪をえがく、またスポンジ・ボールが一つ、それをなん度もくりかえして、紳士はとうとう六つのボールを空中から取りだしました。

「さあ、なかよく、両チームで三つずつわけるんだよ。じゃあ、さようなら。また、あおうね。」

言いすてて、魔法博士の大コウモリのような姿はひじょうな早さで、スーッと遠ざか

っていき、見るまに、八幡さまの森の中に消えてしまいました。

これが、ゆかいなほうの出来事でした。つぎには、きみの悪い、おそろしいほうの出来事をしるします。

透明妖怪

勇一君は、その日の晩ごはんの時に、魔法博士のことを、おとうさんに話しましたが、おとうさんは、

「フーン、そんなへんな人が、あのうちへこして来たのかねえ。むろん奇術師だよ。バットやミットなんかは、そのダブダブのマントの中にかくしていたのさ。それが奇術の力で空中から取りだすように、見えたんだよ。おとうさんも、いつかその人と近づきになりたいもんだね。ひょっとしたら、有名な奇術師かもしれない。」と興味ありげにおっしゃるのでした。

「ぼく、そのふしぎの国っていうのが、見たくてしょうがないのですよ。」

「ウン、おとうさんも見たいね。奇術師のことだから、どうせ、うちの中に、いろんなしかけがしてあって、まるで童話の国へでも行ったような気がするにちがいない。」

おとうさんも同意してくださったので、勇一君はいっそううれしくなり、それからと

いうものは魔法博士のことばかり考えていましたが、どうしたわけか、その後、博士はいっこうに姿をあらわしません。待ちどおしくなって、あの古いレンガづくりの洋館の前へ、なんども行ってみましたが、いつも門の鉄の戸がピッタリしまっていて、まるで空家のように、シーンとしているのでした。

そして、三日ほどたった、ある夕方のことです。裏庭のほうからおかあさんのあわただしい声が聞こえて来ました。

「勇ちゃん、勇ちゃん、ちょっと来てごらん。たいへんですよ。ウサギが二ひきとも、ぬすまれてしまった。」

勇一君は裏の納屋の横に、鉄の網をはって、二ひきのウサギをかっていたのです。それがぬすまれたというのですから、びっくりして、そこへかけつけましたが、見ると、鉄の網は引きさかれ、柱はへしおれて、さんたんたるありさまです。だいじにしていた二ひきの白ウサギは、影も形もありません。そのうえ、かわいそうなことには、しきわらの上に、ポトポトと血のしたたったあとが残っているのです。

「さっきなんだかおそろしい音がしたので、もしやと思って見に来たのよ。そうしたらこんな……。」

「人間のしわざじゃありませんね。」

勇一君は首をかしげながら、ひとりごとのように言いました。

「そうよ。人間なら、こんなむちゃくちゃなこわしかたはしないわね。ちゃんとひらき戸がついているんですもの。どこかの、のらイヌがはいってきたのかもしれない。」

「でも、おかあさん、どんな大きなイヌだって、このふとい柱をおったり、鉄の網をこんなにらんぼうに引きさいたりする力はありませんよ。」

「じゃあ、人間でもイヌでもないとすると、いったい、なんだろうね。」

ふたりは、おびえたように、目を見あわせて、しばらく、だまっていました。

「ねえ、おかあさん、これは、きちがいが、塀をのりこえて、はいって来たのかもしれませんよ。きちがいは、ばか力がありますからね。」

「まあ、きみのわるい。でも、そんなきちがいが、このへんにいるという、うわさも聞かないけれど……。」

ふたりはなんだかこわくなって、そのまま、大いそぎで、うちの中へはいりました。

そして、おとうさんが、会社からお帰りになるのを待って、このことをお話ししますと、おとうさんはお笑いになって、

「きちがいだなんて、そりゃ勇一の考えすぎだよ。やっぱりのらイヌだろう。イヌだって、腹がへると、死にものぐるいの力を出すからね。」と、おっしゃって、この事件はそのままになってしまいました。

ところが、その晩です。じつになんとも説明のできない、きみの悪いことがおこった

のは……。

その晩は、いやにむしあつかったので、勇一君は勉強部屋の窓をひらいたまま、テーブルに向かって本を読んでいたのですが、本の活字を追っている目のすみに、なんだか白いものが、チラッとうつりました。

オヤッと思って、窓の外を見ますと、まっくらな庭に、白いものが動いています。やみの中に、そのものの影がクッキリと白く浮きだしているので、すぐにウサギだということがわかりました。昼間ぬすまれたウサギの一ぴきにちがいありません。

それにしても、すばしっこいウサギが、どうしてあんなにノロノロ歩いているのでしょう。ああ、わかった。あと足がきかなくなっているのです。大けがをして、かんじんのあと足がだめになったので、みじかい前足だけで、からだをひきずるようにして、歩いているのです。

「かわいそうに、早く助けてやらなくちゃあ。」

勇一君は大いそぎで、座敷のほうのえんがわから、庭へおりて行きました。

星のないまっ暗な夜です。光といっては、勇一君の勉強部屋の窓から、電気スタンドのうすい光線がもれているばかりで、庭は手さぐりをしなければ、歩けないほどです。ただウサギの白いからだだけが、ハッキリ見えています。

勇一君のおうちの庭は、なかなか広くて大きな木が林のようにしげっていました。白ウサギはビッコをひきながら、その林の暗やみのほうへすすんで行くのです。

「オイ、ルビーちゃん、そのほうへ行っちゃだめじゃないか。こっちへおいで、こっちへおいで。」

まっかな目が、ことに美しいので、ルビーちゃんという名がついていました。からだのかっこうが、どうもそのルビーちゃんのほうらしいので、勇一君はそう呼びながら、白いもののあとを追いました。

ウサギは、もう、木のしげみの中へ、はいりかけていましたが、ノロノロ歩いているので、追いつくのはわけはありません。勇一君はすぐにウサギのそばに近づき、両手を出して地面から、だきあげようとしました。

ところが、その時です。勇一君の手が、まだウサギにさわらないのに、ウサギはなにかほかのものに持ちあげられでもしたように、いきなりスーッと空中に浮きあがったではありませんか。

勇一君はあまりのふしぎさに声も出ません。まだこわいという気もおこりません。ただアッケにとられて、宙にただよう白いものを、見つめているばかりでした。

ウサギは勇一君の胸のへんの高さまで浮きあがって、しばらく、前足をモガモガやっていましたが、やがて、じつにおそろしいことがおこりました。

とつぜん、ウサギの頭が見えなくなってしまったのです。からだだけが宙にのこって、首から上が、長い耳といっしょにもぎとられたように、なくなってしまったのです。

勇一君は、かなしばりにあったように身うごきができなくなって、宙に浮く、首のないウサギを見つめていました。

すると、つぎには、ウサギの前足と胸のへんが、何かにのみこまれたように消えうせ、しばらくすると、あと足のほうまで、すっかりなくなってしまいました。

そして、一ぴきの白ウサギが、勇一君の目の前で、完全に消えてしまったのです。

じつに、とほうもない想像ですが、庭のやみの中に、人間の目には見えない、透明な妖怪というようなものがいて、ウサギをつかみとって、頭からたべてしまったのではないでしょうか。

勇一君は、ふとそんなことを考えると、ゾーッと気が遠くなるほどの、こわさにおそわれました。どうしてうちの中へかけこんだのか、もう、むがむちゅうでした。

勇一君の知らせでおとうさんは、大きな懐中電灯を持って、庭へ飛びだしてゆかれました。そして、木のしげみの中を、くまなくさがしましたが、ウサギは影も形もありません。それればかりか、おそろしいことには、ちょうどウサギが消えたあたりの地面に血が流れ、草の葉をまっかにそめていました。

「おや、これはなんだろう。」

おとうさんはビックリして、そこを電灯でてらしてごらんになりました。

血の流れているすぐそばに、一本の大きなマツの木があります。そのマツの幹の、地面から一メートルばかりのところに、ひどい傷がついているのです。十五センチ四方ほど木の皮がめくれ、白い木はだがあらわれて、それがおそろしいササクレになっています。

オノやなんかで、つけた傷ではありません。何か大きな歯車のようなもので、ムチャクチャに引っかいたというような、見るもむざんな傷あとです。

読者諸君、このマツの木の傷あとには、身の毛もよだつ秘密がかくされていたのです。それが、どんなおそろしい秘密であったかは、しばらくだれにもわかりません。勇一君のおとうさんも、まさかそこまでは考えおよびませんでした。

小林少年

このぶきみな出来事と、勇一君の近くに魔法博士がひっこしてきたことと、なにか関係があるのでしょうか。あるのかもしれません。ないのかもしれません。それは、もっとあとにならなければ、わからないのです。

さて、魔法博士にはじめてあった、あの日曜日から六日のちの土曜日のことでした。勇一君は、学校の帰りに、ただひとり、わざわざまわり道をして、魔法博士の洋館の前を通りかかりました。

　勇一君は、あれいらい、毎日のように、そうして洋館の前を通ってみるのですが、いつも、鉄の門がしめきってあって、赤レンガの建物の中にも、人がいるのか、いないのかわからないほど、しずかなので、ものたりなく思いながら、通りすぎてしまいました。

　ところが、きょうは、その鉄の門がすっかりひらいていて、勇一君が通りかかると、中からだれか出て来たではありませんか。ハッと思って、よく見ると、わすれもしない、あのコウモリの、羽のような外とうを着た、魔法博士でした。歩くたびに、黄色と黒のダンダラになった長いかみの毛が、フワフワゆれて、大きなべっこうぶちのメガネがキラキラ光っています。

「おじさん!」

　勇一君は、おもいきって、声をかけてみました。すると、魔法博士はこちらを向いて、ニコニコ笑いながら、

「おお、キリン・チームの天野勇一君だね。ハハハハハハ、よく知っているだろう。きみの名まえは、あのとき、きみのお友だちから、ちゃんと聞いておいたんだよ。きみのうちも知っているよ。ほんとうのことを言うとね、わしは、これからきみのうちへ行って、おとうさんにお目にかかろうと思っているのさ。」

「えッ、ぼくのおとうさんに?　おじさんは、おとうさんに、何かご用があるんです

か。」

「いや、べつだん用というほどでもないがね、ほら、このあいだ、きみたちと約束しただろう。わしのうちの中にできている、ふしぎの国を見せてあげると言ったね。じつは、あすの日曜日に、このごろ知りあいになった少年諸君を、十二、三人、わしのうちへご招待しようというわけなのさ。それで、おとうさんや、おかあさんがたにも、いっしょにおいでくださるように、これから、みんなのうちへ、ごあいさつに行くところなんだよ。」

「わあ、すてき。ぼく、おじさんのうちの中が見たくてしようがなかったんですよ。だから、毎日学校の帰りに、この前を通るんだけれど、いつも門がピッタリしまっていて……。」

「ワハハハハハハ、そりゃ、きのどくをしたね。あすは、じゅうぶんに見てもらうよ。魔法博士のふしぎの国は、じつにすばらしいからね。びっくりして、目をまわさないようにするんだね。」

「へエー、そんなに、おどろくようなものがあるの?」

「あるのないのって。ワハハハハハハ、いや、これは秘密、秘密。万事あすのおたのしみだよ。」

ふたりは、いつか洋館の前をはなれて、勇一君のおうちのほうへ、歩いていました。

背が高くて、肩はばが広くて、ガッシリした魔法博士、猛獣のたてがみのようにフサフサした黄と黒のかみの毛、ヒラヒラするコウモリの羽のマント。それにならんで、博士の胸のへんまでしかない、小さな勇一君が、チョコチョコ走るようにして、ついて行きます。

「おじさん、ぼく、お友だちをつれていっても、いいでしょうか。」

「えッ、お友だちって？　学校の友だちかね。」

「いいえ、ぼくのしんせきの人です。」

「ふーん、やっぱり、きみのような子どもなんだろうね。」

「ええ、子どもだけれど、ぼくより三つ大きいのです。小林芳雄っていうんです。」

「えッ、小林芳雄？　はてな、聞いたような名だぞ。もしや、その人は、明智探偵の助手の小林少年じゃあないのかね。」

「ええ、そうです。おじさん、よく知ってるんですねえ。明智探偵にあったことがあるんですか？」

「いや、あったことはないがね。新聞や本でよく知っているのさ。あの小林少年なら、わしのほうでもぜひ来てもらいたいね。小林少年のしんせきだとすれば、きみは明智探偵も知っているんだろう。なんだったら、明智さんもおまねきしたいものだが。」

「明智先生は、いま病気で寝ているんです。」

「どこが悪いんだね。」

「ぼくもよく知らないけれど、もう二週間も寝ているんですって。そして、まだ熱がとれないんですって。」

「ふうん、それはいけないね。だが、小林少年が来てくれるとはゆかいだ。きみは、このごろあったのかね。」

「ええ、二、三日まえに。そして、おじさんのふしぎの国の話をしたらばね、小林さんは、ぜひ見たいって言うんです。もし、きみがさそわれたら、ぼくも呼んでくれって言っていました。ぼく、きっとそうするって、約束しちゃったんです。」

「そりゃあ、よかった。じゃあ、きみのおとうさんにも、そのことを話しておこうね。」

やがて、ふたりは勇一君のおうちにつきましたが、つごうよく、おとうさんも会社からお帰りになっていたので、魔法博士は応接間に通されて、そこで、しばらくおとうさんと話をして帰りました。

勇一君のおとうさんは、あすの日曜日は、ほかに約束があって、ふしぎの国を、見に行けないけれども、小林少年が勇一君といっしょに行くのなら、すこしも心配することはないと考えられ、小林君とも電話でうちあわせをしたうえ、魔法博士に、子どもふたりだけでおじゃまさせるからと、お答えになったのでした。

ふしぎな国

その日曜日の午後一時、小林少年は、電話で約束したとおり、勇一君のおうちへやって来ました。こんの洋服を着て、リンゴのようにつやつやした頬、いつも元気な小林君でした。

二少年はすぐに、つれだって、魔法博士の洋館にいそぎました。鉄の門はひらかれていますが、まだ時間が早いせいか、ほかの少年たちの姿は見えません。

ふたりは門をはいって、玄関の石段をあがり、柱についているベルのボタンを押しました。すると、中から「どうぞおはいり。」という声がしたので、ドアをひらいて、はいりましたが、だれもいません。正面にもう一つドアがあります。しかし、だまってあけていいかどうかわからないので、モジモジしていますと、また中から声がひびいてきました。

「そこのげた箱へクツを入れて、正面のドアから、はいってください。」

ふたりは言われるままに、クツをぬぎ、げた箱に入れて正面のドアをひらきました。

そこはホールというのでしょう。広い板の間です。

そのホールへはいったかと思うと、ふたりは、いきなり頭をガンとやられでもしたように、アッと言ったまま、立ちすくんでしまいました。正面のかべいっぱいに、とほうもないお化けが笑っていたからです。

それは何千倍に大きくした魔法博士の顔でした。さしわたし一メートルもあるようなデッカイメガネの玉が二つ、その中に光っている、ほそいけれども、メガネの玉よりも長い目、小山のような鼻、くさむらのような眉、例の黄と黒のダンダラのかみの毛は、部屋の天井にただよう、あやしい雲のようです。

正面のゆかから天井までが、一つの顔なのです。よくもこんなに、にせたものだと思うほど、魔法博士とソックリの顔なのです。それが、ほそいつり竿(ざお)を何十本もそろえたような口ひげを、左右にピンとのばして、ほら穴のような大きな口をあいて、笑っているのです。

ふたりの少年は、なんだかおそろしい夢でも見ているような気がして、しばらくはものも言えませんでしたが、よく見ているうちに、その顔はハリコのつくりもので、べつにおそろしいものではないことがわかってきました。

「ワハハハハハハ。」

どこからかギョッとするほど、大きな笑い声が、聞こえました。

「きみたち、ビックリしているね。ワハハハハハ、だが、こんなものにびっくりしちゃだめだよ。ここはまだ入り口なんだ。中にはもっと、ふしぎなものが待っている。」

たしかに魔法博士の声です。まさか、あのつくりものの大きな顔が、ものを言っているのではないでしょう。しかし、博士の姿はどこにも見えません。

「どっかにラウド・スピーカーがあるんだよ。そして、ぼくたちに見えないような場所に、のぞき穴があって、博士はそこからのぞきながら、マイクロフォンに向かってしゃべっているんだよ。だから、あんな大きな声がするんだ。」

小林君が、ソッと、勇一少年にささやきました。

「きみたち、なにをグズグズしているんだね。早くはいって来たまえ。ウフフフフフフ、入り口がわからないって言うのか。ほかに入り口なんかありゃしないよ。わしの口の中へはいるのだ。わしの口が、ふしぎの国の入り口だよ。」

わしの口というのは、つまり、つくりものの博士の顔の、ほら穴のような口のことです。その口が大きくひらいているので、しゃがんで、通れば、通れないこともありません。

口の中はまっ暗です。そこへはいって行くのは、なんだか怪物にのまれるようで、いやな気持ちでしたが、ほかに入り口がないとすれば、しかたがありません。ふたりは、ふとんのようなまっかな唇と、のこぎりの岩のような歯をまたいで、オズオズと巨人の口の中へはいって行きました。口の中は、せまい廊下のようなところです。ふたりは手を引きあって、かべにさわりながら、歩いて行きますと、まもなく、行きどまりになってしまいました。正面にも板かべがあって、すすむことができないのです。しかたがないので、入り口のほうへひきかえそうとしていますと、また、ラウド・スピーカーの声が、ひびいてきました。

「その正面のかべをさぐってごらん。ドアのとってがある。それをひらいて、中へはいるんだよ。そして、中へはいったら、ドアは、かならず、もとのとおり、しめなくてはいけないよ。」

ふたりは、まるで催眠術でもかけられたように、夢ごこちで、言われるままに、ドアをひらいて、中にはいり、もとのようにそれをしめました。

すると、そこには、気でもちがったのではないかと思うような、ふしぎなことが、おこっていたのです。

おそろしい明かるさに、まず目がくらみました。目が光になれると、こんどは、ふたりのまわりに、何百人ともしれぬ少年の大群衆がひしめいているのに、きもをつぶしました。少年たちは、それぞれ、セーターやジャンパーを着ています。それが、学校の式場にでもあつまったように、四方八方、すきまもなく、ならんでいるのです。

読者諸君は、そんなバカなことがあるものかと思うでしょう。そのとおりです。魔法博士の洋館が、いくら広いといっても、何百人という少年がはいれる部屋なんか、あるはずがありません。では、戸をひらいて出たのは、建物の外だったのでしょうか。これは洋館の外の広っぱなのでしょうか。

広っぱならば、空が見えるはずです。小林少年と勇一君とは、そう思って頭の上を見ました。すると、あまりのふしぎさに、ふたりは目がクラクラッとして、たおれそうになりました。そこには青空がなかったばかりか、やっぱり何百人という少年が、さかさまになって、あるいは横たおしになって、天からふって来るように見えたのです。

いや、それだけではありません。ビックリして、見あげていた顔をふせて、足もとを見ますと、ハッとしたことには、足の下のゆか板がなくなっていました。そして、下のほうにも、何百人という少年がウジャウジャしているのです。ああ、いったい、これはどうしたというのでしょう。何百何千という少年のむれにかこまれて、宙にただよっているとしか考えられないのです。

こんなふうに書くと長いようですが、小林君と勇一少年が、このふしぎな群衆を見て、おどろいていたのは、ほんの二十秒ぐらいのあいだです。二十秒もたつと、すっかりなぞがとけてしまいました。そこは広っぱどころか、わずか一坪ほどの小さな部屋にすぎなかったのです。

読者諸君、おわかりですか。わずか一坪の部屋に、どうして、そんなにたくさんの少年がいたのでしょう。

二十秒ほどたったとき、まず、ふたりが気づいたのは、上下、左右、前後をヒシヒシとかこんでいる、何百人の顔が、みんな同じだということでした。いや、正しく言えば、ふたいろの顔でした。つまり、小林少年の顔と、勇一君の顔と、そのたったふたいろの顔が、数かぎりなく、ならんでいたのです。

自分とまったく同じ少年が、何百人もいて、それがウジャウジャと、まわりをとりかこんでいたのです。もうわかったでしょう……。それは八角形につくられた鏡の部屋だったのです。

八角形になったかべが、ぜんぶ鏡ではりつめられ、天井も鏡の板、ゆかもあついガラスの鏡、その小部屋は、どこにも鏡でないところはないのです。そして、天井とかべと床のすみずみに、小さいくぼみがあって、その中に一つずつ電灯がついていました。つまり十六個の電球が、四方八方からてらしているわけです。

なぞはとけましたが、でも何百人という自分の姿に、かこまれているのは、あまりいい気持ちではありません。手を動かすと、何百人が、いっぺんに手を動かします。ものを言うと、何百人の口が、いっぺんに動くのです。こんなきみの悪いことはありません。

ふたりは、早く鏡の部屋を出たいと思いました。しかし、どこが出口だかわかりません。はいって来たドアも、うちがわは、やはり鏡のかべになっているので、どれがドアだか、けんとうがつきません。どうしたらいいだろうと、マゴマゴしていますと、ちょうどそのとき、八角のかべの一つが、スーッと外へひらいて、そこに、魔法博士の顔がニコニコ笑っていました。あの千倍のお化けの顔ではありません。ほんものの魔法博士の顔です。

黒魔術

「ワハハハハハハ、おどろいたかい。ふしぎの国というのは、ざっとこんなものさ。まだおもしろいしかけはいろいろあるけれども、きょうはこのくらいにして、あとは、いよいよ本舞台の大魔術を、お目にかけよう。さあ、こちらへ出て来たまえ。」

ふたりは鏡の部屋を出て、魔法博士の前に立ちました。博士はきょうは、まっ白な服を着ています。エンビ服のように、しっぽのついた、白じゅすの上着、同じズボン、それから、肩にはおった、例のコウモリの羽のようなマントも、やはり、まっ白なラシャです。

小林少年が、おじぎをしますと、博士もかるく頭をさげて、

「ああ、きみが有名な小林君ですね。きみの名探偵ぶりは、本で読んで、よく知っています。少年名探偵のご光来をかたじけなくしてわしも光栄ですよ。ワハハハハハハハ。」

博士は黄と黒のしまになったかみの毛をふりみだし、まっかな唇を思うさまひらいて、さもゆかいらしく笑いました。入り口の千倍の化けものの笑い顔と、ソックリです。

「さて、これから、わしの大奇術をお目にかける。奇術といっても、手品師がやるような、ありふれたものではない。わしは魔法博士だからね。ナポレオンと同じように、わしの字引(じびき)には、不可能という文字はない。どんな大魔術をやるか、しばらく、その見物席に腰かけて待っていてくれたまえ。お客さんが、まだそろわないからね。わしは楽屋にはいって、準備をしなければならん。」

博士はそう言って、舞台のうしろへ、姿を消しました。あとにのこったふたりは、見物席のイスに腰をおろし、大魔術の舞台というのをながめるのでした。

そこは十メートル四方ほどの大広間で、見物席には三十あまりもイスがならび、一方には一段高い舞台がしつらえてあります。しかし、ふつうの劇場などとちがって、ここの舞台はなんのかざりもない黒ずくめです。幕はありません。はじめから、舞台はまるだしになっています。背景には一面に黒布がはられ、舞台のゆかも、すっかり、おなじ黒布ではりつめてあります。つまり、ぜんたいが黒ひと色なのです。

見物席の窓はみなしまっていて、ちょうど映画館のように、黒いカーテンでおおわれています。ですから、太陽の光はすこしもささず、広間の中は夜のような感じです。見物席には電灯はありませんが、舞台の前の天井と、一段高くなった台の前とに、ズーッと電球がならんでいて、それが見物席のほうをてらしているので、なんだかキラキラして、まばゆいようです。

見物席には、勇一君たちよりもさきに、五、六人のおとなや子どもが来ていました。やがて、例の鏡の部屋から、つぎつぎとお客さんの姿があらわれました。博士の助手が出て来て、鏡の部屋のドアをひらいてやり、見物席に案内しています。お客の少年たちは、ひとりでくるのは、めずらしく、たいていは、おとうさんらしい人、にいさんらしい人とふたりづれでした。中にはおかあさんらしい女の人と、いっしょに来た少年もあります。

鏡の部屋を出てくる少年たちは、みなビックリしたような顔をしていました。よほどこわかったのか、まっさおになっているのもいます。また、やせがまんで、さも平気らしくゲラゲラ笑いながら、出て来るのもいます。

「さあ、これで、きょうのお客さまは、すっかりそろいました。では、これから大魔術をはじめることにいたします。」

助手がそう言って、舞台の奥に、姿を消したときには、かぞえてみると、お客の数は、おとうさんやおかあさんなどもあわせて、二十五人でした。

しばらくすると、舞台の上に、まっ白な服を着た魔法博士が立ちあらわれました。そして、見物席に向かって、うやうやしく一礼すると、エヘンとせきばらいをして、もったいぶった口調で、何かしゃべりはじめました。

「みなさん、きょうは、ようこそおいでくださいました。鏡の部屋には、ちょっとビックリしたでしょう。しかし、あれは、ふしぎの国では、幼稚園ぐらいのところですよ。ほんとうにビックリするのは、これからです。わたしは、この舞台で、大魔術をお目にかける。手品や奇術ではありません。魔術ですよ。魔術には何百という種類がありますが、これからやるのは、そのうちのブラック・マジック、すなわち黒魔術というやつです。そこで、まずこてしらべとして、このなんにもない舞台に、諸君のビックリするようなものを、あらわしてお目にかける。では、はじめますよ。」

博士はそう言っておいて、二、三歩あとにさがると、両手をグッと前に出して、舞台の空間を、二、三度、スーッとなでまわすような、しぐさをしました。

すると、どうでしょう。いままで何もなかった舞台の中央に、雨戸ほどの大きさの、一枚のトランプの札が、パッとあらわれたではありませんか。それは、ハートの女王で、もようも、ほんとうのトランプとすこしもちがいません。ただ、それが千倍に大きくなっているだけです。

博士は、空中に立っている大カードに近づくと、両手でそれを持ち、グルッと裏がえしにして見せました。裏もほんとうのトランプと同じもようです。そうして、しかけのないことを、あらためたうえ、またもとのように正面を向け、ヒョイと一歩あとにさがって、一つ手をたたきました。すると、どうでしょう。ハートの札のほうの女王さまが、いきなりニコニコ笑いだしたではありませんか。

「オヤッ。」と思って、見つめていますと、女王さまは、トランプからぬけだすように、スーッと上半身を前にのりだし、両手を、ひろげて、見物席に向かって、にこやかにあいさつしました。

ああ、なんというあざやかな奇術でしょう。しかし、これだけならば、ふつうの奇術師にも、できないことではありません。読者諸君も、よくお考えになれば、そのやり方がわかるはずです。

ところが、博士はこれを、こてしらべだと言っています。ほんとうの大魔術はこれからなのです。

何かおそろしいことが、おこるのではないでしょうか。いったい、どんな魔法を使おうというのでしょう。魔法博士は、なんの目的で、こんな魔術の会をひらいたのか。ただ子どもたちをよろこばせるため？　いや、いや、どうもそうではなさそうです。小林少年が、ちょうどこの会に来あわせたというのも、もしかしたら、博士がわざと、そうさせたのかもしれません……。では、なんのために？

空中浮遊術

そのとき、魔法博士は、白いマントをコウモリの羽のようにヒラヒラさせながら、両手で空中をなでるしぐさをしますと、みるみる、その雨戸ほどもあるカードが、笑っている女王さまもろとも、空気の中へとけこむように、スーッと消えていってしまいました。

魔法博士の白い姿が、舞台のまん中に立ってうやうやしく一礼しました。

「みなさん、おどろいていますね。ふしぎですか。ハハハ……、しかし、これぐらいのことでおどろいてはだめですよ。これはほんのこてしらべでふつうの手品師にだってできる奇術ですよ。あとで、種明かしをして見せましょうね。」

博士はそこで、ちょっとことばをきって、例の白いマントをヒラヒラさせ、ニコニコ笑いながら、つづけました。

「さて、つぎの魔術ですが、これはわたしひとりではできません。みなさんのうちのだれかが、この舞台にのぼってくださらなければ、できないのです。エーと、天野勇一君、きみ、ちょっとここへあがってください。きみはこの中で、いちばんかわいい顔をしているし、なかなかかしこいし、それに、背の高さがちょうどいいですよ、さあ、ここへいらっしゃい。」

見物席の前列にいた勇一君は、博士にまねかれても、すぐに立ちあがる気にはなれませんでした。なんだかきみが悪いのです。

「ハハハ……、はずかしがっていますね。なあに、きみにへんなことをやらせるわけではありませんよ。いま助手がここへ一つの寝台を持ってきますからね。きみはその上に寝ていればいいのです。さあ、勇気を出して、ここへあがっていらっしゃい。」

勇一君は、臆病者と言われるのは、いやですから、思いきって、舞台にあがってみようと考えました。となりに腰かけている小林君に、目で相談しますと、小林君も、うなずいてくれましたので、いきおいよく、席を立って、舞台へあがって行きました。

すると、舞台の奥から、食堂のボーイのような、白いつめえり服を着たふたりの助手があらわれ、長イスのような、きれいな小がたの寝台を、つりだして、舞台のまん中におきました。その寝台は赤や青の美しいもようのある白いきれでおおわれ、それに銀色のふさがついて、寝台の足の上部をグルッととりまいています。ふさの下から見えている木の足も白くぬってあります。つまり、まっくろな背景の前に、その白い美しい寝台が夢のように、クッキリと浮きだして見えるのです。

「勇一君、これを着てください。魔術というものは美しくなくては、いけないのでね。」

魔法博士は、助手が持ってきた白絹の道化服のようなものを、勇一君の洋服の上から着せてしまいました。

「ほう、よくにあう。かわいいぼっちゃんになったね。さあ、その美しい寝台の上に、横になってください。いま、わたしが魔法を使うと、きみは、おとぎ話のように、ふわりふわりと空中旅行ができるのですよ。」

勇一君が、言われるままに、寝台の上に横になりますと、魔法博士は、その上におっかぶさるようにして、耳のそばに口をよせ、ボソボソと、なにごとかささやきました。

勇一君は、ニッコリしながら、しきりにうなずいています。博士は、これからやる奇術の種を、そっと教えたのかもしれません。

見物席の少年たちは、いったいどんなことがはじまるのかと、目を皿のようにして、舞台を見つめています。

魔法博士は寝台の横に立って、正面を向くと、見物席に向かって、また、うやうやしく一礼しました。

「さて、いよいよこれから、空中浮遊術という大魔術をお目にかける。ここに寝ている天野勇一少年のからだが、わたしの魔法によって、空気よりもかるくなる。そして、ふわふわと宙に浮きあがるのです。たのしい空中旅行をやるのです。だが、それだけではない。もっとおもしろいことがおこる。みなさんが、アッと言ったまま、口がふさがらないような、とほうもないことがおこるのです。では、これからはじめますよ。」

口上をおわると、魔法博士は寝台から二メートルほどはなれたところに立って、寝ている勇一君の顔を、ジーッと見つめました。まるで催眠術でもかけるように、いつまでもにらみつけているのです。

見物席の前列にいた小林少年は、博士の目が、まんまるになったのを見て、ギョッとしました。博士はいつも糸のようにほそい目をしていたからです、生まれつき、ほそい目だと思いこんでいたからです。それが、いまはカッと見ひらかれて、まんまるに見えるではありませんか。べっこうぶちの大きなメガネの玉の中が、目でいっぱいになっているのです。

催眠術をかけるときには、人間の目は、あんなおそろしい形になるのでしょうか。世間には、目の大きい人がたくさんあります。しかし、いまの博士の目は、ただ大きいだけではありません。なんだか人間の目とは思われないような、ふしぎな光をはなっているのです。

猛獣の目です。猛獣が、いまにもえものに飛びかかろうとするときの、あの身の毛もよだつ目のいろです。

小林君は、思わずイスから立ちあがろうとしました。そして、いきなり、舞台にかけあがって、「この奇術はよしてください！」とさけびたいほどに思いました。

ところが、小林君がそう思ったときには、博士の目は、いつのまにか、もとのようにほそくなっていました。猛獣の目はどこかへ消えてしまって、いつものやさしいほそい目にかわっていました。

「それじゃあ、いまのは気のせいだったのかしら。メガネの玉が光って、あんなふうに見えたのかしら。」

小林君は、立ちかけた腰をおろして、首をかしげました。しかし、なんだか胸がドキドキしてしかたがありません。ああ、いまにも、ゾッとするような、おそろしいことがおこるのではないでしょうか。

宙に浮く首

寝台の上の勇一少年は、魔法博士の催眠術にかかったのか、目をとじて、ねむったように身うごきもしません。

博士は、寝台から二メートルほどはなれたところに立って、やはり勇一少年を見つめたまま、白コウモリのようなマントを、パッとひるがえして、両手をながくのばし、ヘビのように波うたせながら、空中を、上へ上へと、なであげるようなしぐさをつづけました。

すると、ああ、ごらんなさい。寝台の上の勇一君のからだが、寝たままの姿で、ジリリジリリと、宙に浮きあがってきたではありませんか。

勇一君のからだと寝台とのあいだが、もう二センチほどもひらきました。そして、そのひらきが、みるみる大きくなっていくのです。五センチ、十センチ、二十センチ、動くか動かないかわからぬほどの早さで、しかしすこしもやすまず、上へ上へとのぼって行きます。

まっ黒な背景の前に、勇一君の白い道化服の姿が、クッキリと浮きだして、なに一つ、ささえるものがない空中に、横に寝たままのかたちで、しずかに浮いています。なんという、ふしぎな光景でしょう。まるで夢でも見ているようです。

ところが、勇一君のからだが、寝台から一メートルもはなれたとき、とつぜん、おそろしいことがおこりました。勇一君の顔が、なくなってしまったのです。つまり、首から上が消えうせてしまったのです。白い服を着たからだばかりが、こわれた人形のように、宙に浮いているのです。

ハッとして見つめていますと、こんどは胸が消え、腹が消え、じゅんじゅんに消えていって、しまいにはひざから下だけになり、足くびだけになり、白いクツしたをはいた足くびが、しばらく、チョコンと空中にのこっていたかと思うと、やがて、それも消えて、なんにもなくなってしまいました。勇一君は、かんぜんに消えうせてしまったのです。

黒ひといろの舞台に、目に見えない、とほうもなく大きな怪物がいて、勇一君を頭から、グッグッとのみこんでしまった感じでした。

魔法博士は、さもおどろいた顔つきで、これをながめていましたが、勇一君が、まったく消えてしまうと、うろたえた身ぶりで、見物によびかけました。

「さあ、たいへん。魔法がききすぎたのです。天野勇一君は、どこかべつの世界へ、飛びさってしまいました。もうこの世界には、いないのです。このままほうっておいては、勇一君のおとうさんやおかあさんに、もうしわけがない。よろしい。わたしがそのべつの世界へ、のりこんで行って、勇一君をつれもどすことにしましょう。では、みなさん、わたしも、しばらく、この世界から姿を消しますよ。」

そう言ったかと思うと、博士は、まずコウモリの羽のような白いマントのひもをといて、それをパッとなげすてました。それから、白いズボンも、クツしたもろとも、クルクルとぬいでしまいました。

すると、これはどうしたというのでしょう。ズボンの中は、なにもないからっぽではありませんか。足がないのです。ただ腹から上の胴体だけが、フワッと宙に浮いているのです。

博士はつぎに、白い上着とシャツをぬぎすてました。すると、こんどは胴体まで消えてしまったではありませんか。シャツの中も、からっぽだったのです。むろん手もありません。ただ首だけが宙に浮いて、ニヤニヤ笑っているのです。

ほんとうに『宙に浮く首』です。その首がスーッと、一メートルばかり、空中を横に動いたかと思うと、まるで火でも消えるように、見えなくなってしまいました。つまり、魔法博士はこの世から、まったく姿を消してしまったのです。

まっくらな舞台には、美しいかざりのある寝台が、ただ一つのこっているばかり、そのほかに目にはいるものは、なにもなくなってしまいました。

あまりのふしぎさに、見物席はシーンとしずまりかえって、せきをするものもありません。

いまに、べつの世界から帰って来たのだと言って、博士と勇一少年の姿が、どこからか、あらわれるにちがいない。

見物たちは、そう思って、じっと待っていました。

墓場の中のようなしずけさの中に、一分、二分、三分と、時間がたっていきました。しかし、舞台には、なにもあらわれません。ただ、まっ暗な空間が、やみ夜のように広がっているばかりです。

とつぜん、どこからともなく「ウォー、ウオオオ、ウオオオ。」と、見物たちを飛びあがらせるような、おそろしい音が聞こえて来ました。人間の声ではありません。動物の声です。猛獣のほえた声としか思われません。

見物たちはゾーッとして、たがいに顔を見あわせました。みな、まっさおになっています。背中に氷をあてられたような、なんとも言えぬぶきみさに、もう、からだがすくんでしまったのです。

かべをはうもの

それから、また数分間たっても、舞台には、なにごともおこりません。見物たちは、もうがまんができなくなりました。

まっさきに立ちあがったのは、小林少年です。小林君は、つかつかと舞台のきわまで、近づいていきました。そして、いきなり、「勇一くーん、勇ちゃーん。」と大きな声で、呼びかけてみました。

なんの答えもありません。

また、くりかえして呼びました。それにつれて、見物たちは、みな席をはなれて、舞台のそばへあつまってきました。そして、てんでに、なにか言いだしたものですから、にわかに、ガヤガヤとさわがしくなってきました。

小林君は、たまりかねて、舞台にかけあがり、奥のほうに向かって、「だれかいませんか。」と、どなりました。

すると、黒い幕のうしろから、白いつめえり服の助手がふたり、飛びだしてきました。

「先生がいなくなってしまったんです。ぼくたちは、いままで、いっしょうけんめいに、さがしてみたのですが。」

助手のひとりが、息をはずませて、言うのです。先生とは魔法博士のことにちがいありません。

「先生がいないんですって？　じゃあ、勇一君もですか。」

「ええ、ふたりとも見えないのです。」

では、博士も勇一少年も、ほんとうにべつの世界へ飛びさってしまったのでしょうか。

「いまのはブラック・マジックでしょう。きみたちはまっくろな服を着て、舞台で、はたらいていたのでしょう。」

小林君は、ブラック・マジックという奇術の種を知っていたので、こう言って、なじるように助手たちにたずねたのです。

「そうです、ぼくたちは、この白服の上から黒ビロウドの服を着て、黒ずきんをかぶり、黒い手ぶくろをはめて、助手をつとめていたのです。そうすれば、電気の光線のぐあいで、見物席からは、何も見えないのです。ぼくたちが、いくら舞台を歩きまわっても、すこしも見えないのです。」

「それでいて、博士がいなくなるのを、知らなかったのですか。」

「ぼくたちは、しょっちゅう舞台にいたわけではありません。ちょっと、楽屋へはいったあいだに、先生も、子どもさんも、見えなくなってしまったんです。じつにふしぎです。」

こんな問答を聞いていても、ブラック・マジックというものを知らない見物たちには、なんのことだかわかりません。みんなが、けげんらしい顔をしているので、小林君はかんたんに、ブラック・マジックの種明かしをしました。

「みなさん、いまのは魔法でもなんでもない、ふつうの手品で、ブラック・マジックって言うんです。電灯をぜんぶ見物席のほうに向けて、舞台には、じかに光がささないようにしてあるので、こうして、しゃべっているぼくの姿でも、手や顔のほかは、ハッキリ見えないでしょう。ですから、博士はあんなまっ白な服を着ていたのです。また勇一君にも白い服を着せたのです。

ぼくの服でさえ、ハッキリ見えないくらいですから、まっ黒なビロウドの服を着て、頭や、手先も黒ビロウドでつつんでしまったら、見物席からは、すこしも見えません。このふたりの助手君は、そういうまっ黒な姿になって、舞台で、はたらいていたのです。これが手品なのですよ。

さっきの大トランプの奇術も、はじめから黒ビロウドをかぶせて、舞台においてあったのを、助手君が、その黒いきれを、だんだん、はがしていったのですよ。すると、さも空中から大トランプが、あらわれるように見えたのです。ハートの女王さまが動きだしたのも、助手君のひとりが、おけしょうをして、絵の女王さまとおなじ服を着、かんむりをかぶって、カードを切りぬいたところから、上半身を出して見せたのです。カードの裏がわを見せるには、すばやく、切りぬいた絵を、もとのとおりにはめこみ、自分は頭から黒ビロウドをかぶって、姿を消してしまうのです。

勇一君が宙に浮きあがったのは、黒ビロウドを着た助手君が、勇一君のダブダブした白い道化服のあいだに両手をかくして、そのからだを持ちあげていたのです。すると、いまひとりの助手君が、黒ビロウドのふくろのようなものを、勇一君の頭のほうからかぶせていって、だんだん足の先まで、かくしてしまったのです。そうすると、見物席からは、勇一君が消えてしまったように見えるのですよ。

魔法博士のからだが、服をぬぐにつれて、消えていったのは、あの白い服の下に黒ビロウドのシャツとズボンをはいていたのです。手にも黒い手ぶくろをはめ、その上からもう一つ、白い手ぶくろをはめていたのです。さいごに、顔まで見えなくなったのは、頭からスッポリと黒ビロウドのきれをかぶったのですよ。」

小林君は、さすがに名探偵の片腕と言われるほどあって、手品の種には、くわしいものです。話しおわって、ふたりの助手のほうをふりむいて、そのとおりでしょうとたしかめますと、助手たちは、びっくりした顔をして、そうだと、うなずいて見せました。

「勇一君を黒ビロウドでかくしてしまってから、どうしたのですか。舞台のゆかへおろしたのでしょうね。」

「そうです。この黒布をはったゆかへおきました。このへんですよ。」

ひとりの助手は、勇一君をおろした場所へ歩いていって、指で、さししめしました。むろん、そこには、何もありません。舞台にあがってしまえば、まぶしい電灯のうしろがわになるので、黒いものでも、よく見えます。広い舞台には、ふたりの助手のほかに、まったく人影がありません。

奇術の種がわかりますと、博士と、勇一少年がいなくなったのは、奇術ではなくて、ほかにわけがあることが、ハッキリしましたので、いよいよ、さわぎが大きくなりました。

見物のうちの、おとうさんやにいさんたちが、まず舞台へあがって来ました。そして、舞台の前の、電球をとりつけてあった板をはずし、それを反対のほうに向けて、舞台を明かるくしておいて、背景のうしろ、幕のかげ、舞台のゆか下と、ありとあらゆる、すみずみを、さがしまわりましたが、どこにも人影はありません。

舞台のうしろのドアをあけると、楽屋につかっていた、せまい部屋があり、そこも、くまなくさがしたうえ、つぎのドアをひらくと、パッと目をいる明かるさ。もう夕方でしたが、いままで暗いところにいたので、にぶい光でも、まぶしいほどです。

そこは廊下になっていて、一方は行きどまりのかべ。一方はべつの部屋につうじています。庭に面したガラス窓をしらべてみると、うちがわから、しまりができていて、そこから人の出たようすはありません。

小林君は、せんとうに立って、廊下の先のべつの部屋へ、はいって行きました。円形のせまい部屋で、小さな窓が一つしかなく、その窓もしめきったままで、別状はありません。まるい部屋のまん中に、ラセン階段があります。そこは、この洋館についている、夢のお城のような、円形の塔の一階だったのです。

もし、魔法博士が、勇一君をつれて逃げたとすれば、見物席のほうへは出られませんから、この塔にのぼるほかに、道はないのです。ほんとうに魔法の力で消えてしまうなんて、考えられないことですから、博士と勇一君は、この塔の上に、かくれているにちがいありません。なぜ、かくれたのか、すこしもわけがわからないけれども、そんなことを考えているひまはないのです。小林君は、グルグルうずまきになっているラセン階段を飛ぶように、かけあがっていきました。

二階の窓にも別状ありません。そのつぎの三階が頂上でした。だれもいません。しかし、そこの窓が、ひらいたままになっています。かけよって、しらべてみると、窓わくにつもったホコリが、ひどくみだれています。何者かが、その窓から外に出たらしいのです。

まさか三階の窓から、飛びおりることはできません。地上七メートルもあるのです。では、綱をつたっておりたのでしょうか。しかし、どこにも綱のはじは見えません。

小林君は窓から首をだして、のぞいて見ました。思ったとおり、足がかりなんかすこしもない、なめらかなレンガのかべです。ヘビかトカゲでなくては、このかべを、はいおりることはできないでしょう。

そう思って、見おろしたとき、小林君の目に、ギョッとするようなものが、うつりました。その直立したなめらかなかべの上を、一ぴきのまっ黒な怪物が、とほうもなく大きな、トカゲのようなやつが、ノロノロとはいおりていたのです。ちょうど二階の窓のへんを、頭を下にして、さかさまにはいおりていたのです。

それは、写真でも絵でも、一度も見たことがないような、まっ黒な動物でした。大きさは、ちょうど人間ほど、足は四本、ひふは、まるで黒ビロウドのようです。

オヤ、おかしいぞ。手が二本、足が二本、黒ビロウドのシャツとズボン、クツした、手ぶくろ。小林君は思わず、アッと声をたてました。

すると、怪物のほうでも、その声におどろいて、ピッタリはうのをやめ、グーッとかまくびをもたげるようにして、小林君のほうを見あげました。

それは、魔法博士の顔でした。ニヤリと笑った、あのぶきみな魔法博士の顔でした。

石の獅子（しし）

小林君は、あまりのことに、声をたてることも、身うごきすることもできません。魔法の力ですいつけられたように、ジッと黒い怪物を見ていました。

すると、黒いヒョウのような動物は、まもなく、レンガのかべを下までおりて、そのままよつんばいになって、そこの木のしげみの中へ、かけこんでしまいました。その向こうは、やぶれたレンガ塀をへだてて、すぐ八幡神社の森につづいています。黒い人間獣は、夕やみのジャングルの中へ、姿をかくしてしまったのです。

小林君は、おそろしい夢でも見たのではないかと、自分の目をうたがうほどでしたが、しかし、けっして夢ではありません。あの黒い怪物は、たしかに魔法博士の顔を持っていたのです。

小林君が見たのは、黒い怪物だけです。では、勇一少年はどうしたのでしょう。勇一君まで、魔法の力で四つ足の動物になって、博士よりもさきに、森の中へかくれてしまったとでもいうのでしょうか。

なんにしても、早くこのことを、みんなに知らせなければなりません。

小林少年は、塔の階段を飛ぶようにかけおりて、下に待っていた見物の人たちに、ことのしだいをつげました。

知らせを聞いた人々は、あまりのふしぎさに、ボンヤリしてしまって、しばらくは、おたがいに顔を見合わせるばかりでしたが、やがて、正気にかえると、にわかに大さわぎをはじめました。

とにかくさがさなければならない。勇一少年と魔法博士の行くえをつきとめなければならない。二十何人の子どもとおとなが手わけをして、洋館の中と八幡神社の森の中を、オズオズさがしはじめました。

一方、小林少年は、勇一君のおうちにかけつけ、青くなったおとうさんといっしょに現場に帰り、捜索隊にくわわりました。また、ひとりの少年のおとうさんは、近くの交番に、このことを知らせましたので、まもなく本署から数名の警官がかけつけます。それらの人たちがいっしょになって、洋館のうち外を、のこるところなくさがしたのですが、勇一少年と魔法博士の姿は、どこにも発見することができませんでした。

八幡神社のうすぐらい森の中、立ちならぶ木の枝の上、くさむらの中など、くまなくしらべましたが、黒い怪物の影もなく、また神社をかこむ町の人たちに聞きまわっても、あやしいものを見た人は、ひとりもいないのです。

そのうちに、ますます、あたりが暗くなってきましたので、ひとまず、捜索をうちきることにし、警官たちも、ふたりの見はりばんをのこして、本署に帰りましたが、ただちにこの事件は、警視庁に報告せられ、東京中の警察署が、魔法博士と勇一少年をさがすことになったのは、言うまでもありません。

そうしてみんながひきあげてしまっても、小林少年だけは、ただひとり、八幡神社の森の中にのこって、大きな木の幹にもたれ、ボンヤリと考えごとをしていました。

「ふしぎだなあ。あんな黒いヒョウみたいな姿で、森の外へ逃げだしたら、町には、だれか人が通っているんだから、たちまち見つかって、大さわぎになるはずだ。うまく逃げだせるはずがない。もしかしたら、あいつは、例の魔法を使って、だれにもわからないように、この森の中に、かくれているんじゃないかしら。」

そう考えると、なんだかゾーッと背中が寒くなってきました。森の中はもうまっ暗です。向こうの社殿がボンヤリと見わけられるばかりで、そのほかは、一面に黒いまくを、ひきまわしたようです。

ところが、ふと気がつくと、そのやみの中で、なにかモヤモヤと動いたものがあります。ギョッとして、小林君は、木の幹に、からだをかくし、動いたもののほうを見つめました。

「なあんだ、気のせいだったのか。」

それは社殿の前の左右にすえてある大きな石のコマイヌでした。その右のほうのコマイヌが小林君の五メートルほど向こうに立っていて、それが身うごきをしたように感じたのです。

三だんに組んだ石の台の上に、ちょうど人間がうずくまったほどの、大きな石のコマイヌがいるのです。コマイヌといっても、イヌの形ではなくて、むかしの絵にある獅子のような姿をしています。たてがみが、クルクルうずをまき、大きな顔、ふとい足、ふさふさした尾、どこの動物園にもいないような、ふしぎな怪獣です。

しかし、それは石をほってこしらえたものですから、動くはずはありません。さっきから、みんながその前を行ったり来たりしていたのですが、だれも石のコマイヌなんかに注意するものはなかったのです。

小林君は、へんな気持ちで、やみの中にぼんやりと浮きだしている、そのコマイヌをながめていました。「あの石のイヌが動きだしたらどうだろう。いまにきっと動くぞ。」昼間から、ふしぎなことばかり見せられたので、ついそんなことを考えるようになっていたのです。

すると、小林君の考えが、石のイヌにつたわりでもしたように、そのコマイヌが、モゾモゾと動きはじめたではありませんか。

小林君は、からだがツーンとしびれたようになって、もう身うごきもできません。これはおそろしい夢でしょうか。いや、夢ではない。昼間のことから考えると、夢がこんなに順序よくつづくものではありません。

コマイヌ、というよりも石の獅子です。その石の獅子は、いまではもう生きた怪物になって、そろそろと石の台をおりています。みょうなかっこうで、台をおりてしまうと、やみの中を、社殿のほうへ、よつんばいになって歩きはじめました。

小林君は、もしかしたら、こちらへ、飛びかかってくるのではないかと、ドキドキしていましたが、石の獅子は、木のかげに小林君がいることは知らないらしく、ふりむきもせず、社殿に近づき、階段をはいのぼり、正面のとびらをひらいて、社殿の中へ、姿を消してしまいました。そして、とびらが、何かに引かれるように、スーッとしまったかと思うと、「ウォーッ。」と一声、おさえつけたような、うなり声が、聞こえてきました。

ああ、あの声です。昼間、魔法博士が舞台から消えたとき、見物たちの耳をうった、あのぶきみな猛獣のうなり声とそっくりです。

小林君は、もうむがむちゅうで、かけだしました。あとからあの怪物が追っかけてでもくるように、死にものぐるいで逃げました。そして、洋館の入り口に見はりをしている警官のそばにたどりつくと、やっと元気をとりもどして、ことのしだいをつげるのでした。

警官は、おどろいて近くの交番から、このことを本署に電話で知らせました。そして、しばらくすると、本署からピストルを持った数名の警官が、かけつけて来ました。

もうすっかり夜になっていましたから、警官たちは、手に手に懐中電灯をふりかざし、八幡神社の社務所の人を呼びだして、それを案内役にして、一かたまりになって、社殿に近づきました。

警官たちは、みなピストルをサックから出して、手に持ち、いざといえば、うてるように、かまえながら、サッと社殿のとびらをひらきました。とびらの中に集中する懐中電灯の光。

「オッ、そこにいるゾ。」かさなりあうまるい光の中に、大きな石の獅子が、チョコンとすわっています。警官たちを見ても、逃げるでもなく、飛びかかってくるでもなく、まるで石のように身うごきもしないのです。しばらく、異様なにらみあいが、つづきました。

「おい、へんだぜ。こいつは、ほんとうの石のコマイヌじゃないか。」

ひとりの警官が、およびごしになって、グッと手をのばして、ピストルの先で、怪物の肩のへんを、つっつきました。すると、コツコツと石をたたくような音がしたではありませんか。たしかに石でできているのです。

それにいきおいをえて、みんながコマイヌのそばに近より、懐中電灯でてらしつけながら、その全身にさわってみました。ひとりの警官が、コマイヌの頭に手をあてて、グッとおすと、からだぜんたいがかたむき、手をはなすと、ゴトンと音をたてて、もとの位置にもどりました。

「ハハハ……、なあんだ、やっぱり石のコマイヌじゃないか。おい、きみ、きみは、こいつが動いたと言うのかい。」

小林少年は、夢に夢みるここちでした。

「さっきは、たしかに生きていたのです。あすこの石の台の上からおりて、ここまで、はって来たのです。」

「フーン、この石がねえ。」

警官はピストルでコマイヌの頭をコツコツやりながら、また笑いだすのでした。

「しかし、昼間は、こいつ、たしかにあの台座の上にいた。それは大ぜいが見て、知っている。ところが、見たまえ、あの石の台座の上はからっぽだ。」

べつの警官が、台座のほうを懐中電灯でてらしながら、ふしぎそうに言いました。

「まさか、きみが、コマイヌをここへ持って来たわけじゃなかろうね。」

「ぼくには、こんな重いもの、とても持てませんよ。」

「そうだろうね。すると、いったい、これはどういうことになるんだ。」

警官たちが、首をかしげているあいだに、小林少年は、ふと、社殿の一方の柱に、異様な傷があることに、気づきました。ひとりの警官の懐中電灯が、ちょうどそこを、てらしていたからです。

「あれは、なんでしょう？」

小林君の声に、みながそのほうを見ました。おそろしい傷あとです。十五センチ四方ほど、柱の皮がめくれ、白い木はだがあらわれて、それがひどいササクレになっています。

「へんな傷だね。大きな動物が、牙でかみついたというような傷だね。それに、傷のまっ白なところを見ると、ごく新しい傷だ。」

警官たちも小林少年も知らなかったけれども、読者はごぞんじでしょう。勇一君のおうちの庭で、白ウサギが消えたとき、マツの木の幹にのこっていた、あのおそろしい傷あと、あれとそっくり、そのままなのです。

それは知らなくても、一方には、いつのまにか社殿にしのびこんだ石の獅子、一方には、見るもおそろしい柱の傷あと、この二つの怪異のくみあわせの、ぶきみさに、人々はゾーッとおびえた目を見かわして、ただ立ちすくむばかりでした。

虎の影

それから数日は、何事もなくすぎさりました。あの夜は、いくらさがしても、石のコマイヌのほかには、あやしいものも見あたらず、警官たちは、なんのえものもなく、ひきあげたのです。その後、東京中の警察が、魔法博士と勇一少年をさがしているのに、ふたりの姿はどこにも、あらわれず、むなしく日がたっていくばかりでした。

そして、あのおそろしい日から、ちょうど六日目の午後、四人づれの少年が、勇一君のおうちをたずねました。

小林少年と、読者にはまだおなじみのない三人の中学生です。そのうち、一ばん背の高いのは花田君といって、中学の二年生、あとのふたりはおなじ中学の一年生で、石川君と田村君です。

この花田、石川、田村の三少年は、小学生のころから、少年探偵団にはいって、いまでは小林団長の参謀というような、重い役目をつとめています。三人の中学校は、明智探偵事務所とおなじ千代田区にありました。

魔法博士の事件が大きく新聞にのり、小林団長のしんせきの勇一少年が、行くえ不明になったと知ると、三少年は、さそいあって、小林君をたずね、勇一少年捜索のために、少年探偵団も、できるだけのことをしたいと、申しでたのです。

そこで、きょうは、四人づれで、勇一君のおうちへ、その後のようすをたずねるために、わざわざ出かけてきたのでした。

さいわい、勇一君のおとうさんは、うちにおられ、よろこんで、四人の少年を、座敷にお通しになりました。

あいさつと、ひきあわせがすみますと、小林君は、さっそく事件のことを、話しはじめました。

「おじさん、その後、何かかわったことはありませんか。」

すると、勇一君のおとうさんは、待ちかねていたように、おっしゃるのでした。

「イヤ、みょうな手紙が来たんだよ。どうも勇一は無事でいるらしい。」

「ヘエ、みょうな手紙ですって。だれから来たんです。」

「勇一からだよ。ここにあるから、きみたちも見てください。」

おとうさんは、そう言って、ふところから、四角な封筒をとり出して、小林君におわたしになりました。

いそいで、封筒の中をしらべますと、白いびんせんにペンで書いた手紙と、一枚の写真が出てきました。台紙のないキャビネの写真です。

「おや、これ勇一君の写真ですね。みょうな服を着て、すましているじゃありませんか。」

「そうだよ。いま、どこかで、そんなふうをして、くらしているらしい。手紙のほうを読んでごらん。」

そこで、手紙をひらいて、読んでみますと、そこには、つぎのような、ふしぎなことが書いてありました。

おとうさん、おかあさん、ぼくは無事でいますから、ご安心ください。でも、しばらく、おうちへ帰ることはできません。また、いまいる場所は書くこともできないのです。

ぼくの写真を入れておきます。これは、きのうとったものです。ぼくはいま、こんなりっぱな服を着て、美しい部屋にいます。そして、毎日、びっくりするような、おいしいごちそうを、たべています。

いつおうちへ帰れるか、わからないのが、ざんねんですが、そのほかのことでは、ぼくはたいへんしあわせです。どうかご安心ください。

勇一より。

「たしかに勇一君の字ですね。へんだなあ、いったい、どこにいるんでしょうね。」

「封筒の消し印は新橋(しんばし)になっているが、そんなものはあてにならない。つまり、どっかへ、とじこめられているんだね。まあ、おいしいごちそうをたべているというから、心配はしないが、それにしても、だれが、なんのために、勇一をとじこめているのか、すこしもわけがわからない。」

「魔法博士のしわざでしょうね。」

「わたしも、そう思う。しかし、魔法博士がいったい、なんのために勇一をとじこめるのかね。わたしがお金持ちなら、身のしろ金をゆするためとも考えられるが、わたしは、ごらんのとおりの貧乏人だからね。ゆすられるようなものは、何も持っていない。そこが、じつにふしぎなんだよ。」

「警察へとどけないんですか。」

「ウン、これからこの手紙を見せに行こうと思っていたところだ。しかし、警察でも、これだけでは、何もわからないだろうね。」

「明智先生がご病気でなければ、きっとうまい知恵があるんだがなあ。先生は熱が高くて、勇一君の事件も、まだお話しすることができないでいるんですよ。しかしねえ、おじさん、ぼくたちの少年探偵団は、何かをさがすことが、なかなかうまいんですよ。まえにも、いくどもてがらをたてたことがあるんです。ぼくたち、やってみますよ。ねえ、花田君。」

「ええ、ぼくたちも、小林団長を助けて、はたらきますよ。石川君だって、田村君だって、からだは小さいけれど、みんなすばしっこいんだからなあ。」

花田少年も、いきごんで言うのでした。

それから、お菓子とコーヒーをごちそうになって、四人の少年は、いとまをつげましたが、表のこうし戸をあけて、外に出ると、すぐ目の前を、ひとりのきたない服を着た男が、まるで逃げるように、スタスタと向こうへ歩いて行くのに、気づきました。

「あいつ、こうし戸のところで、うちのようすを、うかがっていたんだよ。きっと、そうだよ。あやしいやつだなあ。」

花田君が、声をひくくして言いました。

「つけてみようか。」

田村君が目を光らせて言います。

「うん、きみと石川君とで、尾行してごらん。ぼくたちも、あとからついて行くから。」

小林団長の命令です。

田村、石川の二少年は、道の両がわにわかれて、家ののきづたいに、まるでリスのように、チョコチョコと走りながら、男のあとを、尾行しました。

男はいそぎ足で、右におれ、左にまがり、だんだん、にぎやかな町のほうへとすすんで行きます。

そうして十五分もたったころ、あとから歩いていた小林君と、花田君の前に、石川、田村の二少年が、スゴスゴとひきかえして来ました。

「だめ、だめ、うまくまかれてしまった。あいつ、気がついたんだよ。ヒョイとうしろを向いて、ぼくたちを見ると、いきなり走りだして、人ごみの中へかくれてしまった。いくらさがしても、見つからないんだよ。」

尾行は失敗におわりました。しかし、逃げるところをみると、その男はあやしいやつにきまっています。勇一君の事件と関係のあるやつかもしれません。

「顔を見おぼえたかい。」

小林君がたずねますと、ふたりはこまったような顔をして、

「それが、だめなんだよ。やぶれソフトの前を目の下までさげて、服のえりを立てて、まるで顔をかくしているんだ。服装をかえたら、とても、わかりっこないよ。」

「よし、それじゃあ、きょうは、みんなうちへ帰ろう。そして、こん晩は、勇一君をさがしだす方法を考えるんだ。そして、なにかいい知恵を出して、あす学校がひけたら、ぼくのところへ、来てくれたまえ。そのとき、よくそうだんしよう。」

小林団長はそう言って、先に立って、国鉄の駅のほうへ歩きだすのでした。

さて、その晩のことです。花田少年のおうちに、大ちんじがおこりました。まったく、えたいのしれない、ふるえあがるような出来事でした。

花田君のおうちは港区の焼けのこった屋敷町の中にありました。いけがきにかこまれた、広い庭のあるおうちです。

花田君は、晩ごはんのあとで、学校の勉強をすませると、勇一君の事件を、いろいろ考えこみましたが、これという知恵も浮かばぬうちに、夜がふけて、十時になってしまいました。花田君は、いつものとおり、自分の勉強部屋に、ふとんをしいて、とこにはいり、それから三十分ほどは、やはり考えごとをつづけていましたが、いつか、昼間の

つかれが出て、グッスリねむってしまいました。

その真夜中です。花田君は、みょうな物音に、ふと目をさましました。窓です。窓のガラス戸を、何者かが、外からコツコツたたいているのです。

花田君の勉強部屋は四畳半で、一方は廊下、一方は裏庭に向かった窓になっていて、二枚の障子がはまり、障子の外にガラス戸がしまっています。そのガラス戸を、だれかが、しきりにたたいているらしいので、

「だれ？　そこにいるのは、だれ？」と呼んでみましたが、答えはなくて、やっぱり、コツコツ、コツコツとたたいています。なんだか、きみが悪くなってきましたが、花田君は、勇気のある少年でしたから、ふとんを出て、窓のそばにより、もう一度、「だれ？」と、声をかけ、それでも返事がないので、いきなり、障子をサッとひらきました。そして、ひらいたかと思うと、「アッ。」と、声をのんだまま、身うごきもできなくなってしまいました。ガラス戸の外に、化けものがいたからです。

ガラス戸の三十センチばかり向こうに、大きな顔がありました。背の高さは人間ほどですが、その顔は人間の三倍もあり、ランランとかがやく目、さか立つ黄色い毛、耳までさけた口、まっかな舌、するどい二本の牙。

おりから、満月に近い月が、中天にかかり、庭一面が銀色に光っていましたが、その月の光が、化けものの半面をてらしているので、こまかいところまで、まざまざと見え

るのです。

はじめのうちは、何がなんだか、見わけられませんでしたが、心がおちつくにつれて、それが一ぴきの巨大な虎であることが、わかってきました。

その大虎はあと足で立ち、前足をガラス戸のさんにかけて、いまにもガラスをぶちやぶろうとするけはいを見せています。

牙のあいだから、まっかな舌を出して、ハッハッと息をする音が聞こえ、そのたびに、首から肩にかけて、黄と黒との毛なみが、波のように脈うつのです。

花田君は、からだがしびれてしまって、身うごきはおろか、声をたてることもできません。ただ、ランランと光る虎の目を、まるで釘づけになったように、ジーッと見つめているばかりです。

深夜の怪事件

一メートルほどの近さで、おそろしい虎と花田少年とは、まるで、にらめっこでもしているように、ながいあいだ、ジッと目を見あわせていました。

すると、じつにへんなことがおこったのです。

花田君は、あとになって思いだしてみても、どうしてあんな気持ちになったのか、すこしもわかりません。まるで、漫画映画のスクリーンの中へ、自分のからだがスーッと、はいって行って、自分も漫画の中の人になったような気持ちでした。

窓の外の虎が、口をきいたわけではないのですが、口をきいているのとおなじように、虎の考えていることが、花田君の心に、はいって来たのです。

「わしは、きみを、これからおもしろいところへ、つれて行ってやる。さあ、この窓をあけて、出て来たまえ。」

虎がそう言っているように、ハッキリ感じられたのです。花田君は、それでも、窓のガラス戸をひらこうなどとは思わなかったのに、何か、どうすることもできない力が、花田君の手を、ひとりでに動かして、いつのまにか、ガラス戸をひらいていました。

「外出するんだから、服を着かえるがいい。」

虎がまたそう言ったように、感じられました。あのおそろしかった虎の顔が、にわかにやさしくなったようで、もうすこしもこわくはありません。花田君は、大いそぎで、洋服を着て、帽子をかむりました。そして、フラフラと窓のところへ行くと、外から虎が二本の前足で、花田君を、抱きかかえるように、むかえてくれました。

「クツはいいんだよ。わしの背中へ、のせてやるからね。」

虎がそう言ったように思うと、いつのまにか、花田君は、大きな虎の背中に、馬のりになっていました。虎は、かわいい少年を背中にのせたまま、ひらいた裏木戸から外に出て、月光にてらされた、深夜の町を、近くの大通りのほうへと、ノッシノッシと歩いて行きました。

これは、いったい、どうしたことでしょう。東京の町中へ、虎があらわれるというのも、まるでうそのような話ですが、そのうえ、ひとりの少年がその虎にまたがって、真夜中とはいえ、町の中をノコノコ歩いているなんて、まったく信じられないことです。しかし、花田君は、夢を見ていたのではありません。これはじっさいにおこったことなのです。いくら信じがたくても、それは事実だったのです。そのわけは、ずっとあとになって、わかります。

虎にまたがった花田少年は、まるで、猛獣国を征服した王者のように見えました。しかし、花田君は、そのとき、いばっていたわけではありません。いばるどころか、まるでむがむちゅうでした。猛獣が人間に催眠術をかけることができるとすれば、花田君は、この催眠術にかかっていたのです。花田君の目は、まるで夢遊病者のように、うつろだったのです。

虎は、やがて、大通りへ出ました。もう二時ごろでしょうか、昼間はにぎやかな大通りも、いまは人影もなく、さばくのように、さびしいのです。向こうの電柱のそばに、一台の自動車が、ヘッド・ライトを消して、黒い怪物のように、とまっています。虎はその自動車のほうへ歩いて行くのです。

　とつぜん、ごく近くから、「キャーッ。」という悲鳴が、しずまりかえった深夜の町に、ひびきわたりました。そして、自動車とはんたいがわの、月光のささない、のき下を、黒い人影が、死にものぐるいに、かけだしているのが見えました。

　この真夜中に、急な用事でもあったのか、そこをひとりの女の人が通っていたのです。そして、少年を乗せた虎の姿を見ると、いきなり悲鳴をあげて、かけだしたのです。

　すぐ向こうに交番があります。女の人はそのほうへ走っています。いまにも、おまわりさんが、ピストルを持って、かけつけるかもしれません。また、悲鳴を聞いた商家などでは、表戸をゴトゴトさせています。いまにも、町の家々から、大ぜいの人が飛びだしてくるかもしれません。

　しかし、虎は、そんなことを、どこふく風と、おちつきはらって、自動車に近づき、前足で、その車体をコツコツとたたきました。

　すると、自動車の戸がひらいて、運転手が出てきましたが、猛虎の姿を見て、アッと腰をぬかすかと思いのほか、すこしもおどろくようすはなく、しずかに座席の戸をひらいて、さあ、どうぞ、お乗りくださいという、かっこうをして見せました。

　夢遊病者のようになった、花田君は、運転手におされて、車の中へはいりました。ところが、おどろいたことに、花田君のあとから大きなずうたいの虎が、ノコノコはいって来て、花田君とならんで、まるで人間のように、クッションに腰をおろしたではありませんか。

猛獣が自動車に乗るなんて、話に聞いたこともありません。しかし、ほんとうに乗ったのです。すると、車はガクンとひとゆれして、おそろしい速度で走りだしました。おまわりさんも、町の人も、もうとても、追っかけることはできません。

虎はゆったりクッションにもたれ、花田少年の肩に前足をかけて、その顔をのぞきこむようにしていました。なにか話しかけているようなかたちです。花田君は、それにさからう元気もなく、夢でも見ているような顔で、ジッとしています。すると、虎のもう一つの前足が、花田君の目の前に、グーッとせまって来ました。そして、つめたい綿のようなものが、花田君の鼻と口をおさえました。

息ぐるしいので、それをはねのけようと、もがいているうちに、だんだん気が遠くなっていき、やがて、花田君は、ふしぎなねむりにおちてしまいました。

猛虎ヨーガ

花田君が、ふと目をひらくと、そこはやっぱり自動車の中でした。あのおそろしい虎は、いつのまにか、いなくなり、そのかわりに、ひとりのおじいさんが、ニコニコ笑っていました。白いひげを胸までたらして、まんまるい顔が、つやつやと赤くて、サンタクロースのようなおじいさんです。そのおじいさんが、背びろの洋服を着て、花田君のとなりに腰かけて、花田君を抱くようにしていました。

「おお、よくねむっていたね。ああ、ついたよ。きみも見おぼえがあるだろう。あのうちだよ。」

車の窓からのぞいて見ますと、もう、しらじらと夜があけて、そのほの白い空に、お城のような洋館が、そびえていました。赤レンガの古い建てかた、つたのはったまるい塔、たしかに見おぼえがあります。それは、勇一少年が行くえ不明になった、あの魔法博士の洋館でした。花田君は、小林団長といっしょに、勇一少年のおうちをたずねるまえ、この洋館を、ちゃんと見ておいたのです。

「おじいさんは、だれですか。ぼく、早くうちへ帰らなければ、うちで心配しているから。」

花田君が言いますと、おじいさんは、それをうち消すように、ニコニコ笑って、

「なあに、心配することはないよ。じき帰してあげる。だが、せっかくここまで来たんだから、あの子にあっていったほうがいいじゃないか。」

「あの子って、だれですか?」

「天野勇一っていう、かわいい子どもさ。」

「えッ、それじゃあ、勇一君が、このうちにいるんですか。」

「そうだよ。さあ、車をおりて。」

どうも、がてんがいきません。魔法博士のうちは、からっぽのはずです。あれほど、みんなでさがしても、ネコの子一ぴきいなかったのです。そこに勇一君が、帰って来ているなんて、信じられないことです。

しかし、花田少年は、さがしにさがしていた勇一君が、この洋館にいると聞いては、うちに帰ることもなにも、忘れてしまいました。

サンタクロースのようなおじいさんに、手をとられて、車をおり、門をくぐり、洋館の中へはいって行きました。

話に聞いていた、魔法博士の顔のつくりものや、鏡の部屋などは、もう取りかたづけられたのか、まがりまがった廊下には、べつにかわったものはありません。やがて、廊下のつきあたりの、奥まった一つの部屋に、たどりつきました。

「さあ、ここだよ、この部屋に勇一君がいるんだよ。きみ、自分でドアをあけてごらん。」

花田君は、おじいさんの言うままに、そのドアをソッとひらきましたが、その中を一目見ると、ハッと、息をのんで、たちすくんでしまいました。

おそろしいものがいたわけではありません。部屋の中が、あまり美しかったからです。

「ホラ、あすこにいるのが、勇一君だよ。早く行って、あうがいい。」

老人はやっぱりニコニコしながら、花田君を部屋の中にみちびきました。

それは、まるでお菓子のように、きれいな部屋でした。天井もかべもまっ白、じゅうたんも、まっ白、テーブルやイスや、そのほかのかざりものも、みんなまっ白で、まるでクリスマス・ケーキのおさとうの家の中へでも、はいったようです。

魔法博士の洋館の中は、化けもの屋敷のように、うすぐらくて、古めかしくて、いんきだと、聞いていたのに、いつのまに、こんなまっ白な、美しい部屋ができたのかと、あっけにとられていますと、正面のイスにかけていた、ひとりの美しい少年が、立ちあがって花田君に、ちょっと、おじぎをして、ニッコリ笑いかけました。

写真で見た天野勇一君です。服装も写真と同じでした。しゅすのように光った、まっ白な上着、まっ白な半ズボン、まっ白なクツしたとクツ、童話にある西洋の王子さまとそっくりです。

「さあ、さあ、花田君も、勇一君と向かいあって、ここへかけなさい。いま、すてきなごちそうを持って来てあげるからね。」

サンタクロースのおじいさんは、なにかひとりでホクホクしながら、部屋の外へ出て行きました。花田君は、そのすきにと、ささやき声で、勇一少年に話しかけます。

「きみ、天野勇一君ですね。ぼくは小林さんの少年探偵団の団員で、花田っていうのです。きみを助けに来たんです。」

「ありがとう。でも、とてもだめですよ。」

「きみからおとうさんに送った写真と手紙も見ました。あの手紙、ほんとうに、きみが書いたの？」

「エエ、ぼくが書いたんです。魔法博士の命令で書いたんですよ。だから、ぼくの思うとおり書けなかった。」

「魔法博士って、ここのうちにいるの？」

「いますとも、いまのおじいさんが魔法博士です。あいつは、何にだって化けるんです。だから、ゆだんしちゃだめですよ。」

「やっぱり、そうだったのか。それで、きみは、ひどいめにあわされたの？」

「いいえ、まだそんなことはありません。でも、逃げだそうとしたら、虎にくわせてしまうと言うんです。」

「エッ、虎にくわせる。」

「シッ。」勇一少年は老人がもどって来たと、目で知らせました。

サンタクロースのおじいさんは、両手に大きな銀のおぼんをさげて、ニコニコしながら、はいって来ました。そして、「そら、ごちそう。」と言いながら、それを大テーブルの上におきました。

おぼんの上には、西洋のお城のようなたてものの、さとう菓子がのっています。りっぱなクリスマス・ケーキです。しかも、ふしぎなことに、そのさとうのおうちが魔法博士の洋館とソックリ同じ形をしているではありませんか。

「とてもみんなは、たべられないだろうね。まあ、塔の屋根からたべはじめるんだね。さあ、ここにナイフもホークもある。えんりょなくやりなさい。」

ふたりの少年は、うたがわれてはいけないと考えて、塔の屋根をナイフで切って、たべましたが、このおじいさんが魔法博士かと思うと、ちっともおいしくありません。たべないさきから、おなかがいっぱいなのです。

しばらく、それをながめていた老人は、大声に笑いだしました。

「ワハハハハハ、きみたち、子どものくせに、あまいものが、あまりすきでないとみえるね。よし、よし。それじゃあ、またあとで、ゆっくりたべることにして、きみたちに、おもしろいものを見せてあげよう。さあ、こちらへおいで。」

二少年は、まるでネコの前のネズミのように、老人に何か言われると、いやだと思ってもさからうことができないのです。しかたなく、老人のあとについて部屋を出ました。

また廊下を、いくつかまがって、一つの広い部屋にはいりました。こんどは、まえの部屋とちがって、ひどくうすぐらいのです。目がなれるまでは、何があるのか、よくわかりませんでしたが、やがて、向こうのすみに、ふとい鉄棒のはまった、大きな檻（おり）がおいてあるのが見え、それといっしょに、動物園のけだもののにおいが、プーンと鼻をうちました。

「あの檻の中に何がいるか、こちらへ来てごらん。」

老人にせきたてられて、二少年は、檻の正面に立ちました。うすぐらい檻の中には、一ぴきの大きな虎が、うずくまっていました。

「これはたいせつなわしの宝ものじゃ。わしのまもり神じゃ。よいかな、わしの言うことをきかぬやつは、この檻の中へぶちこんで、虎のえじきにしてしまうのだよ。わかったかな。」

老人は二少年をジロリとにらんでおいて、コツコツと檻の鉄棒をたたきました。

「これ、ヨーガ、ヨーガ、お客さまじゃ、起きて、お客さまに、あいさつせぬか。」

猛虎は、かいぬしのことばを聞くと、ねむりからさめたように、ガバとはね起き、背中の毛をさかだて、まんまるな目で二少年をにらみつけ、まっかな口をひらいて、ゴオオ……と一声ほえました。

少年たちは、思わず、タジタジとあとじさりしました。なるほど、勇一少年が「とても逃げだすことはできない。」と言ったわけがわかりました。それにしても、花田君を背中にのせたり、自動車にいっしょに乗ったりしたのは、この虎だったのでしょうか。花田君はジッと虎の顔を見ていましたが、どうもよくわかりません。おなじ虎だったようにも思われ、そうでないようにも思われるのです。

サンタクロースのおじいさんは、そんなことを考えている花田少年のうしろへ、ソッとまわっていました。そして、なにか白い綿のようなものを持った手で、花田君の鼻と口をおさえてしまいました。自動車の中と同じことがおこったのです。なんとも言えぬ、いやなにおい。花田君は、息ぐるしさに、もがいているうち、スーッとたましいがぬけるように、目の前がまっ暗になって、そのまま、気をうしなってしまいました。

怪屋（かいおく）の怪

「オーイ、オーイ。」と遠くのほうから、呼ばれているような気がして、フッと目をひらくと、すぐ目の前に、おまわりさんの大きな姿が、のしかかっていました。

へんだなと思って、あたりを見まわすと、花田君は、ただひとり、森の中のくさむらに、たおれていることがわかりました。

「オイ、きみ、どうしたんだ。きぶんが悪いのか。」

おまわりさんが、やさしくたずねてくれます。

「アッ、あれだッ。」

花田君は、なにかを見つけて、とんきょうな声をたてました。

「エッ、あれって、なんだね？」

「あれです、あのうちです。」

森の木のあいだから、魔法博士の洋館が見えています。花田君は、それを指さして、きちがいのように、さけびました。

「あすこに、虎がいるんです。それから、天野勇一君が、いるんです。それから魔法博士が、いるんです。」

それを聞くと、おまわりさんの顔色が、サッとかわりました。一大事です。おまわりさんは、花田君をひきおこして、しんけんな顔で、ことのしだいを、聞きだしました。

花田少年の、とぎれとぎれの物語で、ゆうべからの出来事がわかると、警官は花田君をつれて、大急ぎで交番にひきかえし、そこから電話で、本署に報告しました。花田君は、本署からふつうの電話で、明智探偵事務所の小林少年にも知らせてもらうようにたのみました。

それから一時間ほどのち、魔法博士の怪屋は、警視庁からもかけつけた人々をあわせて、十数名の武装警官に、とりかこまれていました。

その中から、決死隊ともいうべき、五名の警官がえらばれ、手に手にピストルをかまえ、案内役の花田少年をかばうようにかこんで、怪屋の表口からしのびより、そこの大とびらをサッとひらきました。

うちの中は、まるで墓場のように、しずまりかえっています。

「オーイ、だれかいないか。」

どなってみても、答えるものはありません。

ピストルをかまえて、ドアというドアを、かたっぱしから、ひらきながら、廊下をすすんで行きました。しかし、どの部屋も、道具も何もない、空家のような、からっぽの部屋ばかりです。

花田少年は、大きなからだの警官のかげに、かくれるようにして歩いていましたが、見おぼえのある廊下を、いくつもまがって、とうとう例の白い部屋の前にたどりつきました。

「ここです。この中に、天野勇一君がいたんです。」

ソッとささやきますと、五人の警官はいきなりドアをひらいて、その部屋にふみこんで行きました。

「なあんだ。だれもいないじゃないか。そして、ちっとも白くないじゃないか。」

おや、これはどうしたのでしょう。それはたしかに、さっきの部屋なのですが、中はやっぱり、空家のようにからっぽです。あの美しい、まっ白な天井や、かべや、じゅうたんは、いったいどこへ行ったのでしょう。白いテーブルもイスも、何もかも、かき消すように、なくなっていたではありませんか。

「虎の檻はどこにあるんだ。」

聞かれて、花田君はドギマギしましたが、

「こっちです。」と言って、先に立ちます。その部屋もよくおぼえていました。ここと指さすと、警官は、こんどは、じゅうぶん用心しながら、ドアをひらきました。

「おやおや、ここもからっぽじゃないか。虎の檻は、いったいどこにあるんだ。きみは、夢でも見たんじゃないのかい。」

花田君は一言(いちごん)もありません。たしかに、たしかに、この部屋だったのに、虎の檻なんか、どこにも見あたらないのです。

もしや、花田君が部屋をまちがえているのではないかと、一階の部屋という部屋を、ぜんぶ見てまわりましたが、白い部屋や虎の檻なんて、影も形もないことがわかりました。

「たしかに、一階だったんだね。二階や地下室ではなかったのだね。」

「たしかに、一階でした。一度も階段をのぼらなかったのですもの。」

花田君は、もうベソをかいています。ねんのためというので、二階や塔の中まで、くまなくしらべましたが、みんな、からっぽの部屋ばかりです。

地下室は、炊事場の下に、ひとつだけありました。しかし、そこは、いぜん酒ぐらに使っていたらしく、古い酒だるなどがころがっているばかりで、すこしもあやしいところはありません。ゆかやかべを、たたきまわってみましたが、どこにも秘密の入り口はありません。

しまいには、外をかこんでいた、十数名の警官が、みんな家の中にはいって、手わけをして、しらべたのですから、万一にも見おとしなどは、ないわけです。

それでは、花田君が見たのは、みんな夢だったのでしょうか。いや、けっしてそうではありません。一ぴきの大きな虎が、花田君を背中にのせて、深夜の町を歩いているのを見た、女の人があります。その女の人の知らせを受けた交番のおまわりさんが、矢のように走りさる怪自動車を見とどけています。知らぬ女の人が、花田君と同じ夢を見たとは考えられません。花田君は、けっして、夢を見たのではないのです。

あとで時間をしらべてみると、花田君が、サンタクロースのおじいさんにねむらされてから、おまわりさんに起こされるまでには、一時間ほどしかたっていないことがわかりました。たった一時間や二時間のあいだに、あの虎の檻をどうして、はこびさることができたのでしょう。また、あのまっ白な部屋を、どうしてぬりかえることができたのでしょう。人間わざにはおよびもつかぬ、ふしぎです。

いったいこれはどうしたわけでしょうか。魔法博士は、またしても、大魔術を使ったのです。

魔法博士は、わざわざ花田少年を、怪屋の中へつれこんでおいて、そのまま、とりこにもしないで、森の中へほうりだしておいたのは、なぜでしょう。そこになにか、深いこんたんがあるのではないでしょうか。

ここまで言えば、かしこい読者諸君は「ハハーン。」とお気づきになったかもしれませんね。魔法博士の大魔術の種が、諸君には、もうちゃんとわかってしまったかもしれませんね。

恐怖の歯がた

このなんとも説明のできない、ふしぎな事件があってから二日目のことです。千代田区の明智探偵事務所の奥まった一室で、ベッドに横になったままの明智探偵と、助手の小林少年とが、何か熱心に話しあっていました。

明智探偵は、ながいあいだ病気で寝ていましたが、きょうはすこし気分がいいと言うので、ひさしぶりで、小林君をベッドのそばへ呼んだのです。小林君はいままで、先生の病気にさわってはいけないと思って、事件のことは何も言わないのですが、きょうは、先生のほうからたずねられたのと、それに、どうしてもほうっておけないようなおそろしいことが、新しく、おこっていましたので、魔法博士の一件を、すっかり先生にお話ししました。

「先生、あいつは、ぼくたちみんなを、ねらっているんです。花田君だけじゃないんです。石川君と田村君と、それから、ぼくをねらっているんです。」

「うん、たぶん、そうだろうね。何かそんなまえぶれでもあったのかい。」

明智探偵の青ざめた顔には、うす黒くひげがのびています。頭の毛はいつもよりもっとモジャモジャです。でも、目だけは人の心の奥を、つらぬくような光をたたえていました。

「ええ、おそろしいことがあるんです。うちの裏庭の土のやわらかいところに、何か大きなけだものの足あとがついています。ゆうべ、そいつが塀の中へはいって来たしるしです。」

「大きなけだものというと？」

「虎です。ネコの足あとを十倍も大きくしたようなやつが、五つものこっています。キヨはそれを見て、けさからまっさおになって、ふるえあがっているんです。」

キヨというのは、明智の家の女中の名です。

「塀をのりこえたんだね。」

「そうです。あいつはどんなことだって、できるんです。魔法博士の虎にきまっています。先生、そればかりじゃありません。裏口のドアの横の柱に、おそろしいさくれの傷ができているんです。天野勇一君のうちのマツの木にのこっていたのとソックリです。八幡さまの社殿の柱にのこっていたのとそっくりです。虎の歯がたです。」

「魔法博士の虎が、東京の町の中を、ノコノコ歩いて来たというわけだね。それを、だれも気づかなかったというわけだね。」

明智探偵の口のへんに、ひにくな笑いが浮かびました。

「先生、あいつは、ゆうべ、ここへ来ただけじゃありません。石川君のうちへも、田村君のうちへも、あらわれたのです。ふたりのうちにも、おなじような歯がたと足あとがのこっていたのです。つい、いましがた、ふたりがやって来て、それを知らせて行きました。先生、ぼくたちはどうすればいいのでしょう。」

「警視庁の中村係長は知っているだろうね。」

「電話で知らせておきました。田村君と石川君のうちへは、こんやから見はりをつけると言うことでした。でも、あいては魔法使いですから、見はりぐらいでは安心できません。」

「うん、魔法使いという点では、おどろくべきやつだ。こんなけたはずれな犯罪は、どこの国にも例がないだろうね。」

「先生、ぼくにも、あいつが舞台でやったブラック・マジックまではわかるのです。でも、そのあとのことは、何もかも、まるでわかりません。あの赤レンガの洋館から天野勇一君や、白くぬった広間や、サンタクロースのおじいさんや、それから、虎のはいった檻までも、たった一時間のあいだに、かき消すように、見えなくなってしまったなんて、まるで夢のような話です。先生、奇術の力で、こんなことができるのでしょうか。」

「それは、できないことはない。しかし、奇術には種がある。よくそんな種が、手にはいったものだと、ぼくはつくづく感心しているんだよ。」

「えッ、それじゃあ先生には、おわかりなんですか。勇一君なんかの消えた訳が、おわかりなんですか。」

「おおかた、想像がついているよ。いまにきみにもわかる。きっとわかる時がくる。それからね、きみは、まだすこしも気づいていないようだが、もっと大切なことがあるんだよ。」

明智探偵はニッコリ笑って「もっとこちらへ。」というあいずをしました。小林君が、その意味をさっして、リンゴのような頰を、ベッドの上の先生の顔のそばへもって行きますと、明智は、その耳たぶに口をよせて、何かささやきました。

それを聞くと、小林君の目がびっくりするほど大きく見ひらかれ、サッと顔の色がかわりました。

「えッ、先生、それは、ほんとうですか。」

「うん、ぼくには、だいたいけんとうがついているんだ。しかし、これはいましばらく、だれにも言っちゃいけないよ。警察にも、少年探偵団のみんなにも、知らせてはいけない。ぼくと、きみとふたりだけの秘密にしておこう。」

先生と弟子とは、そのまま、ジッと顔を見あわせていました。目と目とが、何かしきりに語りあい、やがて明智の口のへんに、ニコニコした笑いのしわがきざまれ、小林少年の頰には、もとのリンゴの色がもどって、それが、いっそうさえざえと、かがやいてくるのでした。

怪老人

その日の午後、小林君が用たしにでて、探偵事務所の横の、コンクリート塀のところを歩いていますと、紙しばい屋が、おおぜいの子どもをあつめているのに、であいました。

紙しばい屋は、きたない背広服を着て、破れたソフトをかぶり、太いふちのロイドメガネをかけた、ヨボヨボのじいさんで、頭の毛も、胸までたれた、あごひげも、まっ白です。

じいさんは、その長いあごひげを、ふるわせながら、しきりと紙しばいの説明をしています。

「ソーラ、これが魔法博士の魔法の虎じゃ。見なさい、ランランたる両眼、つるぎのように、するどい牙、この猛虎が、少年探偵団の小わっぱどもを、一のみにしてくれんと、にらみつけているところじゃ。」

小林少年は、びっくりして立ちどまりました。なんてすばやい紙しばい屋でしょう。もう魔法博士の事件をしくんで、子どもたちに見せているのです。事件のことは、大く新聞に出たので、それが早くも紙しばいになっているのは、べつにふしぎではありませんが、それにしても……小林君は「なんだかおかしいぞ。」と思いました。

聞いていますと、説明とともに絵がかわり魔法博士の事件が、つぎからつぎへと、すすんでいきます。それが、ふしぎなことに、このヨボヨボのじいさんは、新聞に出なかった、こまかいことまで、すっかり知っているような話しかたなのです。

「ほら、これは、少年探偵団の小林団長が、あわてふためいて、逃げだしているところじゃ。ワハハハ……、明智小五郎の助手ともあろうものが、このいくじのないざまは、どうじゃ。」

小林君は、ハッとして、子どもたちの背中に、顔をかくすようにしました。じいさんに見られてはいけないと思ったからです。

このじいさんは、ただの紙しばい屋ではありません。たしかにあやしいやつです。魔法博士のてしたかもしれません。「よしッ、こいつを尾行してやろう。」

小林君は、とっさに、そう心をきめました。

やがて、紙しばいがおしまいになると、じいさんは、ガクブチの中から、絵の紙をぜんぶ取りはずして、きたないふろしきにつつみ、ポケットから一枚の千円さつを出して、自動車のそばにしゃがんでいた、若い男につかませました。

「やあ、ありがとう。それじゃあ、これがお礼だ。またこんど、やらしてもらうよ。わしはこれが、やまいでね、ときどき紙しばいをやらないと、めしがうまくない。アハハハ……、じゃあ、さようなら。」

そう言いすてて、じいさんは、ふろしきづつみをこわきにかかえ、ヒョコンヒョコンと、みょうなかっこうで、向こうへ歩いて行きます。いま、千円さつをもらった若い男が、ほんとうの紙しばい屋で、じいさんは、ちょっとそのガクブチをかりて、自分の持って来た絵を、子どもたちに見せたというわけです。いよいよあやしいやつです。小林君は、言うまでもなく、じいさんのあとを尾行しました。

ああ、あぶない。怪老人は、小林君をさそいだすために、わざと明智探偵事務所のそばで、あんな紙しばいをやっていたのではないでしょうか。尾行なんかすれば、敵の思うつぼに、はまるのではないでしょうか。

しかし、小林君は、何を考えるひまもありません。ただもう、あいての秘密が知りたくて、うずうずしていたのです。この老人さえつけて行けば、魔法博士の秘密がわかると、わきめもふらず、尾行をつづけるのでした。

じいさんは、さびしい町へ、さびしい町へと、まがりながら、あとをも見ずに、ヒョコンヒョコンと歩いて行きます。小林君は、あいてに気づかれぬよう、ものかげをつたうようにして、五十歩ほどあとから、どこまでもついて行きました。

十分ほども歩きつづけると、焼けあとのさびしい広っぱへ出ました。向こうに一台の自動車がとまっています。人通りはまったくありません。そのとき、じいさんの足が、きゅうにのろくなりました。みるみるふたりのあいだが、せばまっていきます。オヤッ、へんだな、と思わず立ちどまると、じいさんは待ちかまえていたように、ヒョイとこちらをふりむきました。

「ウフフフ……、小林君、なにもそんなに、はなれて歩くことはないじゃないか。さあ、こっちへおいで、いっしょに行こうよ。おまえは、このじいさんの行く先が知りたいんだろう。」

小林君が、ギョッとして、立ちすくんでいますと、じいさんは、右手を高くあげて、何かあいずをしました。すると、向こうにとまっていた自動車が、動きだして、アッと思うまに、小林君のそばに近づき、その運転台から、ふたりの男が飛びだして来ました。

もうどうすることもできません。小林君はふたりの男に、右左から手をとられて、うむを言わせず、自動車の中に、おしこめられてしまいました。そして、手足をしばられ、さるぐつわをはめられ、手ぬぐいのようなもので、目かくしまでされてしまったのです。

小林君は、されるがままになって、ジッと自動車のクッションにもたれていました。こわいと言うよりも、なんだかうれしいような気持ちです。目かくしをされたからには、魔法博士のすみかへ、つれて行かれるのでしょう。そうすれば、天野勇一君にあえるかもしれません。うまくやれば、勇一君を助けだすことができるかもしれません。魔法博士の秘密をあばいて、警察の手びきをすることができるかもしれません。それを思うと、小林君は、こわがるどころか、ワクワクするような、たのしさを感じるのでした。

じいさんも、小林君の横に腰をおろしたけはいがしました。運転台の男たちと、ふた言三言、暗号のようなことが、とりかわされたかと思うと、自動車は全速力で走りだしました。

おそろしきなぞ

「さあ、お待ちどおさま、ついたよ。」

すぐ車のそばで、じいさんの声がして、さるぐつわと目かくしが、取りさられました。ふたりの男に両手を取られて、自動車を出ますと、目の前に例の魔法博士の赤レンガのうちがそびえていました。やっぱりここだったのか。それにしてもこのあいだ、警官たちが、あれほどさがしても、ネコの子一ぴきいない空家だったのに、いつのまにか、魔法博士は、またここへ帰っていたのでしょうか。

ふたりの男と老人にとりかこまれながら、玄関をはいって、うすぐらい廊下を、いくつかまがると、一段ひくくなったところに、がんじょうな板戸があり、怪老人は、それをひらいて、小林君を中に入れました。

まるで、牢屋（ろうや）のような、きみの悪い部屋です。四メートル四方ほどの広さで、鉄棒のはまった小さな窓が一つあるばかり、ゆかは板もはってない、タタキのままです。四方のかべは、赤レンガのむきだしで、かざりも何もない、穴ぐらのようなところでした。

「まあ、そこにかけるがいい。いまたべものを持たしてよこすからね。それをたべたら、ゆっくりやすむがいい、万事はあすの朝のことだ。きみにいろいろ見せたいものがあるんだよ。」

じいさんは、それだけ言うと、そそくさと部屋を出て行ってしまいました。

一方のすみに、そまつな木のベッドがあり、毛布がしいてあります。そのほかにはイスもテーブルも何もないのです。小林君はしかたがないので、そのベッドに腰かけて待っていますと、ひとりの男が、おぼんにパンとミルクをのせて、持って来ました。そして、それをベッドのはしにおくと、何も言わないで、出て行きました。

小林君は夜になったら、コッソリ建物の中をしらべてやろうと考え、それには、おなかをこしらえておかなければと、おちついて食事をはじめました。もう夕方です。高いところにある、鉄棒のはまった窓から、赤い色の夕日がさしこんで、赤レンガのかべを、てらしています。このいんきな部屋に、日がさすのは、夕方ちょっとのあいだだけなのでしょう。

しばらくすると、天井に小さな電灯がつき、部屋の中をボンヤリとてらしました。それから、二時間ほど、じつにたいくつな時がたっていきました。この部屋へは、だれもやって来ません。廊下からも、遠くの部屋からも、なんの物音も、話し声も、聞こえて来ません。まるで墓場のようなしずかさです。

入り口のドアにかぎをかけて行ったようすもなく、出ようと思えば出られるのです。みんなの寝しずまるまで、待つつもりでいたのですが、それほど用心することも、なさそうです。小林君はドアのそばへ行って、しばらく耳をすましたうえ、ソッととってをまわしてみました。

かぎはかかっていません。ソッとおすと、おもい板戸は音もなくひらきました……。アッ、いけない。だれかいる……。十センチほどひらいた戸のすき間から、のぞいて見ると、まっ暗な廊下の、すぐ目の前に、なんだかへんなものが、うずくまっているではありませんか。

大きな目です。人間の五倍ほどもある大きな二つの目が、やみの中に青く光っていました。虎です。一ぴきの猛虎が、まるで番兵のように、戸の外にすわっていたのです。

小林君はハッとして、いそいで戸をしめましたが、こわいもの見たさに、またソッと、ごくほそく戸をひらいて、のぞいて見ますと、虎はノッソリと立ちあがって、こちらをにらみつけながら、廊下を歩きはじめました。どこかへ立ちさったのかと思うと、そうではなくて、またもどって来ます。そして、小林君の部屋の前を、行ったり来たりして、いつまでも見はりをつづけているのです。

　小林君は、ピッタリ戸をしめ、とってをまわして、外からひらかぬようにし、ベッドにもどって、考えこんでしまいました。あの虎は、一晩中、廊下をうろついているかもしれません。そうすると、夜中に、建物の中をしらべることなんか、とてもできないわけです。そんなことよりも、もしあの虎が、ドアをおしやぶって、ここへはいって来たら……、それを思うと、もう気が気ではありません。小林君はベッドの上に小さくなって耳をすまし、おびえた目でドアを見つめていました。

　しばらくは、何事もおこりませんでしたが、やがて、廊下にかすかな物音がしたかと思うと、ドアのとってが、ソーッとまわっているのに、気がつきました。

　小林君はハッとして、いきなりベッドから飛びおりると、敵をむかえる身がまえをしました。あの虎がとってをまわしているのでしょうか。番兵をつとめるほどの虎ですから、人間のようにとってをまわす芸当だって、できないとは言えません。

　いよいよ、虎にくい殺されるのかと思うと、さすがの小林少年も、顔は青ざめ、心臓は、おどるように、脈うち、全身に冷やあせが流れてきました。

とってがまわりきると、ドアがすこしずつ、ひらきはじめました。黒いすきまが、みるみる大きくなっていきます。

いまにも、あの猛虎が飛びこんでくるのかと、死にものぐるいのかくごをしていると、そこへヒョイと顔を出したのは、虎ではなくて、例のあやしい白ひげのじいさんでした。

老人は、うしろ手に、戸をしめて、ベッドのほうへ近づいて来ました。一方の手に銀色のぼんを持っています。

「やあ、たいくつかね。オレンジエードのあついのを持って来たよ。こいつを一ぱいグッとやって、それから、ゆっくり寝るがいい。あすはきみを、びっくりさせることがあるんだからね。」

小林君は、いまのおそろしさで、のどがかわいていたものですから、なんの考えもなく、そのあついコップを受けとると、ゴクゴクと、一息にのみほしてしまいました。

「よし、よし、それできみは、こん夜よくねむれるだろう。さあ、ベッドにはいりなさい。」

「おじいさん、この部屋のドアは、かぎがかからないのですか。」

小林君がたずねますと、じいさんはゲラゲラ笑いだして、

「虎がこわいんだね。少年名探偵ともあろうものが、虎なんぞにおびえて、どうするんだ。なあに、ちっともこわがることはないよ。あれは番人さ。番人の分を、ちゃんとまもって、それいじょうのことは、何もしやしないよ。きみが逃げだしさえしなければ、めったに、くいつくようなことはないよ。さあ、寝たまえ、寝たまえ。」

じいさんがしきりにすすめるので、小林君はベッドの中にはいりました。すると、なぜかきゅうにねむくなってきました。じいさんがまだブツブツ言っているのを、子もりうたのように聞きながら、小林君はいつのまにか、グッスリ寝いってしまいました。

それから、どれほど時間がたったのか、小林君が深いねむりからさめて、ふと目をひらくと、部屋の中には、あかあかと日がさしこんでいました。

赤レンガのかべ、木のベッド、タタキのゆか、がんじょうな板のドア、それを見まわしているうちに、きのうのことが、すっかり思いだされてきました。「ああ、ぼくは魔法博士のとりこになっていたんだな。それにしても、いまは何時だろう。」腕時計を見ますと、六時すこしまえです。

小林君は、ベッドにあおむきになったまま、高い窓からさしこむ日の光を見ていました。

「きのうの夕方、この部屋にいれられたときも、ちょうどこんなふうに夕日がさしていた……。」

そこまで考えたとき、小林君は、びっくりして、もう一度時計を見ました。

「へんだな。するといまは夕方の六時かしら。ぼくは二十時間いじょうも、寝てしまったのだろうか。」

どうもいまは朝のように思われるのです。しかし、たしかに窓からは日がさしています。きのう夕日のさした同じ窓から、きょうは朝日がさすはずがありません。では、やっぱり、いまは夕方なのでしょうか。

小林君はしばらく考えていましたが、ふとあることに気づいて、いよいよ、わけがわからなくなってしまいました。

「夕日ならば、かべにさしている日の光がだんだん上のほうへのぼって行くはずだ。ところが、さっきから見ていると、いまかべをてらしている光は、すこしずつ下のほうへさがっている。太陽が高くなるにしたがって、そのかげはさがるのだ。だから、この光は、どう考えても朝日にちがいない。」

小林君はなんだか、むずかしい数学の問題にぶっつかったような気がしました。きのう夕日のさした窓から、きょうは朝日がさしている。なんというふしぎな問題でしょう。どんなに知恵をしぼっても、とけないなぞです。

そういうことができるためには、この洋館ぜんたいが、しばいのまわり舞台のように、ひと晩のうちに、クルッと一回転したとでも考えるほかないではありませんか。

考えこんでいるうちに、日ののぼるのは早く、かべにさしていた光が、いつのまにか、タタキのゆかにおち、それがだんだん部屋のまん中へ近づいて来ます。もうすこしのうたがいもありません。窓からさしているのは朝日です。いまはたしかに朝なのです。

そのとき、ジッと考えにしずんでいた小林君の顔に、じつになんともいえない、ゾッとするような、おどろきの表情が浮かびました。

「ウーム、そうかもしれない。なんというおそろしい考えだろう。」

小林君は、うなるように、つぶやきました。

「明智先生のおっしゃった魔法の種というのはこれなんだな。うーむ、おどろいたなあ。あいつは人間じゃない。しんからの魔法使いだ。地獄からやって来た魔物だ。魔物でなけりゃあ、こんなことが考えられるものじゃない。」

小林君は、いったい何事に気づいたのでしょう。まったくきもをつぶしたという顔つきです。

ふと気がつくと、またドアのとってがまわっていました。それがクルッと一まわりして、ドアがスーッとあきました。そして、そこから、ゆうべの白ひげの怪老人がニコニコした顔をのぞかせていました。

人どろぼう

「どうじゃ、よく寝むれたかね。」

怪老人は、小林君のベッドに近づきながら、話しかけました。小林君は、それに答えようともせず、おそろしくぶあいそうな顔で、老人をにらみつけています。

「ウフフフ、こわい顔をしているね。小林君、そんなにわしをにらみつけたって、どうなるものでもない。さあ、きげんをなおしなさい。きみは、天野勇一君にあいたくないのかね。ウフフフ、そら見なさい。あいたいのだろう。では、こちらへおいで、勇一君にあわせてあげるよ。」

小林君は、だまったまま、立ちあがって、じいさんのあとから、ついて行きました。ゆうべ廊下に番をしていた虎は、どこへ行ったのか、姿が見えません。

廊下をいくつかまがって、大きなドアをひらくと、目の前がパッと明かるくなりました。まっ白な美しい部屋です。まるでクリスマス・ケーキのように美しい部屋です。見ると、そこの白いテーブルに、白いりっぱな服を着た子どもが、まるで西洋の王子さまみたいなかっこうで、腰かけていました。

「ほら、あれが勇一君じゃ。ゆっくりあうがいい。」

「あッ、芳雄さん。」

勇一少年はびっくりしたように、立ちあがって、小林君の名を呼びました。小林君も思わず「勇一君。」と声をかけながら、そのほうへ、走りよるのでした。

「まあ、立っていないで、ふたりとも、そこへかけなさい。いまおいしいごちそうが出るからね。」

怪老人はそう言ったまま、部屋を出て行きましたが、それと入れちがいに、りっぱな礼服を着たふたりの若者が、大きなぼんにのせた西洋料理を持ってはいって来ました。そして、おいしそうなごちそうの皿を、テーブルの上にならべると、ていねいにおじぎをして、部屋を出て行きました。

「勇一君、きみは、毎日こんなごちそうをたべているのかい。」

「うん、いつもはこんなにたくさんじゃないけれどね。だからぼく、ちっともくるしいことはないけど、おとうさんやおかあさんが心配してるだろうと思って……。」

「しかし、もうだいじょうぶだよ。ぼくが来たんだからね。きっと、きみを助けだすよ。」

ふたりが、そんなことを話しあっているところへ、コツコツとクツの音がして、だれかがはいって来ました。ふりむくと、部屋の入り口に立っていたのは、黒いマントを着た、あの魔法博士でした。長くのばした髪の毛は、きみの悪い、黄色と黒の、だんだらぞめ、メガネの中のほそい目、ピンとはねた虎ひげ、まっかな唇。忘れもしない。あの魔法博士が、とうとう姿をあらわしたのです。

「ワハハハハハ、ふたりで、何かいんぼうをめぐらしているね。だめ、だめ、いくらきみたちが知恵をしぼったって、二度とここから出られやしないんだ。それよりも、おとなしく、わしの言うことを聞いて、魔法の国の人民になるんだね。つまり、わしの弟子になるんだね。」

魔法博士は、そう言いながら、テーブルのそばに来て、イスに腰かけました。

「ぼくたちを、とりこにして、いったい、どうしようというのですか。」

小林君が、魔法博士をにらみつけて、たずねました。

「きれいな服を着せて、おいしいごちそうをたべさせてあげようというのさ。そのかわり、きみたちはわしのけらいになるんだ。わしは魔法の国の王さまだから、きみたちは、魔法の国の人民というわけだよ。」

「そして、何か悪いことを、手つだわせようというのですか。」

「ウフフフフ、なかなか手きびしいね。それはいまにわかるよ。ところで、わしのけらいはきみたちふたりだけじゃない。もっとえらいけらいがほしいからね。やがて、おともやって来るはずだよ。」

魔法博士はメガネの中の目をほそくして、きみ悪く、ニヤニヤと笑いました。

「いいかね、勇一君をここへつれて来たのは、小林君を引きよせるためだった。その小林君も、とうとうやって来た。するとこんどは、そのつぎだよ。小林君をえさにして、もっと大きなさかなをつりあげようというわけさ。わかるかね。」

「それは明智先生のことですか。」

小林君がびっくりして、たずねました。

「アハハハハハ、あたった。そのとおりだよ。明智小五郎先生を、魔法の国の人民にして、わしのけらいにしようというのさ。小林君をとりこにすれば、明智先生のほうからノコノコやって来るだろうというもくさんだったが、どうもこれは、はずれたらしい。明智先生は、ご病気のようだからね。ご病気とあっては、こちらからお出むかいしなけりゃなるまいね。」

お出むかいなんて、ていねいなことばを、使っていますが、むろん、明智探偵をゆうかいする、かどわかすという意味なのです。魔法博士のことですから、どんなてだてがあるか、知れたものではありません。

「ワハハハハハ、どうだね、少年探偵君、世の中には、いろいろな、どろぼうがあるが、わしは人間をぬすみだそうというのだ。つまり、人どろぼうだね。勇一君をぬすみだし、小林君をぬすみだし、それから、天下の名探偵明智小五郎をぬすみだそうというのだ。そして、明智探偵を魔法の国の人民にして、わしのけらいにしてしまうのだ。わしは、それを思うとゆかいでたまらないんだよ。」

魔法博士は、例の黒マントを、コウモリの羽のように、ヒラヒラさせて、さもおもしろそうに笑うのでした。

ゴムひも

食事をおわると、小林君は勇一少年とひきはなされ、またもとの、うすぐらい牢屋のような部屋に、とじこめられました。そして、外から、ドアにピチンとかぎをかけられてしまったのです。

明智探偵をぬすみだすという話を聞いたので、小林君は心配でたまりません。どうかして、このことを明智先生に知らせたいと思うのですが、この部屋を逃げだすことは、とてもできません。ドアにかぎがかかっているばかりでなく、外の廊下には、また、あの虎が、番をしているのです。

「ここを逃げだそうとすれば、たちまち虎にくわれてしまうのだ。いのちがおしかったら、逃げることなんか考えないがいい。」

小林君をとじこめるとき、魔法博士はこう言いわたしたのです。

しかし、このまま、ジッとしていて、病気の明智先生に、もしものことがあっては、たいへんです。どうかして、このことを知らせなければなりません。どうしたらいいのでしょう。できないことです。できないことを、やらなければならないのです。

小林君は、部屋のすみにある、例の木のベッドに腰かけて、腕ぐみをして一心に考えました。

「さあ、知恵をしぼりだすんだ。きみは、人に知られた少年名探偵じゃないか、いまこそ、その名探偵の知恵をしぼる時だ。」

小林君は自分自身に、そう言い聞かせました。むかし、悪人のすみかにふみこんだときに、カバンの中に伝書バトをしのばせておいて、とじこめられた部屋の窓から、そのハトをはなして、れんらくをとったことがありますが、こんどは、そういう用意を、何もしていなかったのです。

「うん、そうだ。とにかく、ようすを見てみよう。」

小林君は、なにを考えたのか、そんなひとりごとを言うと、立ちあがって、いきなり、木のベッドに両手をかけ、例の鉄棒のはまった、高い窓の下へ、それをひきずって行きました。

そして、ベッドの一方のはじを、かべぎわにおしつけ、べつのはじを、だんだん持ちあげていって、とうとう、ベッドをそこに立ててしまいました。つまり、ベッドがはしごのように、かべに立てかけられたわけです。

小林君は、そのベッドのはしごを、よじのぼって、頂上までたどりつきました。そして、そこに腰かけると、ちょうど顔が窓の高さになるのです。小林君は、窓の鉄棒をにぎって、外をながめました。

三十メートルほど、向こうに、高いレンガの塀があって、その外には、建物はありません。たぶん、広っぱになっているのでしょう。耳をすますと、その塀の外から、大ぜいの子どもの声が聞こえて来ます。野球でもやっているようすです。

この窓から、大きな声でさけべば、子どもたちに聞こえるかもしれません。しかし、そんなことをすれば、子どもたちよりさきに、魔法博士に気づかれてしまいます。そして、どんなひどいめにあわされるかわかりません。

ところが、小林君には、うまい考えがあったのです。

小林君は、ベッドのはしごをおりると、ポケットから手帳を出して、それをひらき、万年筆で、何かを書きはじめました。

小林君が、魔法博士の家にとじこめられていること、魔法博士は、明智先生をゆうかいしようとしていること、ここには虎がいるから、用心しないとあぶないことなどを、こまかい字でくわしく書いたのです。そして、そのページを切りとると、四つにたたんで、その外がわに、「これを大いそぎで明智探偵事務所へとどけてください。人のいのちにかかわることです。お礼はたくさんさしあげます。」と書き、事務所の町名番地と、道順をしるしました。

それから、ズボンのポケットをさぐって、銀色にキラキラ光ったまるい銀貨のようなものを二つ、取りだしました。いまの五円玉の倍ぐらいの大きさです。これはB・D（ビーデー）バッジという、少年探偵団のしるしなのです。

そのつぎに、小林君は、みょうなことをはじめました。両方のクツしたをぬいだのです。そして、ポケットから小さなナイフを取りだすと、それをひらいて、クツしたの上のはじの糸を切って、そこにぬいこんであるゴムひもをぬき取りました。

小林君の毛糸のクツしたには、ずりおちないように、ゴムひもがぬいこんでありました。しかも、それは太いじょうぶなゴムひもでした。そのゴムひもを、両方のクツしたからぬき取ったのです。それから、ナイフを使って、クツしたをほぐし、二メートルほどの毛糸をぬき取り、それを同じぐらいの長さに四つに切りました。これですっかり用意ができたのです。

そこで、小林君は、手紙を書いた手帳の紙を、二枚の銀色のバッジのあいだにはさみ、一本の毛糸でもって、それをはなれぬように、十文字にしばりつけました。それから、二本のゴムひものはじをべつの毛糸で、しっかりむすびあわせ、長い一本のゴムひもにしました。

手紙をはさんだバッジと、長いゴムひもと、のこった二本の毛糸を持って、小林君はベッドのはしごをのぼり、ゴムひものはじを、毛糸で、窓の鉄棒にしばりつけ、もう一方のはじを、そのとなりの鉄棒に、のこった毛糸でしばりつけました。

　読者諸君、小林少年が何をやろうとしているのか、もうおわかりでしょう。そうです。ゴムひものパチンコを作ったのです。そして、そのパチンコの力で手紙をはさんだバッジを、塀の外へ、飛ばそうと考えたのです。

手で投げようとしても、ベッドに乗っているのですから、足場が悪くて、とても思うようには投げられません。ゴムひものパチンコならば、手で投げるよりも倍も遠くへとどきます。さすがは少年探偵、とっさのまに、じつにうまいことを考えついたものではありませんか。

　小林君は、そのゴムひもにバッジをはさみ、グーッとてまえに引っぱって、空に向かって、ねらいをさだめ、パッと指をはなしました。すると、ビュンとゴムのちぢむいきおいで、バッジは空に銀色の線を引いて、はるか塀の向こうまで気持ちよく飛んで行きました。

　耳をすましていると、子どもたちの声がパッタリとまったようです。空から銀色のものが、ふって来たので、おどろいているのでしょう。小林君のもくろみは、みごとにたっせられたのです。

いまごろは、子どものひとりがバッジをひろいあげていることでしょう。そして、糸を切って、手帳の紙を取りだし、そこに書いてある字を読んでいることでしょう。もうだいじょうぶです。小林君は、あんどのため息をついて、ベッドのはしごをおりました。

名探偵の危難

小林少年が、バッジを飛ばした日の午後三時ごろ、ひとりの少年が、明智探偵事務所をたずねて、奥に通されましたが、しばらくすると、その少年は、さもうれしそうにニコニコしながら、帰って行きました。小林君の手紙をとどけて、たくさんのお礼をもらったにちがいありません。

さて、その晩八時ごろのことです。探偵事務所の前に、一台の自動車がとまって、中から三人の警官があらわれました。ひとりは警部、あとのふたりは巡査です。

女中がとりつぎに出ますと、警部は、

「わたしは、警視庁の島田警部ですが、明智先生にこれをわたしてください。」と言って、一枚の名刺をさしだしました。

病室のベッドに寝ていた明智探偵が、女中の持って来た名刺を見ますと、それはこんいな中村係長の名刺で、「わたしはほかの事件で行けないから、かわりに島田警部をうかがわせます。しさいは島田君からお聞きください。」と書いてありました。

「寝たままで、失礼ですがと言って、ここへお通ししなさい。」

明智のことばに、女中は玄関にもどって、まもなく三人の警官を案内して来ました。

「はじめてお目にかかります。ご病気のところを、おさわがせして、すみません。わたしは島田ともうすものです。」

警部は、ていねいにあいさつをして、明智のベッドの前のイスに腰かけました。

ふたりの巡査も、明智におじぎをしましたが、女中が奥へはいって行くと、なぜかふたりは、そのあとについて、どこかべつの部屋へ、姿を消してしまいました。

「小林君はまだ帰らないそうですね。わたしのほうでも、じゅうぶん手配をしてあるのですが、まだなんの報告もありません。それについて、先生のお考えをうかがいたいのですが。」

島田警部は、大きなロイドメガネをかけ、みじかい口ひげをはやした、四十歳ぐらいの人物です。ものを言うたびに、メガネの玉がキラキラ光ります。

「世田谷の魔法博士の洋館はしらべてくださったのでしょうね。」

明智は、ベッドに横たわったまま、力のない声で言いました。

「むろん、しらべました。しかし、だれもいないのです。まったくの空家です。あいつはねじろをかえてしまったのに、ちがいありません。」

「やっぱりそうですか。で、どこへかくれたのか、すこしも手がかりがないのですね。」

「そうです。いまのところ、なんの手がかりもありません。魔法博士というやつは、じつにふしぎな怪物です。」

警部は、ため息をつかぬばかりに、言うのです。

読者諸君、この会話は、なんだかへんではありませんか。明智は、小林少年の手紙を受けとっているのに、そのことは何も言いません。では、さっきの少年は、例の手帳の紙を持って来たのではなかったのでしょうか。いや、そんなはずはありません。それには、何かわけがあるのです。きっと深いわけがあるのです。

そういえば、島田のほうもつまらないことを、いつまでもしゃべっていて、ここへ何をしに来たのだか、わけがわからないほどです。

そうしているうちに、やがて、さっき奥の間のほうに、姿を消したふたりの警官が、やっと、もどって来ました。そして、島田警部に、何かみょうなあいずのような目くばせをしました。

すると、警部のようすが、にわかに、かわりました。うつむきかげんにしていた姿が、シャンとして、メガネの中の両眼が、ギロリと光ったように見えました。

「明智先生、ご病気中をおきのどくですが、じつは、おむかえにあがったのです。ひとつ、ごそくろうねがいたいのですが。」

「えッ、ぼくに、どこへ行けというのですか。」

「世田谷の怪屋です。先生にぜひ見ていただきたいものがあるのです。」

「さっき、あなたは、世田谷の洋館は、まったくからっぽだと言ったじゃありませんか。そんなところへ、ぼくが行ってもしかたがないでしょう。」

「いや、どうしてもおつれします。そのために、わたしは、わざわざやって来たのですから。」

「ぼくは行かない。行く必要がない。」

「先生、あなたがなんとおっしゃってもだめですよ。こちらは三人です。あなたはひとりで、そのうえ病人です。かないっこありませんよ。それに、おくさんと女中さんは、さっきふたりの部下が、奥へ行って、声をたてることも、身うごきすることもできないようにしてきたのです。あなたは、まったくのひとりぼっちですよ。」

それを聞くと、明智はおどろいて、ベッドの上に起きあがりました。

「きみはだれだ。さっきの中村君の名刺は、にせものだな。」

「むろんですよ。あれがないと、きみが通してくれないだろうと思ってね。」

「ウーン、わかった。それじゃ、きさまは魔法博士だな。」

「ウフフフフ、おさっしのとおり、魔法博士が、ご自身で、明智先生をおむかえに来たのさ。」

「で、ぼくが、いやだと言ったら?」

「こうするのさ！」

警部に化けた魔法博士は、いきなりベッドの上の明智に、飛びかかって来ました。そして片手で明智ののどをしめつけ、片手はズボンのポケットへ。

病気あがりの明智は、もうどうすることもできません。しめつけられたのどの苦しさに、ただもがくばかりです。

魔法博士がポケットから取りだしたのは、大きなハンカチをまるめたようなもの、それで明智の口と鼻をピッタリとおさえつけたのです。

しばらく、そのままおさえつけていると、もがいていた明智のからだが、死んだようにグッタリしてしまいました。

「ウフフフフフ、名探偵も、もろいもんだな。さあ、おまえたち、こいつをシーツにくるんで、はこぶんだ。近所のものにさとられないように、手ばやくやるんだぞ。」

巡査に化けたふたりの部下は、ベッドのシーツで、グッタリした明智のからだをつつみ、なにか大きなにもつのように見せかけて、そのまま表の自動車の中へはこび入れます。魔法博士の島田警部も、そのあとについて表に出ると、入り口の戸をピッタリしめて、自動車の運転席に飛び乗りました。

そして車はしずかにすべりだし、やがて町かどをまがると、闇の中を、いずこともなく、走りさってしまいました。

名探偵明智小五郎と怪人魔法博士のたたかいは、こうして、あっけなくおわりました。小林少年のせっかくの苦心も、水のあわとなったのです。

しかし、いくら病後の明智でも、これでは、あまりに、ふがいないではありませんか。何か深いたくらみがあって、わざと敵のなすがままに、まかせたのではないでしょうか。

魔法の鏡

さて、明智探偵がつれさられた、その同じ夜のこと、怪屋にとじこめられている、小林少年のほうには、また、べつのふしぎがおこっていました。

その夜、あの牢屋のような部屋で、夕食をたべたあとで、小林君はりっぱな洋室へうつされました。魔法博士ではなく、ボーイの服を着た男が、案内したのです。そして、

「ここで、しばらくやすんでいらっしゃい。いまにおもしろいことが、はじまるからね。」と言って、ニヤニヤ笑いながら、立ちさりました。むろん、ドアには、外からかぎがかけられたのです。

小林君は、大きなアーム・チェアに腰をおろして、ゆっくり部屋の中を見まわしました。じつにりっぱな部屋です。外国映画に出てくる古い貴族の家にあるような、ドッシリとおちついた部屋です。それに、ふしぎなことは、四方のかべに大小さまざまの鏡が、

はめこみになっていて、まるで、鏡の部屋とでもいうような感じなのです。

天井から、すずらんの花をたばにしたような、古風なシャンデリヤがさがっていましたが、それが四方の鏡にうつってチカチカ光って、まるで宝石をちりばめた部屋に入れられたようです。

それにしても、さっき、ボーイ服を着た男が、「いまにおもしろいことが、はじまるからね。」と言ったのは、いったい何を意味するのでしょうか。どこにおもしろいことがおこるのでしょうか。

部屋の中はシーンとしずまりかえって、なんだかおそろしくなるほどです。あの虎はどこにいるのでしょう。いまごろは、また、ドアの外の廊下を、目を光らせてノソノソ歩いているのではないでしょうか。ふと気がつくと、どこかで、コト、コトとかすかな物音がしました。その音のするほうに目をやっても、何もありません。ただ、かべにはめこんだ、大きな鏡が、つめたくチカチカと光っているばかりです。

また、コト、コトと音がしました。どうもその大鏡のへんから、ひびいてくるようです。

小林君は、思わず立ちあがって、鏡の前に近づきました。そこには、シャンデリヤの光を、うしろにして、小林君自身の姿が、大きくうつっているばかりでした。

ところが、その自分の姿を、ジッと見ていますと、ふしぎなことがおこったのです。

鏡にうつっている小林君の姿が、スーッと消えるように、うすくなっていくではありませんか。

びっくりして、見つめているうちに、だんだん、うすくなっていく自分の姿に、かさなるようにして、べつの少年の姿が、あらわれてきました。しかも、ひとりではありません。三人の少年が、おたがいに、からだをすりよせるようにして、立っている姿です。

小林君は思わず、「アッ。」と声をたてました。その三人は、よく知っている少年たちだったからです。花田君、石川君、田村君、読者もごぞんじの少年探偵団の幹部です。

いったい、この三少年が、どうして大鏡にうつっているのでしょう。そして、小林君の姿が消えてしまったのでしょう。三少年をてらしている光は、シャンデリヤよりも、ずっと明かるいようです。まるで、ガラス窓から、向こうの明かるい部屋を、のぞいているような感じです。映画やテレビではありません。たしかに五メートルほど向こうに、三人の少年が立っているのです。

小林君は、ふと、あることを思いだしました。いつか科学博物館で、こういう鏡を見たことがあります。それはこんな大きなものではなくて、やっと顔がうつるぐらいの小さい鏡でしたが、かべを、そこだけくりぬいて、ガラスがはめてあり、どちらがわから見ても、ふつうの鏡のように見えるのですが、こちらの部屋をくらくし、向こうの部屋を明かるくすると、ガラスがすきとおって、いままでうつっていた自分の顔が消え、向こうの部屋の中がハッキリ見えるのです。

小林君は、あのしかけにちがいないと思いました。ですから小林君のほうからは見えるけれども、三人の少年のほうからは、小林君の姿は見えないのです。もし見えれば、向こうでも、びっくりするでしょうが、そんなようすはすこしもありません。

向こうの部屋は、かざりも何もない、まるで牢屋のようなきたない部屋です。三人の少年は、あきらかに、魔法博士のために、かんきんされているのです。いつのまに、つれてこられたのでしょう。

小林君が紙しばいのじいさんにおびきよせられたような、何かそれとにたやり方でつれてこられたのかもしれません。それとも、もっとおそろしい方法でゆうかいされたのかもしれません。

声をかけようとしても、厚いガラスにへだてられているので、どうすることもできません。少年たちは、小林団長がここにいることを、すこしも知らないのです。

すると、そのとき、鏡の一方のはじに、チラッと黄色いものがあらわれました。なにかゾッとするような、黄色と黒のだんだらぞめのものです。

虎の首です。金色に光った目が、少年たちを見つめています。むろん、首だけではありません。やがて、肩が見え、足が見え、猛虎の全身があらわれたのです。

小林君は、ハッと、息をのんだまま、身うごきもできなくなりました。

虎は、三人の少年に向かって、まっかな口をガッとひらきました。いまにも飛びかかろうとしているのです。

小林君は、目がクラクラッとして、目の前がスーッと暗くなるような気がしました。すると、おそろしい虎の顔も、三人の少年の姿も、もやにへだてられたように、消えていきました。

ハッと気がついたときには、前にあるのは、ふつうの鏡で、そこに小林君自身の青ざめた顔が、うつっているばかりです。

なんだかおそろしい夢でも見たような気持ちでした。小林君は魔法博士の催眠術にかかって、ありもしないものを見たのでしょうか、いやそうではありません。三人の少年は、たしかに鏡の向こうがわにいたのです。そして、そこへ一ぴきの猛虎がはいって来たのです。

ああ、少年たちは、いったいどうなったのでしょうか。いまごろは猛虎のために、むごたらしいめにあっているのではないでしょうか。

小林君は、もう、ジッとしていられなくなりました。ガラスをやぶって、向こうの部屋へ飛びこんで行こうか。しかし、なんの武器も持たないで、猛虎とたたかう決心はつきません。では、ドアをやぶって、廊下に出て、助けをもとめるか。しかし、この建物の中には味方はひとりもいないのです。

とつおいつ、しあんにくれていますと、またしても、どこからか、コツ、コツという物音が、聞こえてきました。

小林君は、キョロキョロと、部屋の中を見まわしていましたが、やがて、反対がわの鏡のほうへ、かけよりました。音がそのへんから、おこっていたからです。

それは、さっきの半分ほどの大きさの鏡でしたが、小林君が、かけよったかと思うと、もう、そのガラスに異変がおこっていました。こちらの顔はうつらないで、向こうの明かるい部屋がすいて見えるのです。

その部屋は、小林君のいる部屋とおなじぐらい、りっぱなかざりがしてありました。ただ、ちがっているのは、そこは寝室らしく、部屋のまん中に、大きなベッドがおいてあることでした。

ベッドの向こうがわに、ドアが見えていましたが、そのドアが、スーッとひらいて、ひとりの警官の姿があらわれました。

「アッ、警官がぼくたちを助けに来てくれたのか。」と、小林君はいまにも、声をたてそうになりましたが、じきに、そうでないことがわかりました。

その警官のうしろに、もうひとりの警官がいて、ふたりでなにか毛布にくるんだ、大きなものを、はこんで来たのです。

警官たちは、その毛布にくるんだものを、ベッドの上にのせて、毛布をときはじめました。すると、その中から、ひとりの人間があらわれてきたではありませんか。グッタリと死んだようになっている人間のからだです。

小林君は、またしても、「アッ。」と声をたてないではいられませんでした。そのグッタリとなった人の顔は、明智先生だったからです。明智先生が殺されたのではないかと思ったからです。

明智先生はパジャマのまま、毛布につつまれて、ベッドの上に横たえられたのです。そして、ふたりの警官はドアの外へ、たちさってしまいました。

「先生は死んでいるのだろうか。いや、そうじゃない。胸がかすかに動いている。アッ、そうだ。きっと麻酔薬でねむらされているんだ。」

小林君は、すばやく頭をはたらかせて、そこまで考えると、いくらか安心しましたが、先生のそばへかけつけることもできず、自分がここにいるのを知らせることもできないのを、ひじょうに、もどかしく思いました。

「それにしても、どうして警官が先生をつれて来たんだろう。警官が魔法博士の味方になるなんて、へんだなあ。ああ、わかった。魔法博士のてしたの悪ものが、警官に変装したんだ。そして、先生をゆだんさせておいて、こんなめにあわせたんだ。」

小林君は、魔法博士の、そこの知れない悪だくみに、あきれてしまいました。明智先生を助けるために、どうすればいいんだか、とっさに名案も浮かびません。

すると、そのとき、にわかに部屋の中が、パッと明かるくなりました。いままで、うすぐらかったシャンデリヤが、まぶしいほど、まっ白にかがやきだしたのです。それと同時に、鏡の中の明智先生の姿が、ボヤッとうすれていって、何も見えなくなってしまいました。

「ワハハハハ……、どうだね、小林君。」

とつぜん、どこともしれず、びっくりするような声が聞こえてきました。

小林君は、キョロキョロと部屋の中を見まわしましたが、どこにも人間の姿はありません。声は空中からひびいてくるのです。

名探偵の幽霊

場面は一てんして、ここは魔法博士の部屋です。

小林少年のとじこめられた部屋と同じような、りっぱな洋室。まん中に大きなデスクがおかれ、そこのイスに、例のコウモリのようなマントを着た魔法博士が、腰かけています。

「ワハハハ、どうだね、小林君。」

博士は、デスクの上の小さなマイクロフォンに向かって、話しかけています。それが、小林少年の部屋の天井にとりつけられた、ラウド・スピーカーに、つながっているのです。

博士の部屋にも、四方のかべに、大小さまざまの鏡が、はめこんであります。そして、博士の右手にあたる長いかべに、三メートルほどへだてて、ならんでいる、二つの鏡がすきとおって、それぞれ、向こうがわの明かるい部屋が見えています。博士の部屋の電灯は、ひじょうにうすぐらいのです。

その二つの鏡のうちの、右のほうの鏡の中には、小林少年の部屋の一部が見えています。小林少年は、いきなり空中から声がひびいてきたので、おどろいて、あたりを見まわしているところです。

魔法博士は、それをながめながら、デスクの上のマイクロフォンに向かって、話しつづけるのでした。

「どうだね、小林君、魔法博士のおてなみのほどが、わかったかい。いまきみが見たとおり、わしは、三人のきみの友だちと、それから、きみのそんけいする明智大先生まで、とりこにしたのだ、ワハハハ……、きみはおどろいてしまって、とほうにくれているね。だが、おどろくのは、まだ早いよ。これから、いよいよ、わしの大魔術がはじまるのだ。」

博士はそこで、ことばをきって、マイクロフォンのスイッチを、カチッときりかえました。そして、こんどは、左のほうの鏡の人物に話しかけるのです。

「ワハハハ……、明智先生、お目ざめのようですね。おどろきましたか。ここをどこだと思いますね。ここは、あなたがたが魔法博士の怪屋とよんでいる場所ですよ。」

左の鏡の中では、明智探偵が、ベッドの上に半身を起こして部屋の中を、ふしぎそうに見まわしています。それが手にとるように見えるのです。

「明智先生、あんたのほうからは見えないだろうが、わしは魔法博士です。とうとう、あんたを、かどわかすことができて、じつにゆかいですよ。なぜ、かどわかしたかと、おっしゃるのですか。それはいまに、説明しますよ。わたしはあんたに、ゆっくり、わしの身のうえ話を聞いてもらいたいのです。

そのまえに、言っておきますがね。きみはもう一生涯、この家から出ることはできない。わしのとりこです。わしのけらいです。いいですか。きみばかりじゃない。きみの助手の小林も、べつの部屋にとじこめてある。小林の友だちの子どもたちもかんきんしてある。もうきみは、どうすることもできないのです。わかりましたか。ワハハハハ……。」

魔法博士は、とくいの絶頂です。イスの上にそりかえって、ゆかいでたまらぬというように、笑いだすのでした。

ところが、博士の笑いがやっと、とまったとき、じつにふしぎなことがおこりました。

どこからか、こだまのように、べつの笑い声が、かすかにひびいて来たのです。

「ハハハハハ……。」

魔法博士はギョッとしたように、いずまいを、なおしました。鏡の向こうの明智は、すこしも笑っていません。たとえ笑ったとしても、あついガラスにへだてられているので、ここまで聞こえるはずがないのです。

そのふしぎな笑い声は、きみ悪く、いつまでもつづいていました。

「ハハハハハ……。」

博士は、思わず立ちあがって、キョロキョロあたりを見まわしながら、

「だれだッ。」とどなりました。

「ぼくだよ。きみがとりこにしたと思っている明智小五郎だよ。ぼくはけっして、きみのとりこになんか、なっていないんだよ。」

ふしぎな声が、あざけるように、答えました。しかし、鏡の中の明智は、ベッドの上に半身を起こして、いぶかしげに、あたりを見ているばかりで、すこしも、ものを言ったようすもありません。だいいち、声の聞こえて来る方角が、まったくちがうのです。

明智は腹話術を使って、口を動かさないで、ものを言っているのでしょうか。それにしても、ガラスを通して、声が聞こえるというのは、へんです。魔法博士は、向こうの部屋で、どんな大きな声を出しても、こちらまで聞こえないことを、よく知っていたの

です。

さすがの魔法博士も、なんだか、うすきみ悪くなってきました。

「もう一度、言ってみろ、きさま、どこにいるんだ。」

「どこでもない。きみの目の前にいるじゃないか。ハハハハ……、魔術にかけては、ぼくのほうが、すこしうわてのようだね。」

鏡の中の明智は、そのことばとは、まるでちがった顔をしています。どうしても明智がものを言っているとは考えられません。それでは、だれかべつの人間が、いたずらをしているのでしょうか。魔法博士の部下のものが、そんなことをするはずはないのですから、すると、何者かが、この建物にしのびこんでいるのかもしれません。

魔法博士はいよいよ、きみが悪くなってきました。

「きさま、とりこになんか、なっていないと言ったな。それじゃあ、ここへ出て来てみろ。いくら名探偵でも、そのげんじゅうな部屋をぬけだすことはできまい。」

「ウフフフ……、げんじゅうな部屋だって？　名探偵の前には、ドアなんか、ないも同然だということを知らないのかい。ここだよ、ここだよ。」

魔法博士は、部屋の入り口のドアを、きっと見つめました。ふしぎな声はそのドアのへんから、聞こえてくるように、感じられたからです。

見つめていますと、正面のかんのんびらきの大きなドアが、スーッと左右にひらき、その向こうの、うすぐらい廊下に、スックと立っている人の姿が、見えました。

黒い洋服を着た、背の高い、頭の毛のモジャモジャになった人物です。そのふしぎな人は、ゆうぜんと部屋の中へ、はいって来ました。ああ、これはどうしたというのでしょう。その人は、まぎれもない、名探偵明智小五郎だったではありませんか。

魔法博士はギョッとして、もう一度、鏡の中を見ました。鏡の向こうのベッドの上には、たしかに明智の姿が見えます。しかし、おなじ明智が、もうひとり、正面のドアからはいって来たのです。名探偵のからだが二つになったのでしょうか。それとも、どちらかが、明智の幽霊なのでしょうか。

博士が、あっけにとられたように、明智の姿を見つめていますと、さらに、おどろくべきものが、目にはいってきました。明智の幽霊のうしろに、一ぴきの猛虎がノッソリと、つきしたがっていたのです。

明智はその虎の首に手をかけて、ゆっくりとした足どりで、博士の大デスクのほうへ近づいて来ます。博士には、それが、とほうもない、まぼろしのように感じられました。つかもうとすれば、スーッと消えてしまう、幻影ではないかと、思われました。

すべてが、夢のようにふしぎなことばかりです。鏡の中と、いま目の前にいる人物と、明智がふたりになったばかりか、おそろしい人くい虎が、見知らぬ明智に飛びかかろうともせず、まるで、けらいのように、つきしたがっているではありませんか。博士がそれを、まぼろしか、幽霊と考えたのも、むりではありません。

「ハハハ……、ぼくの魔術も、まんざらではないだろう。きみがあれほど、あいたがっていた明智だよ。さあ、きみの話を聞こうじゃないか。」

「うそを言え、きさま、何者だッ。ほんとうの明智はあすこにいる。あれを見ろ。」

魔法博士は鏡を指さして、どなりました。

「知っているよ。あすこにいるのも明智、ここにいるのも明智、明智がふたりになったのさ。ぼくのあみだした魔術の一つで、人間分身術というのだ。」

「ばかな、そんなことが、できてたまるものか。」

「ハハハ……、だめだよ。そのボタンをおしたって、だれも来やしない。きみの部下は、ぼくがひとりのこらず、しばりあげてしまったのだ。」

「うそだ。その手にのるものか。」

魔法博士は、デスクの裏のベルを、おしつづけましたが、だれもやって来るようすがありません。

「ちくしょう。きさま、近づくと、これだぞ。」

博士は、どこからか小型のピストルをだして身がまえをしました。

「ハハハハ……、だめ、だめ、きみは、それをうつ勇気がない。たとえ、うっても、ぼくにはあたらないよ。魔法博士ともあろうものが、ピストルを持ちだすなんて、みっともないじゃないか。それよりも、きみの話を聞こう。きみはさっき、ぼくに身のうえ話を聞かせると言っていたね。」

明智はニコニコ笑いながら、大デスクに近づき、魔法博士の正面のイスに、ゆったりと腰かけました。虎も、まるで、かいイヌのように、おとなしくそのイスの足のところに、うずくまっています。

巨人と怪人は、ついに、デスク一つをへだてて、相対したのです。名探偵勝つか、魔法博士勝つか？　知恵と魔術の息づまる戦いの幕がいまや切っておとされようとしているのです。

それにしても、明智は、どうしてふたりになることができたのでしょう。また、あれほどながいあいだ病気だった明智が、いま見れば、すこしも病人らしくないのは、どうしたわけでしょう。それから、人くい虎が、かいイヌのように、おとなしくなったのも、じつにふしぎと言わねばなりません。

巨人と怪人

さすがの魔法博士も、このふしぎには、あきれかえったように、明智探偵の顔を見つめるばかりでした。鏡の向こうには明智の姿がまだ見えています。そして、目の前一メートルの近さに、同じ明智の顔がせまっているのです。

「ハハハ……、魔術の先生が、こんな手品におどろいて、どうするんだ。考えてみたまえ、きみには、すぐ手品の種がわかるはずだよ。」

明智は魔法博士の正面のイスにゆったりと腰かけて、笑っています。大きな虎が、そのイスの足のところに、まるで、かいイヌのように、おとなしくうずくまっています。

「フフン、さすがは明智先生、なかなか、あじをやるね。まさか、きみが、かえだまを用意していようとは知らなかったよ。鏡の向こうの部屋にいるのは、きみのかえだまだったんだね。」

「そのとおりだよ。ぼくには、ふたごのようによくにた弟子がある。その男を、ちょっと、かえだまに使ったのさ。」

明智探偵は自分とそっくりのかげ武者を持っていたのです。そのかえだまのことは『怪人二十面相』の『種明かし』の章にくわしく書いてあります。明智が、かえだまを使うのは、べつにめずらしいことではありません。

明智は、ニコニコ笑いながら、魔法博士の顔を見て、つづけます。

「ところで、いつ、ぼくが、かえだまといれかわったのか、わかるかね。きみは魔術の大家だ。そのくらいのことは、ぼくが説明しなくても、わかるはずだね。」

魔法博士は、明智に挑戦されて、しばらく考えていましたが、やがて、うすきみの悪い笑いを浮かべて、答えました。

「きみの病気そのものが、手品だった。どうだ。あたっただろう。」

「フン、さすがにきみだ。いちばんもとのことに気がついたね。それで？」

「きみは、ほんとうに病気をしたのだろう。しかし、それを利用して、起きられるようになっても、まだ病気がなおらないと言って、寝ていた。そして、いつのまにか、きみはかえだまと入れかわって、にせもののほうをベッドに寝かせておいた。ざんねんながら、おれは、その手にひっかかって、にせものをきみだと思いこんで、あの部屋にとじこめたのだ。」

「うまい。そのとおりだよ。ところで、このほんもののぼくは、どうして、ここへはいって来たんだろう。出入り口はきみの部下が見はっているから、なかなかはいれないはずだがね。」

「それも、いまになればハッキリわかるよ。ぼくはあのとき、ふたりの部下を警官に化けさせて、きみの寝室をおそった。そして、ぼくがきみと話しているあいだに、ふたりの部下は奥へふみこんで、きみのおくさんと女中を、じゃましないように、しばって来た。ぼくはそう思いこんでいた。ところが、まちがっていたのだ。きみが、どこかにかくれていて、ぼくのふたりの部下が、べつべつの部屋にいるとき、そのひとりのほうに飛びかかって、たぶんピストルでおどかしたんだろう、警官の服をぬがせ、それを、きみがその服の上から着こんだのだ。そして、まんまとぼくの部下になりすまして、にせの明智をここへはこんで来たのだ。」

「よくあてた。さすがは魔法博士だ。そして、にせの明智を、あの部屋へ寝かせておいて、ぼくは警官の服をぬぎすて、もとの明智になって、ここへはいって来たというわけさ。」

「そうか、いや明智君、よく来てくれた。どんなやりかたにもせよ、とにかく、きみが来てくれたのはうれしいよ。おれは大いに歓迎するよ。まあ、くつろいでくれ。」

魔法博士は、デスクの上にあった、葉巻たばこの箱を、明智のほうにおしやって、一本とるようにすすめましたが、自分もそれに火をつけて、むらさき色の煙をフーッとふきだしながら、イスの中にグッタリと身をしずめて、また、きみ悪くニヤリと笑いました。

「ところで、ぼくのほうでも、きみの奇術をあてたんだから、きみにも一つ、ぼくの奇術の種をあててもらいたいもんだね。名探偵は魔法使いいじょうの知恵を持っているはずだからね。」

さっきのシッペイがえしです。こんどは魔法博士のほうから「どうだ、わかるか。」とばかり、挑戦しました。

「おもしろいね。よし、一つあててみよう。まずさいしょは、ブラック・マジック（黒魔術）だったね。舞台でいろいろなものを消したり、あらわしたりして見せた。そのまえに、天野君のうちの庭で、ウサギが宙に浮きあがって消えたのも、やっぱり、一種のブラック・マジックだった。きみか、きみの部下が、頭から手から足の先まで、まっ黒な布でつつんで、ウサギを持ちあげたり、ウサギに黒い布をかぶせて、見えなくしたりしたんだ。そして、ナタかなにかで、庭の立ち木にささくれをつくり、まるで虎がかじったように見せかけて、みんなをこわがらせたんだ。

天野勇一君を舞台から消したのも、同じことだ。きみの助手が勇一君に黒布をかぶせて、舞台の裏へはこび、そこでさるぐつわをはめ、手足をしばって、建物の外の森の中へかくしたのだ。警官たちが、あれほど、やさがしをしても見つからなかったのだから、建物の中にかくしたのじゃないね。

それから、きみは黒いヒョウのような怪物にばけて、高い塔の外のかべをはいおりたね。かべに足がかりのようなものは、何もない。そこをきみは、まっさかさまに、はいおりた。世間では、その話を聞いて、きみが人間いじょうの魔力を持っているように、うわさしたが、これがやっぱり手品だった。きみは、ゴムの吸盤をつかったね。」

「フーン、そこまで気づいていたのか。」

魔法博士は、おどろいたように、明智の顔を見ました。

『ゴムの吸盤』というのは、こういうわけです。西洋の手品師は、ハエなんかが平気で天井をはっているのを見て、人間にもそのまねができないだろうかと考えたのです。そして、発明したのが、さしわたし二十センチもあるおわんのような、大きなゴム製の吸盤でした。ハエの足には小さな吸盤があって、さかさに歩いてもおちないのだから、人間も、そのおわんのようなゴムを手足につけて、天井にすいつきながら、歩くことができるだろうと考えたのです。そして、それを見物の前でやって見せた手品師もあります。しかし、ハエのように、すばやくは動けません。ただ、さかさまになって、ソロリソロリと歩くだけで、たいしておもしろくもないので、あまりはやらないでおわりましたが、魔法博士はそれをまねて、おわんのような大きな吸盤を四つ作って、両手と、両方のひざにとりつけて、塔のかべをはいおりたのです。

「それから、神社のコマイヌだったね。きみはあの日、天野君をゆうかいするまえに、二つならんでいる一方のコマイヌを、あらかじめ社殿の中にはこび入れて、とびらをしめておいた。そして、塔から逃げだしたあとで、森の中にかくしてあった石のコマイヌとそっくりの衣装を、頭からかぶって、石の台の上にチョコンとすわっていた。あの大きな頭の部分も、はりこかなんかで、石のコマイヌとそっくりにこしらえておいたんだね。うすぐらい夕方の森の中だから、警官たちは、きみの前をとおりながら、すこしも気づかなかった。いつもそこにすわっているコマイヌの一方だけが、にせものだなんて、だれも考えないからね。」

「うまい。うまい。そのとおりだよ。きみは、まるで見ていたようだね。」

魔法博士はすこしも、まいったようすがありません。そういう手品の種を、明智探偵が知っていることを博士のほうでは百もしょうちだ、と言わぬばかりです。

それにしても、なんというふしぎなありさまでしょう。ふたりは、うらみかさなるかたきどうしではありませんか。それがまるで、なかのよい友だちのように、のんきに話しあっているのです。

明智のほうでは、警官隊がかけつけて来るのを待つために、わざとゆっくり話をしているのかも知れません。しかし、魔法博士のほうは、どうしてこんなに、おちつきはらっているのでしょう。いまに警官隊にとりかこまれて、逃げ場を失うばかりではありませんか。魔法博士は、そうなってもだいじょうぶのような、さいごの切り札を持っているとでもいうのでしょうか。

大魔術

明智は話しつづけます。

「それから虎だ。いたるところに虎があらわれる。きみ自身が、頭の毛を黄色と黒にそめわけたり、ピンとはねた虎ひげをはやしたりして、まるで虎の化身みたいな顔をしている。虎だか人間だかわからないという感じをだそうとしたんだね。夜の間に、ひとのうちの庭に、虎の足あとをつけておいたり、そのへんの立ち木や柱に、虎の牙でかみさかれたような、おそろしい傷をつけておいたり、世間をこわがらせようとしたんだ。

きみが使っている虎には、ふたいろある、一つはほんとうの虎で、こいつは、いつも檻の中に入れてある。いつか小林君と天野少年に見せたのは、そのほんもののほうだ。もう一つはにせものの虎だ。石のコマイヌと同じように、虎の毛でこしらえた衣装を、人間が着て歩きまわるのだ。頭の部分は、はく製の虎になっているのだから、ちょっと見たのではわからない。

花田少年を背中にのせて、夜の町を歩いたのも、ついさきほど、三人の少年の部屋へ飛びこんでいったのも、みなにせもののほうだ。こわい顔をしているし、ほんとうの虎のように、ほえるけれども、それは中にはいっている人間が、そういう音の出る笛を吹くだけで、人にかみつくことなんか、できやしない。にせの虎は、いつも夜とか、うちの中のうすぐらいところにあらわれるのだし、それに、あいてが少年たちだから、いままで見やぶられなかったのだ。

ぼくは、さっき、きみの部下のひとりが、虎の衣装をかぶるのを見た。ぼくは警官の服を着て、きみの部下に化けていたのだから、だれもうたがわない。ぼくの前で平気で虎の衣装をかぶったのだ。それで、すっかり秘密がばれてしまったのだ。

ぼくはそれから、もうひとりの警官の服を着た、きみの部下をしばりあげて、石の部屋にとじこめ、それから、表口、裏口に見はりばんをしているやつを、ひとりずつ、同じようにしばって、石の部屋に入れてしまった。そして、さっきの虎が、三人の少年をおどかしてから、部屋を出てくるのを待っていた。それが、ここにいる虎だよ。見たまえ、ピストルがこわくて、ぼくの命令にそむくことができないのだ。」

明智探偵のイスの足のところに、うずくまっている虎は、ほんものではなく、中に人間がはいっていたのです。明智の右手に持ったピストルの筒口（つつぐち）が、その虎の背中にグッとくいいっています。いうことを聞かねば、いつでもピストルの引きがねをひくぞというわけです。さいぜんから、この虎がまるでネコのように、おとなしくしているのは、そのためだったのです。

だまって聞いていた魔法博士は、そのとき、また、うすきみ悪くニヤニヤと笑いました。メガネの中の両眼が、まるで糸のようにほそくなっています。

「さすがは明智先生だねえ。つくづく感心したよ。すると、おれの部下はひとりのこらず、きみにしばられて、おれはとうとうひとりぼっちになってしまったのか。ブルブル、ああ、なんだか心ぼそくなってきたぞ。」

しかし、博士の顔はちっとも心ぼそそうではありません。ゆったりとかまえて、すこしもさわがないのです。

そのとき、コツコツと足音がして、正面のかんのんびらきのドアから、ひとりの少年がはいって来ました。

「先生。」

「おお、小林君か。」

それは小林少年でした。

小林君は、明智探偵のそばによって、何か、いそがしく耳うちしました。

「ワハハハハ……、敵はいよいよ数がふえるな。まだ四人少年がいる。それも助けだされたというわけだろうね。」

魔法博士はこともなげに、大笑いをしています。おくそこの知れない怪物です。

「小林君は、ぼくが助けだした。そして、応援軍を呼ぶために、いま一走(ひとはし)り、つかいに行って、帰ったところだ。四人の少年は、やがて、その応援軍が来て、助けだすはずだよ。」

「ワハハハ……、敵はウンカのごとくおしよせるね。ゆかい、ゆかい。それでこそ、魔法博士も、はたらきがいがあるというもんだ。ところで、明智先生、おれは、もう一つ二つ魔法を使っておいたはずだが、きみはむろん、それも気づいているだろうね。」

「ウン、きみは大魔術を使ったね。花田少年がこの建物へつれてこられた。そして、麻酔薬でねむらされて表の草の中へほうりだされた。そこへ、ちょうど警官が通りかかったので、建物の大捜索がおこなわれたが、花田君がねむっていたのは一時間かそこいらだったのに、建物の中には、何もなくなっていた。白い部屋も、天野少年も、虎の檻も、何もかも、消えてしまっていた。とほうもない大魔術だったね。

いまでは、むろん、その秘密はすっかりわかっている。きみは花田少年をつれて行ったときに、麻酔薬をかがせて自動車がどこを走るかわからないようにした。建物からつれだすときには、また麻酔薬をかがせた。そして森の中の草の中へほうりだしておいた。てむかいもしない少年に、なぜ麻酔薬を使わなければならなかったのか。ここに秘密をとくかぎがある。ぼくはここへこぬまえから、だいたいその秘密がわかっていた。いつか小林君にそれを話したことがある。」

「そうです。あのとき、先生のおっしゃったとおりでした。」

小林少年が、そばから口をだしました。

「ぼくが入れられた牢屋のような部屋には、窓が一つしかなかったのです。はじめ、その窓から夕日がさしていました。ところが、一晩、そこで寝て、あの朝、目をさましてみると、おなじ窓から朝日がさしていました。それで、ぼくはすっかりわかってしまったんです。」

「ウーム、きみはえらいところに気がついたね。それで、きみはわかったのか。」

魔法博士がさも感心したように、うなりました。

「そうだよ。あのとき、きみは紙しばいのじいさんに化けて、ぼくにねむり薬のはいったオレンジエードをのませただろう。そして、ぼくがすこしも気づかないうちに、べつのうちへ、はこんだんだろう。」

「べつのうちにしては、部屋のようすが、すっかり同じだったね。」

「でも、向きがちがっていた。はじめの部屋の窓は西向きで、あとの部屋の窓は東向きだった。まったく同じかっこうの建物が二つあるんだ、ねえ、先生、そうですね。」

「そうだよ。ぼくは魔法博士の部下に化けて、麻酔薬のおせわにならないで、ここへ来たから、この目で見て、よくわかっている。ここは天野勇一君の近所の、あの洋館ではない。ここは世田谷区ではなくて、横浜の山の手なんだよ。外から見たところも、中の間どりも、ふたごのように、まったく同じ洋館が二つあるんだ。だから、世田谷のほうを、いくらさがしても、白い部屋も、虎の檻も、何もなかったわけだよ。

さいしょブラック・マジックをやって見せたのは世田谷の洋館、それからあとの出来事は、みんなこの横浜の洋館でおこったのだ。花田君は、はじめ横浜のほうへつれてこられ、それから麻酔薬で寝むらされて、自動車で世田谷の洋館の前にはこばれ、そこの草の中へほうりだされていたんだよ。それにしても、こんな、ふたごのような古い洋館が、どうしてできたのか、そのわけは、ぼくにもわからないがね。」

「明治時代に、ものずきなイギリス人の兄弟がいたのさ。そして、べつべつの場所に、まったく同じせっけいの洋館を建てたのだよ。何もかも同じだったが、ただ向きだけがちがっていた。おれは、これは大魔術の種になると思ったので、苦心して両方とも手に入れたんだが、とうとう、きみたちに見やぶられてしまった。感心、感心、さすがは名探偵と、名少年助手だねえ。しかし、秘密は、それでおしまいじゃあないぜ。まだ、もう一つ大きな秘密がある。明智君、きみにはそれも、もうわかっているのだろうね。」

魔法博士はスックと立ちあがって、明智と小林少年を見おろしながら、ウフフフと、うすきみ悪く笑うのでした。

最後の切り札

魔法博士は立ちあがったまま、ことばをつづけます。

「おれは天野勇一を、かどわかした。それから小林君を、三人の少年を、そして、さいごに明智小五郎をゆうかいしようとしてみごとに失敗した。だが、おれは少年たちを、とりこにしたけれども、けっして、ぎゃくたいはしなかった。虎でおどかしたけれども、それは、ほんとうの虎ではなかった。そのうえ、少年たちには、ごちそうをたべさせた。天野少年には王子のようなりっぱな服装をさせた。ほかの少年たちにも、同じような服を着せるつもりだった。

いったい、おれはどんな悪いことをしたのだろう。物をぬすんだわけでもない。少年たちをかどわかして、身のしろ金をゆすったわけでもない。ただ、ここへつれて来て、たいせつなお客さまのように、あしらったばかりだ。明智君だって同じだ。もし、きみに、うらをかかれなかったとしても、けっしてきみを傷つけたり、ごうもんしたりするつもりはなかった。では、おれは何をしようとしたんだ。明智君、わかるかね。この意味がわかるかね。」

魔法博士のほそい目が、じっと明智の顔を見つめました。

「その答えは、たった一つしかない。」

そう言ったかと思うと、明智も立ちあがっていました。巨人と怪人は、デスクをへだてて、決闘者のように、にらみあっているのです。ふたりの顔からは、笑いのかげがすっかり消えてしまいました。

「ウン、その答えは一つしかない。で、きみの答えは？」

「きみは、ぼくと小林と少年探偵団の三人の少年を、とりこにして、二度とこの建物から出られないようにするつもりだった。そして、ぼくたちを苦しめ、世間を、あざわらうつもりだった。」

「それは、なんのために？」

「復讐（ふくしゅう）のためだ。しかも、そういう復讐をたくらむやつは、世界中にたったひとりしかない。」

名探偵と魔法博士とは、そのまま、身うごきもしないで、じっと、にらみあっていました。たっぷり一分間。じっと息もつまるような一分間でした。

「そのひとりというのは？」

魔法博士の挑戦です。

「品川沖で一度死んだ男だ。いや、一度だけではない。二度も三度も死んだ男だ。死んだと見せかけて、生きていた男だ。」

「その生きていた男は？」

「きみだ、きみがその不死身の男だ。怪人二十面相だッ。」

そのとき、小林少年は、まるで海の底にいるような感じをうけました。音という音が消えうせて、時間の進行が、そこでピッタリとまってしまったかと、うたがわれたのです。名探偵も怪人も、まるで石になったように動かなかったのです。

ああ、怪人二十面相。読者諸君は、この一しゅんかんを、どんなに待ちかねていたことでしょう。諸君は、さいしょ魔法博士が野球をする少年たちの前にあらわれたときから、心の底に『怪人二十面相』の六字をえがいていましたね。魔法博士こそ怪人二十面相にちがいないと、ほとんど信じていましたね。そして、その真相がばくろするのを、いまかいまかと、待ちかまえていたのではありませんか。

怪人二十面相は二十のちがう顔を持つといわれた怪物です。かれはあらゆる人間に化けました。青銅の魔人というロボットに化け、そして、いまはまた、虎と人間のあいのこのような、魔法博士に化けたのです。

そのとき、廊下に大ぜいの足音がして、三人の少年をせんとうに、天野勇一少年、明智探偵のかえだまになった男、それから四人の警官が、正面のドアから、なだれこむように、はいって来ました。

怪人二十面相も、もう運のつきです。どこにも逃げ場がないのです。しかし、かれはまだひるみません。意外にも、ワハハハ……、と笑いながら、部屋の一方のかべに身をよせました。かべをうしろだてにして、この大ぜいの敵と戦おうというのでしょうか。

「明智先生、おれは追いつめられたね。しかし、きみはまだ、おれの秘密をすっかり知りつくしたわけじゃない。おれには、さいごの切り札があるんだ。見たまえ……。」

そのとき、人々の口から、「アッ。」と言う、さけび声が、ひびきました。じつに思いもよらぬ、ふしぎがおこったからです。

見よ、魔法博士のからだは、何かに引きあげられるように、かべをつたって、スーッと天井に、のぼって行くではありませんか。

たちまち、かれの異様な姿は、高い天井にくっついてしまいました。そこに一ぴきの大コウモリが、羽をひろげて飛んでいるのです。黄色と黒のだんだらぞめの長いかみの毛が、風に吹かれたようにみだれ、べっこうぶちの大メガネは、キラキラとかがやき、そのガラスのうしろから、いまこそまんまるにみひらかれた、虎のような目が、青く光って、じっと下界をにらんでいるのです。そして、あの異様なマントは、大きな羽のようにひろがって、ハタハタと、ぶきみな、はばたきの音をたてています。

「ワハハハ……、明智君、せっかくのきみの苦心も、水のあわだったねえ。おれはけっしてきみたちには、つかまらないよ。ワハハハハハ……、ワハハハ……。」

そして、そこの天井板が、スーッとひらいたかと思うと、大コウモリは、天井裏のやみの中へ、すいこまれるように、姿を消してしまいました。ふたたび、スーッと音もなく、しまる天井板。ぶきみな笑い声は、だんだん、かすかになって、やがて、聞こえなくなってしまいました。

そして、しばらくすると、あっけにとられて、天井を見あげている人々の顔が、おどろくほど白くなりました。天井のまん中からさがっているシャンデリヤが、きゅうに明かるくなったのです。白熱の色をおびてきたのです。

オヤッと思うまに、またしても、とほうもないことがおこりました。巨大なすずらんの花を、いくつもたばにしたような、その大シャンデリヤが、はじめはすこしずつ、だんだんいきおいをまして、はげしくゆれはじめたのです。何十ともしれない電球の花たばが、世にもおそろしいブランコをはじめたのです。

いまにも、その直径一メートルもありそうな、電球のかたまりが、花火のように、人々の顔の上に、おちかかってくるかもしれません。人々はワーッと声をあげて、部屋のすみずみに身をさけました。「ワハハハ……。」ふたたびおこるぶきみな笑い声。

思わず見あげると、ゆれるシャンデリヤの心棒（しんぼう）のそばの、ごう天井の板が一枚はずれて、ポッカリと口をひらいた黒い穴から、人間とも、けだものともわからぬ、おそろしい顔が、のぞいていました。二十面相です。魔法博士の二十面相です。光線のせいか、それが虎の顔とそっくりに見えるのでした。

地底の怪人

数十個の電灯をつけた、さしわたし一メートルもあるシャンデリヤは、怪人の笑い声とともに、ますます、はげしくゆれていましたが、アッと思うまに、それが天井をはなれて、落下して来ました。

「あぶないッ。」

みんなは口々にさけんで、身をよけました。シャンデリヤは爆弾のような音をたてて、ゆかにぶっつかり、数十個の電球とガラスの笠（かさ）が、コナゴナになって、飛びちりました。

ガラスの破片で傷ついた人もありますが、大けがというほどではありません。

「はしごだ。はしごをさがしてこい。」

だれかが、大声にどなりました。

見ると、天井の穴には、もう怪人の顔はありません。天井裏を、どこかへ逃げだしたのです。

ふたりの警官が、裏庭へ飛びだして行って、一ちょうのはしごを、かついで来ました。そして、それを、怪人がさいしょ飛びあがった、天井のすみのところへ、立てかけました。

そのあいだに、明智探偵は、怪人が背中をつけたかべを、しらべていましたが、

「これだ。この柱に天井まで、ほそいすきまがある。中にレールがついているんだ。そのレールから、鉄のカギのようなものが出ていて、ここのかくしボタンをおすと、電気じかけで、カギがレールをつたって、天井まであがるようになっている。あいつは、自分のバンドを、そのカギにひっかけて、このボタンをおして、天井へ飛びあがっていったのだ。これが、あいつのさいごの切り札だった。」と、みんなに説明しました。魔術師は、建物の中の、あらゆる場所に、魔法の種をしかけておいたのです。

明智探偵は、それから、小林君をまねいて、何かヒソヒソと耳うちしました。小林少年は「わかりました。」と言うようにうなずいて、少年探偵団の三少年と天野勇一少年とをつれて、いそいで部屋を出て行きました。この少年たちは、あとになって、たいへ

んなでがらをたてることになるのです。

ひとりの警官と、明智のかえだまをつとめた男は、この部屋の出来事を、建物の外を見はっている警官隊に、知らせるために、たちさりました。あとにのこった三人の警官と明智探偵とは、めいめい懐中電灯とピストルを持って、さっきかけられたはしごをのぼり、怪人のあとを追うことになったのです。

明智がせんとうになって、はしごをのぼり、天井板をおしてみますと、ドアのように、ギーッと上にひらきました。その中は、まっ暗やみの天井裏です。四人は懐中電灯をふりてらしながら、つぎつぎに天井裏にあがりました。

天井裏は、すこし背をかがめれば、歩けるほどの、ゆとりができていました。懐中電灯で、あたりを見ますと、一方にトンネルのような通路がひらいて、そのトンネルの中に、何かうごめいているものがあります。

「あッ、あすこにいる。」

警官が思わず声をたてました。そのものは、たしかに魔法博士の怪人二十面相でした。こちらの四人が、トンネルの入り口にかけよると、怪人はネズミのような、すばやさで、奥のほうへ逃げこんで行きます。

「待てッ。」

どなりながら、四人は怪人のあとを追って、トンネルの奥ふかく、ふみこんで行きました。

「あぶないッ。穴だ。」

せんとうの明智探偵が、とつぜん立ちどまって、うしろの警官たちをとどめました。トンネルのような道は、いきどまりになっていたのです。そして、そこに、ふかさもしれぬ大きな穴があいていたのです。

「ワハハハ……、明智先生、どうだね、このしかけは。さすがの名探偵も、天井裏にこんなぬけ穴があろうとは、夢にも知らなかったね……。だが、これはまだ入り口だ。この先に、きみをびっくりさせるものが、待っているんだぜ。ワハハハハ……、まあ、用心してついてくるがいい。」

穴の底のほうから、怪人の声がものすごく、ひびいて来ました。

明智探偵は、穴のふちにひざをついて、懐中電灯で下のほうをてらしてみました。そこは井戸のようなふかい穴で、こちらがわに、直立の鉄ばしごが、ズッと下のほうまでつづいています。そのはしごのなかほどに、怪人がつかまって、虎だか人間だかわからない、あのおそろしい顔で、穴の上のほうをにらんでいるのでした。

「あがってこいッ。このうえ逃げると、うち殺すぞッ。」

明智の肩の上から、のぞきこんでいた警官が、怪人にピストルを向けながら、どなりました。

「ウフフフ、きみはうちゃしない。おれをいけどりにしたいんだからね。おれもうたないよ。ピストルはちゃんとここに持っているが、おれは血を見るのが大きらいだからね。きみたちは、おれを追いつめて、つかまえればいいんだ。しかし、おれは、けっして、つかまらない。魔法博士だからね。魔法の力で、どこまでも逃げるんだよ……。」

そして、怪人はまるでサルのように、鉄ばしごをかけおりて、底のやみの中へ消えてしまいました。

それにしても、こんなふかいたて穴は、いったい、どこにかくされていたのでしょう。あとになって、わかったのですが、この穴は、部屋と部屋とのあいだのかべが、ある箇所でひじょうにあつくなっていて、そのかべの中に、このたて穴がつくってあったのです。

まえに世田谷区の怪屋を、すみからすみまで、しらべたけれども、どこにもあやしい箇所はありませんでした。それで安心していたのですが、ここは世田谷の洋館ではありません。ふたごのように、よくにた横浜の洋館です。外から見たのでは、そっくりですが、中にはいろいろな魔術のしかけがしてあります。さすがの明智探偵も、そこまでしらべているひまがなかったのです。

明智は直立の鉄ばしごを、おりはじめました。三人の警官もそれにつづきます。あいては人殺しの大きらいな怪人二十面相です。いまも言ったように、ピストルはけっして、うたないでしょう。ですから、そのほうの心配はありませんが、穴の底に、どんなしかけがしてあるかと思うと、じつにぶきみです。

ああ、明智探偵たちは、うまく怪人をとらえることができるでしょうか。なにか思いもよらぬ、きみの悪いことが、おこるのではないでしょうか。

密室のなぞ

鉄ばしごは五メートルほどでおわり、足がコンクリートのゆかにつきました。懐中電灯で見ると、そこからまた、トンネルのような長い道がつづいています。むろん、ここは地下道です。トンネルのかべはコンクリートでかためてあります。

ほかに道はないのですから、怪人はこのトンネルの中へ、はいって行ったのに、ちがいありません。明智と三人の警官とは、手に手に懐中電灯をふりてらしながら、そこを、奥へ奥へとすすんで行きました。

十メートルほど向こうを、怪人の走って行く姿が、ボンヤリ見えています。しかし、懐中電灯の光をたよりに、足もとに気をつけながら、すすむのですから、なかなか、あいてに追いつくことができません。

そのうちに、フッと怪人の姿が、見えなくなりました。どうしたのかと思って、走って行くと、ここはトンネルのまがりかどでした。怪人がそのかどを、まがったために、見えなくなったのです。

明智探偵たちも、つづいてかどをまがりました。そして、二、三歩すすんだ時、とつぜん、明智はアッと声をたてて、ふみとどまりました。

「あぶないッ。また、おとし穴だッ。」

懐中電灯でてらしてみると、すぐ目の前に、はば三メートルほどの、道いっぱいの穴が、口をひらいていました。

怪人はここをどうして通りすぎたのでしょう。かべをつたって、わたるような、足がかりは、なにもありません。のぞいてみると、下は底しれぬ、くらやみです。それでいて、怪人はその穴の向こうを、走って行く姿が、おぼろげに見えています。いったいどうして、このはばの広い穴をこしたのでしょう。

「ア、わかった。穴にわたしてあった板を、あいつが、取りのけたんだ。」

明智の懐中電灯の光で、その板がてらしだされました。穴の上に橋のように、かけてあった板を、怪人は向こうがわへ、引きあげ、追手(おって)がわたれないようにして、逃げたのです。

「よしッ、ぼくがこの穴を飛びこそう。そして、板をもとのように、かければいいんだ。」

明智探偵は、少年時代からスポーツできたえたからだです。病気をしたといっても、あとの半分はにせやまいだったのですから、三メートルぐらいの幅飛びは、なんでもありません。穴のふちから、数十歩あともどりして、パッとかけだしたかと思うと、ヒラリと穴を飛びこしてしまいました。

そして、そこにあった長い板を、もちあげ、一度立てておいて、そのはじを、警官たちのほうへ、サーッと倒してよこす。こちらでは、ひとりの警官が、うまくそれをうけて、すばやく板の橋をかけることができました。

三人の警官はその板をわたって、明智といっしょになり、それからまた、懐中電灯をふりてらして、トンネルの中をすすむのです。

そんなことで、てまどったので、あいては遠くへ逃げてしまったのではないかと、心配しましたが、見ると、怪人はまだ電灯の光のとどくあたりを、フラフラと歩いています。逃げられるのを、わざと逃げないで、こちらをからかっているような、あんばいなのです。

いそいで、そのほうへ近づいて行きますと、トンネルの枝道（えだみち）になっているところに、さしかかりました。この地下道は一本道ではなくて、どこかへわかれているのです。しかし、怪人は枝道のほうへは、まがらず、まっすぐ歩いて行きます。

やがて、向こうにポーッと、うすい光が見えてきました。どうやら、トンネルのつきあたりに、部屋のようになったところがあるらしく、その部屋の中に、うすぐらい電灯がついているようすです。

怪人はマントをヒラヒラさせながら、その光の中へはいりました。やっぱり、こちらをからかっているのか、まるで、よっぱらいのような、フラフラした歩きかたです。その姿が部屋の中の電灯をうけて、ふしぎな影絵のように、ゆらめいていましたが、やがて、ひらいたままのドアの中へ、ヨロヨロとはいったかと思うと、ドアがギーッと音をたてて、しまりました。そして、あたりは、またもとのくらやみになってしまったのです。

「ソレッ。」というので、四人はそこへかけつけ、ドアをひらこうとしましたが、中からかぎをかけたのか、ビクとも動きません。そこで、警官たちが、かわりがわり、たいあたりで、ドアにぶっつかり、見るまに、それをやぶって、中にふみこんで行きました。

そこは五、六坪のコンクリートの部屋でした。天井もかべもゆかも、すっかりコンクリートでぬりかためた、なんのかざりもなく、イス一つない牢屋のような部屋です。入り口のほかには、ドアもなく、また窓もありません。どこにも逃げだす個所のない、ふくろのような部屋です。

ところが、どうでしょう。その、まったく逃げ場のない部屋の中に、いまのさき、はいったばかりの怪人は、もう影さえ見えなかったではありませんか。そこには、人間はおろか、ネズミ一ぴきも、いなかったのです。魔法博士の二十面相は、煙のように消えうせてしまったのです。

警官たちは、持っていた警棒で、ゆかをたたきまわり、四方のかべをたたきまわり、ひとりの警官が、べつの警官の肩にのって、天井までも、たたきまわったのですが、ぜんぶ完全なコンクリートで、秘密戸のようなものはひとつもないことが、たしかめられました。

地下室のことですから、空気ぬきの四角な穴が、一方のかべの上と下と二ヵ所に、あいていましたが、それは十センチ四方ほどの小さな穴で、そんなところから、人間がぬけだせるはずもありません。

ひょっとしたら、怪人はこの部屋にはいると見せかけて、じつは、はいらなかったのではないか。そして、トンネルのどこかに、秘密戸でもあって、そこから逃げてしまったのではないか。そう考えたので、明智探偵はドアの外に出て、トンネルのかべを、じゅうぶん、しらべましたが、すこしもうたがわしい個所はないのでした。

「明智さん、こりゃ完全な密室じゃありませんか。」

警官のうちの警部補の服を着たひとりが、おどろいたような顔で言いました。この警部補は、まえにべつの事件で明智といっしょに働いたことがあって、顔見知りのあいだがらでした。

「密室です。かりに、あいつがこの部屋へはいらなかったとしても、逃げる場所がありません。トンネルに枝道があったけれども、あいつがこのドアに近づいた時には、ぼくたちは枝道を通りすぎていた。だから、あいつはトンネルの中で、ぼくらのわきをすりぬけて逃げたとでも、考えるほかはないが、そんなことは、ぜったいにできっこありませんからね。」

『密室』というのは、探偵小説にはよくでてくることばです。どこにも逃げ道のない、密閉された室で犯罪がおこなわれ、しかも、その部屋に犯人の姿が見えないという、ふしぎな事件を『密室の犯罪』と言うのです。

さすがは魔法博士の二十面相、さいごのどたんばになって、みごとな魔術をつかったものです。「名探偵さん、きみにはこの密室のなぞがとけますかね。」と言わぬばかりではありませんか。

もしこのなぞが明智探偵にとけなかったら、怪人との知恵くらべにまけたことになります。明智はぜがひでも、これをとかねばなりません。

さて、読者諸君、みなさんも一つ、名探偵といっしょに、このなぞをといてみてはいかがですか。ちょっとしたことに、気がつけば、なんなくとけるはずです。しかし、いままで書いたほかに、このなぞをとく手がかりが、もう一つだけあります。それは、次の章で明智探偵の言ったり、したりすることを、よく気をつけていれば、わかるのです。

どうか読みおとさないようにしてください。そして、このなぞをといてみてください。

塔上の魔術師

明智探偵は、うすぐらい電灯の、ガランとした部屋のまん中に立って、腕ぐみをして、しばらく考えていましたが、なにを思ったのか、ツカツカと、部屋の一方のかべぎわへ、歩いて行って、いきなり、そこにしゃがむと、十センチ四方ほどの四角な空気ぬきの穴をしらべはじめました。懐中電灯の光を近づけ、穴のそばに顔をくっつけるようにして、いっしんにしらべましたが、

「ウーム、そうかもしれんぞ。」と、ひとりごとを言ったかと思うと、こんどは、その穴の中へ、いきなり、右の手をグッとさし入れて、なにかを、さぐっているようすです。

「何かあるんですか。」

警部補が、明智の頭の上から、のぞきこむようにして、たずねます。

「いや、何もありません。この穴の向こうがわにも、コンクリートのゆかがあるだけです。」

「すると、向こうにも部屋があるのですね。」

「いや、部屋ではなくて、たぶん廊下のようなところでしょう。さっきのトンネルの枝

道が、この向こうがわへ、通じているのかもしれない。」

「まさか、その穴から、ぬけだしたわけじゃないでしょうね。」

「むろん、そんなことは、いくら魔術師だって、できっこありませんよ。」

「それじゃ、あなたが、そこをしらべておられたわけは、なんですか。何かなぞをとくかぎでも見つかったのですか。」

「ほこりですよ。この空気ぬきの穴の中にはほこりがつもっていた。そのほこりに、何かで強くこすったようなあとが、いちめんについているのです。ほこりがすっかり、かき取られてしまっている。この穴にいっぱいになるような、何か大きな、やわらかいものが、そとへ引きだされたあとです。」

「フーン、大きな、やわらかいもの？　まさか二十面相が、そういうものに化けて、この小さな穴から、逃げだしたとおっしゃるのじゃありますまいね。」

「むろん、そういう意味ではありません。しかし、ぼくは、このほこりのあとを見て、密室のなぞがとけたように思うのですよ。」

「えッ、なぞがとけた？　明智さん、ほんとうですか。あいつは、いったい、どうしてこの部屋をぬけだしたのです。」

「待ってください。それは、いまにわかります。それよりも、あいつをつかまえるのがかんじんです。ぼくらがこの部屋にはいった時、あいつはまだ、この穴の向こうがわに、いたにちがいないのです。グズグズしていたら、とりかえしのつかないことになります。さあ、この向こうがわへ、行ってみましょう。それには、トンネルの枝道から、まわればいいのです。」

そこで、四人はやぶれたドアをくぐって、トンネルにひきかえし、さっきの枝道の中へ、はいって行きました。四人とも、懐中電灯をてらしながらです。

枝道をグングンすすんで行くと、はたして、さっきの部屋の外がわに出ました。かべの上と下に、四角な空気ぬきの穴があるので、それがわかるのです。明智はねんのために、懐中電灯で、下の穴をしらべてみましたが、ほこりのすれたあとが、部屋の中から見たのとそっくりでした。

怪人はひょっとすると、枝道をもとの直立の鉄ばしごのほうへ、ひきかえしたのかもしれませんが、そちらへ行けば、自分の部屋へ出るばかりで、そこには見はり人が立っているのですから、そんな方角をえらんだとは思われません。やはり、もとへひきかえさないで、さきのほうへ逃げたのでしょう。

明智探偵はそう考えたので、ためらわず、グングンすすんで行きました。警官たちも、そのあとにしたがいます。すると、まもなく、トンネルはいきどまりになって、そこにまた直立の鉄ばしごが立っていました。

かまわず、そのはしごをのぼって行きますと、頂上に石のふたのようなものがしまっています。明智はそれを力まかせに、おしてみました。べつにかぎはかけていないとみえて、石のふたはすこしずつひらいていきます。

やがて、石のふたをとりのけて、四人は穴をはいだしましたが、そこはやはり部屋の中で、一方に小さな窓があり、かすかな光がさしこんでいます。そとは、明かるい月夜なのです。

見ると、そこは、例の三階の円塔の一階らしく思われました。まるい部屋のまん中に、カタツムリのカラのように、グルグルまわりながらのぼる、ラセン階段がボンヤリと見えています。

明智探偵は懐中電灯で、塔への出入り口のドアをさがし、そのそばへよって、しらべてみました。

「オヤ、このドアは中から、かけがねが、かかっている。すると、あいつは、塔の上へのぼったんだな。そのほかに行くところはない。」

いきどまりの塔の上へ逃げるなんて、なんだかへんではありませんか。しかし、あいてはえたいのしれない怪物です。何をやりだすかわかったものではありません。

「ともかく、塔の上まで、のぼってみよう。」

明智がせんとうになって、四人はラセン階段をのぼって行きました。二階にはだれもいません。つぎは三階、ここにも人の姿は見えません。しかし、明智には、なんだか、いまここを二十面相が通ったばかりのような気がするのです。塔のかべや天井にしかけがあるかもしれません。怪人はまたその中へもぐりこんでしまったのかもしれません。

ふと気がつくと、窓の外の、はるか下のほうから人のさわぐ声が聞こえてきました。なにか、ただならぬけはいです。

明智はいそいで窓をひらき、明かるい月の光にてらされた下界をながめました。塔の下の庭に五、六名の警官が立って、上を見あげています。そして口々に何かわめいています。いったい、なにがおこったというのでしょう。

明智は窓から半身をのりだして、下界の人々に手をふってみました。すると、警官たちは、それに気づいて、てんでに塔の屋根を指さしながら、なにかわめくのです。

「魔法博士が……。」

「屋根の上に……。」と言うようなことばが、まじりあって、聞こえてきます。どうやら、怪人はこの塔の屋根のてっぺんにでもいるらしいのですが、ハッキリしたことはわかりません。塔の窓からでは、いくら、からだをのりだしても、屋根の上は見えないのです。下へおりて、たしかめるほかはありません。

そこで、明智は、ふたりの警官をこの場の見はりにのこし、警部補といっしょに、塔をかけおり、廊下をまわり、裏口から庭におりてさわいでいる警官たちのところへ行ってみました。そして、塔の屋根をながめますと、人々がさわいだのもむりではありません。そこには、じつに異様な光景が、月の光にてらしだされていたのです。

塔の屋根はスレートぶきで、とんがり帽子のような形をしています。そのてっぺんに、避雷針のような長い鉄棒があり、それにつかまって、魔法博士がスックとつっ立っていたではありませんか。

大コウモリのような黒いマントが、風にハタハタとひらめき、二つのメガネの玉が、月の光をうけて、キラキラ光っているのさえ見えます。怪人は、大空の月とむら雲を背景にして、いつまでも、そこに、つっ立ったまま、下界をにらみつけていました。

墜落する悪魔

満月に近い月でした。それを、ときどき、うす黒い綿のような、むら雲がかすめて、通りすぎます。そのたびに、避雷針にとりすがった怪人が、ハッキリ見えたり、かげになったりします。例のコウモリの黒マントが、風にヒラヒラとはためいて、天空の魔人というような、ものおそろしい姿です。

明智探偵は五分間ほど、腕をくんで、つっ立ったまま、じっと塔の屋根を見つめていました。まわりの警官たちは、明智がおそろしいほど、だまりこんでいるので、やはりおなじように、つっ立ったまま、塔上の怪人と明智の顔とを見くらべています。

「この探偵さんは、何を考えているんだろう。怪人があんな高いところへ、あがってしまったので、どうすることもできなくて、こまっているんじゃないかしら。」と、いうような顔つきです。

すると、いままで銅像のように身うごきもしなかった明智が、ヒョイと、そばにいる警部補のほうを、ふりむきました。そして、

「この近くに猟銃を持っている人はいないでしょうか。一つさがして、借りだしてくれませんか。」とたずねました。警部補はビックリしたような顔をして、

「猟銃なら、近くにわたしの知っている猟銃家がいますが、しかし、猟銃でなにをしようと言うのですか。」

「ともかく、大いそぎで、それを借りてください。たまもいっしょにですよ。けっして、あなたのごめいわくになるようなことは、しません。ぼくにまかせてください。」

警部補は、明智が名探偵であることを、よく知っていました。警視庁の捜査課長でさえも、明智の知恵を借りることがあるのを、知っていました。それで、この人の言うことならば、まちがいはないだろうと、部下の警官に、猟銃を借りだしてくることを命じました。

明智はそのまま、だまって、また塔の屋根を見つめています。警部補も、明智の気質を知っているのでなにもたずねません。うす雲が、月の表をかすめるたびに、塔上の怪

人も、地上の人々の顔も、暗くなったり、明かるくなったりして、やがて、二十分あまりもたちました。そこへ、さっきの警官がりっぱな猟銃を持って、息せききって、もどってきました。明智はそれを受けとると、たまをこめ、銃を肩にあて、塔の屋根に向かって、ねらいさだめました。

「明智さん待ってください。犯人を殺してはこまります。わたしの責任です。」

警部補があわてて、銃の筒口をにぎりました。

「いや、けっして殺しません。傷つけもしません。まあ、見ていらっしゃい。」

明智はつよく言いはなって、もう一度ねらいをさだめると、猟銃の引きがねを引きました。ガンと空気がゆれて、うすい煙がたって、そうして、塔の上の怪人がフラフラとよろめくように見えました。警官たちはいっせいに、屋根の上を見つめました。月の光にてらされて、怪人はフワリと宙に浮きました。避雷針をはなれて、横たおしになり、それから、スレートの屋上をすべって、空中を、スーッとおちてくるのです。ヒラヒラする黒マントの羽が、みるみる大きくなり、人々の頭の上に、あのおそろしい虎の顔をした怪物が、ふってきたのです。警官たちは「ワーッ。」と言って飛びのきました。そして、怪人が地上にころがったのを、たしかめると、またそばへよって行きました。警官たちでつくられた輪の中に、二十面相の魔法博士は、生きているのか死んでいるのか、じっと横たわったまま動きません。それが、青い月光にてらされて、まるで火星人かなんかのような、ふしぎな姿に見えるのです。明智探偵は、警官の輪をはなれて、ツカツカと怪人のそばへ近づきました。そして、怪人の足のところに、しゃがんで、何かカチッと、音をさせたかと思うと、立ちあがって、こわきにかかえていた猟銃をとりなおし、その台座を怪人の腹のへんにあてて、グッとおさえつけました。すると、オヤッ、どうしたというのでしょう。怪人はブルブルとからだを、ふるわせて、スーッと消えていくように見えたのです。ほんとうに、足の先から、だんだんペチャンコになって、もう腰のへんまで、せんべいのように、うすべったくなってしまったではありませんか。

とかれたなぞ

「ワハハハハ……。」

あっけにとられて、ぼんやりしている警官たちの顔を見て、明智探偵がとつぜん笑いだしたのです。

「諸君、これは人形ですよ。ゴム人形ですよ。ただ黒マントだけがほんもので、あとはすっかりゴムでできているのです。」

「ウッ、すると、あの青銅の魔人と……。」警部補が、うなるように言いました。

「そうです。青銅の魔人と同じしかけで、魔法博士のゴム人形がつくってあったのです。

いざというとき、かえだまにつかうつもりで、ちゃんと用意しておいたのでしょう。ごらんなさい。その足首のとめ金も、青銅の魔人とそっくりです。いまぼくが、そのとめ金をはずしたので、空気がぬけて、こんなにひらべったくなってしまったのです。」

さっきカチッといったのは、明智がそのとめ金をはずした音だったのです。この人形は、からだぜんたいが、自動車のチューブよりも、ずっとあついゴムでできていて、その中に空気を入れて、ふくらませてあったのです。からだには、洋服のラシャをはりつけ、頭にほんとうの毛をうえ、ひげをはやし、顔や手は絵の具で人間らしい色にぬってあるのです。メガネまでかけています。

「ぼくは、そこまで気がつかなかったが、塔の上の部屋の天井に秘密の戸があって、そこから屋根の上へ、出られるようになっているのでしょう。二十面相はこの人形を持って、そこから屋根の上にぬけだし、人形を避雷針にひもでくくっておいて、逃げだしたのです。ぼくのうった猟銃のたまで、そのひもが切れたので、こいつがおちてきたのですよ。」

「すると、あいつは……。」

「たぶん、屋根づたいに、逃げたのでしょう。あいつは、いつでも絹糸の縄ばしごを持っていますから、塔の屋根から本館の屋根へおりるくらい、わけはありません。本館の屋根から、どこかへかくれたのですよ。あいつはまだ、この屋敷の中にいるはずです。

だが、見はりはだいじょうぶでしょうね。見はりの警官は、持ち場をはなれてはいないでしょうね。」

「だいじょうぶです。この建物のまわりには、すっかり見はりがついています。ここにいるのは、持ち場のない遊軍ばかりですよ……。それにしても、明智さん、あなたはこれが人形だということが、よくわかりましたね。ぼくたちは、ほんものの魔法博士だと思いこんでいたのですが。」

「人形でなければ、猟銃でうったりなんか、しませんよ。ぼくも、ここから見ただけでは、これが人形だということはわからなかった。見たのではなくて、頭で考えたのですよ。」

「推理ですね。それを聞かせてください。わたしには、さっぱりわからない。」

「見はりがついていれば、あいつをさがすのは、いそぐことはありません。では、てっとりばやく、それをここでお話ししましょう。しかし、だいじょうぶでしょうね。自動車の車庫は。」

「ガソリンをからっぽにして、そのうえ車庫の前に見はりがついています。あいつは歩いて逃げるほかはないのです。しかも、まだなんの報告もないところをみると、あいつは建物の外へは、姿を見せないのですよ。中にいるのです。家の中のどっかにひそんでいるのです。」

「では、お話ししましょう。それは、あの『密室』のなぞに、かんけいがあるのですよ。あいつはたしかに、あの地下室へはいった。そして戸をしめた。ところが、ぼくらが、ふみこんでみると、影も形もなかった。出口はどこにもない、ただ、空気ぬきの小さな穴が二つあるばかりで、その下のほうの穴のうちがわのほこりが、何かでこすったように、みだれていた。

ぼくはあの時、二十面相が、まえに青銅の魔人のゴム人形で世間をだましたことを思いだした。そして、こんどもまた、魔法博士のゴム人形を用意しておいたのじゃないかと考えたのです。

ぼくたちは、地下道のトンネルの中で、おとし穴の板の橋をかけるために、てまどっていた。あいつはそのひまに、どこかにかくしてあった人形を持ちだし、人形の首と足に長いひもをつけて、首のほうのひもを上の空気ぬきの穴へ、足のひもを下のほうの穴へ通し、自分は穴の外がわにまわって、そこから、うまくひもを引っぱった、としたら、どうです。」

「ウーン、そうか。どうりで、なんだかフラフラした、へんな歩きかただと思った。電灯はついていたけれど、ひどくうすぐらかったので、すっかりだまされたわけですね……。しかし、あの入り口のドアがしまって、かぎがかかったのは、なぜでしょう。まさか人形がそんなことをするはずはないが……。」

「やっぱり、ひものしかけですよ。長いひもを二重にして、その先の輪になったところをドアのとってにかけ、ひものはじを空気ぬきの穴の外へのばして、グッと引っぱれば、ドアがしまる。あのドアはしめさえすれば、しぜんにかぎがかかるようになっていたのです。ひらく時にはかぎがいるが、しめる時には、かぎがいらないのです。そうして、しめておいて、一本のひもをはなし、一本だけをたぐりよせれば、ひもはぜんぶ穴の外へ出てしまいます。

それから、こんどは、人形を下の穴のすぐそばまで引きよせ、穴から手を入れて、足のとめ金をはずすと、スーッと空気がぬけて、人形がしなびてしまう。そのグニャグニャになったゴムを、十センチの穴から、外へ引っぱりだしたのですよ。」

「なるほど、すっかりわかりました。それで穴のうちがわのほこりに、あんなあとがついていたのですね。フーン、うまく考えたな。それにしても、ほこりのあとだけで、そこまで考えついたのは、さすがに明智さんですね。かぶとをぬぎますよ。しかし、そのグニャグニャになった人形を、塔の屋根にあげる時には、また空気を入れたのでしょうが、こんな大きな人形に、そんなにてばやく空気がはいりますかね。」

「それは、青銅の魔人の時とおなじですよ。やはり、この建物のどこかに、自動車のタイヤに空気を入れるエアー・コンプレッサーがあって、そこから、くだが引っぱってあるのです。塔の中にも、そのくだが来ているのでしょう。エアー・コンプレッサーなら、この人形をふくらますくらい、またたくうちですからね。」

「フーン、じつに、手数のかかるいたずらをやったものですね。こんどの事件は、さいしょから、そうだったが、あいつは魔術のうでまえを、見せびらかしたくて、しかたがないのですね。わたしは、こんなへんてこな犯人ははじめてですよ。」

「そうです。あいつは、こんどはほかになんの目的もなかったのです。ただ、ぼくをこまらせて、それ見ろと笑いたかったのですね。ところが、すっかりぼくにうらをかかれてしまった。この勝負もまた、あいつの負けですよ。ハハ……、考えてみると、なんだか、かわいそうですね。」

明智探偵は、ゆかいそうに笑いましたが、そんなふうに安心してしまってもいいのでしょうか。怪人のほうには、まだまだ奥の手がのこっていたのではないでしょうか。

少年尾行隊

それから、いよいよ怪屋の中を捜索して、二十面相をさがしだすことになり、明智探偵と警部補と、警官たちの一隊は、怪屋の正面にやってきました。

正面の入り口の石段の両方に、ふたりの警官が見はりをつとめています。

「べつに、かわったことはなかったかね。」

警部補がたずねますと、ひとりが答えました。

「ハア、あやしいやつは通りませんでした。」

「ここから出入りしたものは、ひとりもなかっただろうね。」

「ずっとまえに、明智さんの少年助手と、四人の子どもが出て行きました。それから、ついいましがた、明智さんがひとりで出て行かれました。」

「えッ、明智さんが？　明智さんはここにいらっしゃるが、この明智さんが、ここから出て行かれたのかね。」

「ハア、そうです。その明智さんです。ちょっと急用ができたからと言って、大いそぎで、門の外へ出て行かれました。」

これを聞くと、明智探偵はツカツカと、その警官の前に、すすみ出ました。

「その男は、どこかぼくと、ちがってはいなかったかね。」

そして、よく顔が見えるように、月の光のほうを向いて、警官の鼻の先に、近づくのでした。

警官はこまったような顔をして、モジモジしました。

「あなたではなかったのでしょうか。ほんとうに、そっくりだったのですが。」

「ぼくじゃない。怪人二十面相はぼくに化けるのが、とくいなんだよ。」

「えッ、それでは、あいつが……。」

警官たちのあいだに、ただならぬざわめきがおこりました。警部補は顔色をかえて、

「しまった。明智さん。あなたの説明なんか聞いているのじゃなかった。ゆだんでした。明智さん、どうしたものでしょう。いまから追っかけたって、まにあわないし……。」と、じだんだをふまんばかりです。

しかし、明智はさわぐけしきもありません。

「イヤ、まだぼくの負けじゃありませんよ。ぼくのほうには万々一の用意がしてある。あいつがぼくに化けて、逃げるかもしれないということは、ちゃんと考えに入れてあったのですよ。天野勇一君はまだ小さいので、横浜のぼくの友人のうちへひきあげさせたが、小林と三人の少年は、帰ったわけではありません。万一、怪人が逃げだした時、尾行するために、この門の外の立ち木のかげに、待機していたのです。」

「しかし、あいつが明智さんに化けたのでは、子どもたちも見のがしたかもしれませんね。」

「それはだいじょうぶです。小林は、そういうことになれています。それに、たとえぼくとそっくりのやつでも、ひとりで門を出る男があったら、かならず尾行するように命じておきました。見ていてごらんなさい。イヤ、そればかりではありません。もっとおもしろい計画があるのです。見ていてごらんなさい。いまに少年たちが報告に来ますよ。」

明智がおちつきはらっているので、警官たちもひとまず胸をなでおろしました。そう

して、まだほんとうに信じきれないという顔つきで、門のほうをながめるのでした。

しばらくすると、あんのじょう、くらい門の外から、リスのように、三人の少年がすべりこんできました。そして、すばやく明智探偵の姿を見つけると、その前にかけてきました。読者諸君がよくごぞんじの、少年探偵団員、花田、石川、田村の三少年です。

「先生ッ。」

花田君が、息せききって、何か言おうとします。

「あいつがぼくに変装して逃げたのを、尾行したんだね。」

明智探偵のほうから、報告をしやすくしてやりました。

「そうです。ぼくたち、あいつに見つからないように、うまく尾行しました。」

「大通りのほうへ出て行ったんだね。」

「そうです。そのほかに、逃げ道はありません。ぼくたち三人は、あいつの五十メートルほどあとから、電信柱や、ごみ箱や、いろんなもののかげに、かくれながら、尾行しました。」

「あいつは、すこしも気づかなかったかね。」

「ええ、ちっとも。ぼくたち、小林団長におそわって、いつも練習していますから。」

「ウン、感心、感心、それで、あいつは、うまく自動車に乗ったのかい。」

「ええ、うまくいきました。なんにも知らないで、自動車に乗ってしまいました。」

「行く先はわからなかっただろうね。」

「いいえ、ぼく、こっそり自動車に近づいて、耳をすましていました。」

「ホウ、えらいね。すると？」

「東京へ、と言う声が聞こえました。自動車は東京のほうへ走って行ったのです。」

「よし、それでいい。きみたち、ごくろうだったね。あとはわたしがうまくやるから、きみたちは夜が明けたら、警察のおじさんに、おくってもらって、天野君もつれて、東京に帰りたまえ。きみたちの慰労会は、あとでゆっくりやるよ。」

そして、明智は警部補に向かって、三少年と天野勇一君とを、だれか警官をつけて、東京のおうちへ、おくりとどけてくれるように、たのむのでした。

警部補はむろん、それをしょうちしましたが、しかし、どうも、ふにおちないという顔つきで、

「自動車で逃がしてしまっても、だいじょうぶなのですか。その自動車というのは、あなたのごぞんじの車なのですか。」と、しんぱいそうに、たずねました。すると、明智はクスクス笑いながら、

「じつは、ぼくのほうで、あいつがその自動車に乗るように、しむけたのですよ。運転台には小林が助手に化けて、乗りこんでいます。小林は変装もなかなかうまいですよ。小林はぼくの知っているガレージへ行って、しっかりした運転手の乗った車を一台借り

だしたのです。そして、夜ふけの客をおくった帰り車のように見せかけて、この向こうの大通りに待っていたのです。もし二十面相が逃げだせば、車庫をおさえてあるのだから、歩くほかはない。その時、目の前にあき自動車がいたら、きっとそれに乗るにちがいないと考えたのですよ。」

「フーン、じつによく考えられたものですね。明智さんには、ほんとうに、かぶとをぬぎますよ。それにしても、その運転手と小林君だけで、だいじょうぶでしょうか。あいては、おくそこのしれない魔法使いですからね、どんな手があるかもしれませんぜ。」

「イヤ、それはもう、ぼくにはだいたいわかっているのです。あいつがひとりで逃げだしたとすれば、行く先は一ヵ所しかありません。あいつのさいごのとっておきの手をもちいるのです。それがどんな手だか、ぼくにはもうわかっています。大活劇ですな。いや、大魔術と言ったほうがいいかもしれません。こんどはぼくが魔術師になるのです。」

明智探偵はニコニコしながら、ひとりの警官のほうをふりむきました。

「きみ、お手数ですが、二十面相の車庫の自動車に、ガソリンを入れさせてくれませんか。そして、どなたか運転のうまいかたがあったら、東京までとばしてほしいのですが……。あいつの車はなかなか優秀ですからね。競走にはもってこいです。」

私服警官の中にひとり、もと飛行隊にいたことのある、運転の名手がいました。そして、わたしがやりましょうと名のって出たのです。

明智探偵はいまから二十面相の自動車を、追っかけるつもりなのでしょうか。それとも、なにかべつの考えがあるのでしょうか。

小林少年の冒険

さて、こちらは小林少年です。

怪屋からあまり遠くないところに、明智探偵のよく知っている自動車屋がありました。小林君はそのうちをたたき起こして、明智探偵からだと言って、しっかりした運転手の乗りこんだ、一台の自動車をだしてもらいました。

小林君は、その自動車屋で、よごれたレーンコートと鳥打ち帽を借り、ガレージのゆかのほこりを手につけて、自分の顔をなでまわし、うすぎたないチンピラ助手に化けて、運転手のとなりに、腰かけました。そして、その車を、二十面相が逃げだせば、かならず通る大通りまで走らせ、そのへんを徐行したり、とまったりして、待機していたのです。

小林君は運転席から、月夜の大通りを見まわしながら、胸をドキドキさせていました。二十面相ははたして、逃げだしてくるのでしょうか。くるとしても、いったい、どんな姿で、やってくるのでしょう。まさか魔法博士のままで、逃げだすとは考えられません。

明智先生に化けているかもしれない。それとも、もっとちがった、なにかへんてこなものに化けるのかもしれない。なにしろ、あいては二十の顔を持つという、変装の名人ですから、ゆだんもすきもあったものではありません。

三十分もそうしていると、とつぜん、町角から、ヒョイと飛びだした人影があります。小林君はハッとして目をこらしました。明智先生です。いや、先生に化けた二十面相にちがいありません。

そいつは、ちょっと立ちどまって、右左を見まわしていましたが、小林君の自動車が、あき車（ぐるま）であることをたしかめると、いきなり、こちらへ走って来ました。

もし、こいつがほんとうの二十面相なら、あとから三人の少年探偵団員が尾行しているはずです。そういうもうしあわせだったのです。それで、小林君は、明智先生とそっくりのやつが、飛びだしてきた町角を、じっと見つめていました。

すると、その町角の、月かげになった軒下をつたって、チョロチョロと、リスのようにかけだしてくる、小さな人間の影が、かすかに見えました。三人です。たしかに明智先生に化けたやつを尾行しているのです。

小林君はそれを見て、いよいよこいつは、二十面相にちがいないと思いました。それで、となりの運転手にあいずをして、グッと心をおちつけるようにして、待ちかまえていました。

明智先生とそっくりのやつは、自動車のそばまでやってくると、「東京まで行けるか。」と声をかけました。声まで明智先生ににているのです。運転手が、行ってもいいと答えますと、その男は、いきなりドアをひらいて、客席に飛びこみました。そして、

「全速力でやってくれ。」とどなりました。

小林君は、自動車がすべりだした時、左手の窓ガラスを、指のつめで、コツコツ、コツコツ、コツとたたきました。これは明智先生と約束してある暗号通信でした。もし、あいてが明智先生だったら、この暗号にたいして、コツ、コツコツと返事をしてくれるはずです。それをしないやつは、いくらそっくりの姿をしていても、明智先生ではないのです。この男は、小林君の通信をたしかに聞いたのに、なにも返事をしません。これで、二十面相にちがいないことが、ハッキリわかりました。

「金はいくらでもだす。飛ばしてくれ。うんと飛ばしてくれ。」

男はあせっています。小林君が運転助手に化けて、すぐ目の前にいることなど、すこしも気づいていないのです。

車は広い京浜(けいひん)国道に出て、おそろしい速度で走っています。東のほうの空が、ポーッと明かるくなってきました。もう朝なのです。両側の工場や人家が、あとへあとへと、飛びさって行きます。国道には車も人も、じゃまになるものは、何もありません。

怪人をのせた自動車は、無人の境を、黒い風のように飛んで行くのです。

ふと気がつくと、うしろから強い光がさしていました。べつの自動車のヘッド・ライトです。小林君は窓から首をだして、うしろを見ました。客席の怪人も、うしろの窓をのぞいています。五十メートルほどあとに、二つのヘッド・ライトが、怪物の目のように、ランランと光っていました。その光がまぶしくて、車内の人などはすこしも見えません。

こちらの車も全速力を出しているのですが、うしろの車は、もっと早いのです。まるできちがいのような速度です。

明智探偵に化けた怪人は、不安らしくキョロキョロしていましたが、いきなり運転台にのしかかるようにして、

「オイ、あいつにぬかれるな。もっと速力をだせ。あいつをひきはなしたら、五千円のほうびだ。」とどなりました。

しかし、いくらどなられても、自動車の性能がおとっているのだから、しかたがありません。またたくひまに、その自動車は、すぐうしろに近づき、まぶしいヘッド・ライトで、こちらの車内を、いっぱいにてらしつけながら、アッと思うまに、追いこしてしまいました。

こんどは、こちらのヘッド・ライトが、向こうをてらすことになりましたが、どうし

たわけか、うしろの自動車番号の鉄板に、なにか布のようなものが、まきつけてあって、番号を読むことができません。むろん、車内灯はついていませんし、そのうえ、客席にいる人は、グッとうつむいているので、その服装さえわかりません。

追いこした車は、ますますスピードをかけて、みるみる遠ざかって行き、いつのまにか影も見えなくなってしまいました。そのまま国道を走って行ったのか、わき道へそれたのか、それさえわからないのです。

これで、その車が二十面相を、追っかけてきたのではないことが、ハッキリしました。もし、追っかけてきたのなら、逃げるように先へ行ってしまうはずがないからです。怪人はやっと安心したように、ゆったりと、クッションにもたれかかりました。

いったい、あの自動車には、何者が乗っていたのでしょう。ひょっとしたら、ほんとうの明智探偵が、乗っていたのではないでしょうか。しかし、もしそうだとしたら、なぜ怪人をとらえないで、先へ走って行ってしまったのでしょう。

それはともかく、やがて、だんだん空が明かるくなり、早起きの店などは、もう戸をひらきはじめました。そして怪人の自動車は、品川駅を通りすぎ、いよいよ東京の町にはいって行きました。

明智夫人の危難

自動車が東京にはいると、怪人は、そこを右へ、そこを左へと、さしずして、車をすすめ、さいごにとまったのは、千代田区の明智探偵事務所から、半町ほどへだたった町角でした。

アア、なんという大胆不敵、明智探偵に化けた二十面相は、探偵の不在を見こして、当の探偵事務所へのりこむつもりらしいのです。それにしても、明智のるす宅へのりこんで、いったい何をしようというのでしょう。

「三、四十分かかるかもしれないが、ここで待っててくれたまえ。これだけあずけておく。」

二十面相はそう言って、何枚かの千円札を運転手にわたし、自分でドアをひらいて、探偵事務所まで、歩いて行きました。

玄関のドアの横のベルをおして、しばらく待っていますと、ねむそうな顔をした女中が、目をこすりながら、ドアをひらきました。

「アラ、先生ですか。」

「ウン、ゆうべはてつやだった。文代(ふみよ)はまだ寝ているだろうね。」

「エエ、おくさまは、まだおやすみです。お起こししましょうか。」

「ウン、起こしてくれ。そして、あつい紅茶を二ついれて、ぼくの部屋へ持ってくるんだ。」

「ハイ。」

　女中はすこしもうたがわないで、にせ探偵を中に入れると、いそいで明智夫人の文代さんを、起こしに行きました。

　にせ探偵は、明智のうちの間どりを、ちゃんと知っているらしく、そのまま、二階の明智の居間へ、階段をのぼって行きました。そこは、一方のすみにベッドがあり、安楽イスがいくつもおいてある、広い部屋でした。

　明智探偵になりすました二十面相は、まるで自分のうちへ帰ったように、ゆったりと安楽イスに腰をおろし、テーブルの上にあったシガレット入れから、一本とって、そこのライターで火をつけました。

　そうして、しばらく待っていますと、青いスカートに、はでな黄色のセーターを着た美しい文代さんが、ニコニコしながら、はいってきました。

「お帰りなさい。おつかれでしょう。心配してましたわ。二十面相、また逃げましたの？」

「ウン、例によって、てごわいあいてだよ。それでね、ぼくたちは、いそいで、この事務所を、からっぽにしなければならないんだ。きみとぼくと、一日だけ、ちょっとべつの場所へ、避難するんだ。むろん、これは、あいつをつかまえる作戦なんだよ。」

「マア、どこへ行きますの？」

「たいして遠くじゃない。自動車も待たせてある。」

そこへ、女中が紅茶をはこんできました。にせの明智は、わざわざ戸口まで行って、そのぼんを受けとり、女中をたちさらせると、パタンとドアをしめましたが、そこから、もとのイスへ帰るあいだに、文代さんに背をむけて、てばやくポケットから、小さなビンを取りだし、その中の白い粉を、紅茶茶碗の一つに入れて、サジでかきまわしました。まるで手品師のような、早わざです。

そして、なにくわぬ顔で、もとのイスにもどると、紅茶のぼんをテーブルにおき、

「大いそぎだが、お茶をのむひまぐらいはある。きみもおのみ。」

そう言って、粉を入れたほうの紅茶を文代さんの手もとにおくのでした。ふたりは、その紅茶を、ゆっくり、のみおわりました。

「オヤ、どうしたんだい。へんな顔をして。」

「オオ、にがい。にがい紅茶ね。どうしたのかしら。」

「気のせいだよ。サア、したくだ、外出のしたくだよ。」

しかし、文代さんは、立とうともしないで、じっと、にせ明智の顔を見つめています。

かい。」

「オイ、どうしてぼくの顔を、そんなに見つめるんだ。なにかへんなところでもあるの

「へんだわ。あなたの顔、へんよ。」

文代さんの目は、いたいほど、にせ探偵の顔に、くいいっています。

「ハハハハハハ、何を言っているんだ。きみはまだ、寝ぼけているんだろう。」

「いいえ、そうじゃありません。あなた、明智小五郎じゃないわね。だれなの。あなた、いったい、だれなの？」

文代さんは『吸血鬼』という事件で、えらい手がらをたてた美しい婦人探偵です。その事件のあとで、明智探偵と結婚したのです。ですから、変装を見やぶる、するどい目を持っています。二十面相の変装は、だれが見てもわからないほど、たくみなのですが、明智夫人の目を、ごまかすことはできなかったのです。

「ワハハハハハハハ。」

怪人は、さもおかしそうに、笑いだしました。文代さんの顔色を見て、もうごまかしてもだめだと、さとったからです。

「見やぶられたね。きみのよく知っている男さ。怪人二十面相、世間ではおれのことを、そう呼んでいる。ハハハハハハハ、明智先生はあるところへ、かんきんしてある。もう二度ときみにも、あえないだろうね。」

文代さんはヨロヨロと立ちあがりました。そして、戸口のほうへ行こうとしたのですが、どうしたのか、歩く力もなく、べつのイスにたおれてしまいました。

「おくさん、もうだめだ。逃げようとしても、からだがいうことをきかない。くすりのせいだよ。いまの紅茶に麻酔薬を入れたのさ、マア、そこにじっとしておいで。ぼくが自動車まで、はこんであげるからね。」

二十面相はにくにくしげに言うと、ウーンと両手をあげて、大きなあくびをしました。

「さて、出発するとなると、着がえを一、二枚持っていかなけりゃなるまい。洋服だんすは、ここだったね。」

部屋の一方に、かんのんびらきの押入れがあって、その中が洋服かけになっているのです。二十面相はそういうことまで、ちゃんと知っていました。

かれは、その押入れの前に行って、かんのんびらきに両手をかけ、いきなり、サッと、左右にひらきました。そして、ひらいたかと思うと、さすがの悪人も、アッとさけんだまま、棒立ちになってしまったのです。

そこには、何があったのでしょう。

ごらんなさい。押入れの中の洋服は、みなかぎからはずされて、ゆかに落ちています。そして、押入れの奥のかべが、すっかりあらわれているのですが、そのかべが、一間(けん)四方もある、大きな一枚の鏡になっていて、そこに二十面相の全身がうつっていたではありませんか。いや、二十面相ではなくて、明智探偵の姿が、うつっていたのです。

かれはアッと言って、あとじさりをしました。ところが、どうでしょう、鏡の中の影はあとじさりをしないのです。ぎゃくに、こちらへ近づいてくるのです。

二十面相は、なんだかおそろしい夢を見ているような気がしました。それとも、自分は気でもちがったのではないかと、うたがいました。

ためしに、こんどは、鏡のほうへ近づいてみました。そうすれば、自分の影が、向こうへあとじさりするかもしれないと思ったのです。しかし、こんどは、影のほうはじっとしています。こちらが動いても、向こうは動かないのです。

手をあげてみました。向こうは手をあげません。笑ってみました。向こうはムッツリしています。

「きさまは、だれだッ。」

ついにがまんがしきれなくなって、どなりました。すると、鏡の中の人物は、はじめて口を動かしました。笑ったのです。鏡の影が声をだして笑ったのです。

「アハハハハハハ、だれだとは、こっちで言うことだよ。ぼくとおなじ顔をして、ぼくとおなじ服を着て、そして、ぼくのうちへ、むだんではいって来たやつはだれだッ。」

鏡ではなかったのです。そこには、ほんものの明智小五郎が立っていたのです。名探偵が横浜の怪屋で、こんどはぼくが大魔術をえんじてみせると言ったのは、このことだったのです。押入れの中に鏡があったわけではありません。二十面相は、自分とそっくりの人が、押入れの中に立っていたので、鏡とまちがえてしまったのです。

ほんとうの明智は、押入れの中から、つかつかと出てきました。明智がふたりになったのです。頭から足の先まで、すんぶんちがわない、ふたりの明智小五郎が、立ちはだかって、にらみあったのです。

ほんとうの明智が、右手をあげて、にせもののうしろを、指さしました。にせものが、おどろいて、ふりむくと、そこには、麻酔薬で気をうしなったはずの文代さんが、イスにかけて、ニコニコ笑っていました。

「文代は婦人探偵なんだ。麻酔薬をのまされるようなボンクラじゃないよ。あの紅茶は、のむように見せて、すっかりハンカチにすわせてしまったんだ。文代のスカートのポケットには、グチャグチャになったハンカチが、はいっているはずだよ。」

「それじゃあ、この女は、おれが明智でないことを、はじめから、知っていたのか。」

「そうさ。ぼくの自動車は、京浜国道で、きみの自動車をぬいて、一足お先に、ここへついたのだからね。いまにきみがやって来るだろうと、うちじゅうで待ちかまえていたのさ。きみがここへ来ることは、ぼくにはちゃんとわかっていたのだよ。」

「ちくしょう。」

二十面相はまっさおになって、唇をかみました。完全な敗北です。こんなひどい負けした。

方は、はじめてです。かれは、血ばしった目で、キョロキョロとあたりを、見まわしました。

「かぶとをぬいだかね。」

明智がニコニコして言いました。

「ぬぐもんかッ。」

二十面相はまだやせがまんを、言っています。かみしめた下唇から、血がにじみだして、むねんの形相は、おそろしいほどです。

「それじゃあ、どうするんだ。」

二十面相はクルッと窓のほうを向きました。

「こうするんだッ。」

さけんだかと思うと、かれはサッと窓にかけより、ガチャンとガラス戸をやぶって、弾丸のように、そこから飛びだしたのです。二階から地上へ飛びおりたのです。

「アラ、あなた！」

文代さんがびっくりしてさけびました。

「なあに、心配しないでもいい。ちゃんと、手はずができているんだ。やつはもう、ふくろのネズミだよ。」

名探偵はすこしもさわがず、文代さんに何事かささやいておいて、そのまま部屋を出て行きました。

機動警察隊

怪人を乗せてきた自動車は、もとの町角で、じっと待っていました。小林少年も運転手のとなりに、腰かけたままです。どうして尾行もしないで、のんきらしくかまえていたのでしょう。それにはわけがあったのです。

にせの明智がたちさって、まもなく、ほんとうの明智探偵が、自動車に近づいて、小林君に耳うちしました。コツ、コツコツコツ、コツコツというあいずで、それがほんとうの明智先生であることが、わかったのです。その時、探偵は小林君に、なにか黒い小さなものを二つ手わたしました。小林君はその一つを、となりの運転手にわたし、一つは自分のポケットに入れました。

それから三十分あまり、待ちかねているところへ、また明智探偵がやってきました。こんどはにせものです。コツコツのあいずをしないからです。

にせものは、あわただしく自動車に乗りこむと、

「全速力だッ。渋谷駅へ飛ばせろ。それからさきはおれがさしずする。」とどなりました。

運転手は言われるままに、車をすすめます。命令どおりの大速力です。

しばらくすると、にせ明智が、へんな顔をして、窓の外を見ました。

「オイ、運転手、方角がちがうじゃないか。渋谷だ。渋谷駅へ行くんだ。」

しかし、運転手は返事もしないで、だまりこくって、運転しています。方向をかえるようすはすこしもありません。

「コラ、聞こえないのか。きさま、どこへ行くつもりだッ、渋谷と言うのがわからないのかッ。」

にせ明智は、ふたたび、おそろしい声でどなりました。

すると、そのとき、へんなことがおこったのです。運転手はとつぜん、車をとめて、客席のほうへ、からだをねじ向けました。小林君もおなじように、うしろ向きになりました。四つの目がじっと、にせ明智をにらみつけ、ふたりとも小がたのピストルを持って、その筒口を、にせ明智の胸に向けていたのです。

「手をあげろ。」

ふたりが口をそろえて、切りつけるように、さけびました。

にせものは、思わず両手を肩のへんにあげて、キョロキョロと目を動かしました。すきがあれば、ドアをあけて、自動車から飛びだそうという身がまえです。

「窓の外をのぞいてごらん。逃げるにはもうおそいよ。」

小林少年が、勝ちほこったように、どなりつけました。にせ明智が思わずのぞく窓の外。アア、いつのまに、そんな用意ができていたのでしょう。自動車の横にも、うしろにも、びっくりするほどの警官隊が、つめかけていたのです。オートバイが三台、警察自動車が三台、それに乗った警官の数は、二十人いじょうなのです。

「オイ、二十面相君、おどろいたかい。ぼくをだれだと思う？　きみにさんざんひどいめにあった小林だよ。明智先生の少年助手だよ。ハハハハハ、きみは方角がちがうと言ったね。方角なんかちがうもんか。行く先は警視庁にきまってるじゃないか。あのオートバイと、警察自動車に護送されて、警視庁行きだよ。わかったかい。明智先生がちゃんと電話をかけて、警官隊を呼びよせておいたんだ。この自動車が出発する時から、あとをつけていたんだよ。これが機動警察って言うんだよ。ホラごらん、あの自動車には銀色のひげがはえているだろう。イナゴのように、ピンと一本、銀の触角を立ててるだろう。あれがラジオ・カーさ。警視庁本部とたえずラジオで連絡しながら、きみを追っかけていたんだよ。教えてやろうか。あの自動車にはね、ぼくの先生の、ほんとうの明智探偵が乗っているんだよ。きみを中村捜査係長にひきわたすためにね。」

小林君はこれだけおしゃべりをすると、スーッとりゅういんがさがったような気がしました。

そして、自動車はまた進行をはじめました。言うまでもなく警視庁へです。さすがの二十面相も、あきらめはてたように、グッタリとクッションに、もたれこんでいます。いかな魔法使いも、こうなっては、もう手も足も出ないのです。

オオ、ごらんなさい。向こうに警視庁のいかめしい建物が見えてきました。グングン近づいていきます。そのうしろには、わきの入り口の石段が見えます。石段の上に立っているのは中村係長です。そのうしろには、捜査第一課長のふとった顔も見えています。それから、そのそばに、子どもが三人いるのはだれでしょう。アア、わかった。花田君、石川君、田村君、少年探偵団の三人です。心配なものだから、警察のおじさんにたのんで、わざわざ、やってきたのでしょう。

小林少年はもうゆかいで、たまりませんでした。明智先生といっしょに、怪人二十面相の両手をとって、あの石段をのぼり、捜査課長と係長に、ひきわたす時のありさまを考えると、うれしさに胸がドキドキしてきました。

「明智先生、バンザーイ。」

小林君は思わず、心の中で、そうさけばないではいられませんでした。

コラム「虎の牙」から「兇器」まで

「虎の牙」には、少年探偵団員が戦後初めて実際に登場する。中学二年生の花田君と中学一年生の石川君と田村君は、「小学生のころから、少年探偵団にはいって」いた。つまりこの事件の二年前、一九四五年から少年探偵団は再結成だけはされていた計算になる。

乱歩作品には、二十面相以外にも同じ「魔法博士」を名乗る雲井良太（「探偵少年」「赤いカブトムシ」など）がいるので、混乱する。雑誌連載時の予告で乱歩は「今まで、わたしの小説に一度も出たことのない、へんてこなやつです」（『少年』一九四九年十二月号）と表明しているので、当初乱歩の念頭にあったのは二十面相ではなく、雲井良太のほうだったのだろう。それが結局二十面相に落ち着いてしまったのは、読者や編集部の反響のせいだったのだろうか。

また、明智小五郎が体調を崩している描写がある。年代順ではこれが初めてである。戦時中から終戦直後にかけての無理が祟ったのだろうか。探偵小説家の小栗虫太郎や海野十三も戦後に健康を害して亡くなっている。これ以降、明智は時々年齢や衰えを見せるようになった。

この事件の後、本シリーズ未収録の、
「透明怪人」(一九四八年春の十五〜十六日間)
「怪奇四十面相」(「透明怪人」直後の一九四八年春の最大九日間)
「宇宙怪人」(一九四八年から四九年にかけての冬の三ヶ月間)
「奇面城の秘密」(一九四九年春の四十七〜四十八日間)
の四事件が発生した。「透明怪人」では明智探偵事務所に新たな秘密の仕掛けがあることは判明し、文代夫人も登場する。二十面相について明智は「ぼくはかれの本名を知りません」と言っているのは、のちの「サーカスの怪人」で遠藤平吉と判明する前の事件だという証拠になる。

二十面相は「怪奇四十面相」で顔の数をいきなり倍に増やしたが、唐突な感じがする。どんな心境の変化があったのだろうか。冒頭は「透明怪人」で逮捕投獄されたところから始まるので、この二つの事件が連続して起きたのは、明らかだ。

また、この中で戦前の「少年探偵団」のエピソードを「小林君は、明智探偵から、その話をきいていた」と、伝聞でしか知らないので、戦前と戦後の小林少年は別人だという確証が得られる。

「宇宙怪人」には空飛ぶ円盤が登場するが、世界初の空飛ぶ円盤目撃事件は一九四七年六月と言われているので、二十面相は時代の先端を行っていたのではないだろうか。

そして、次に起こる事件が「兇器（きょうき）」である。

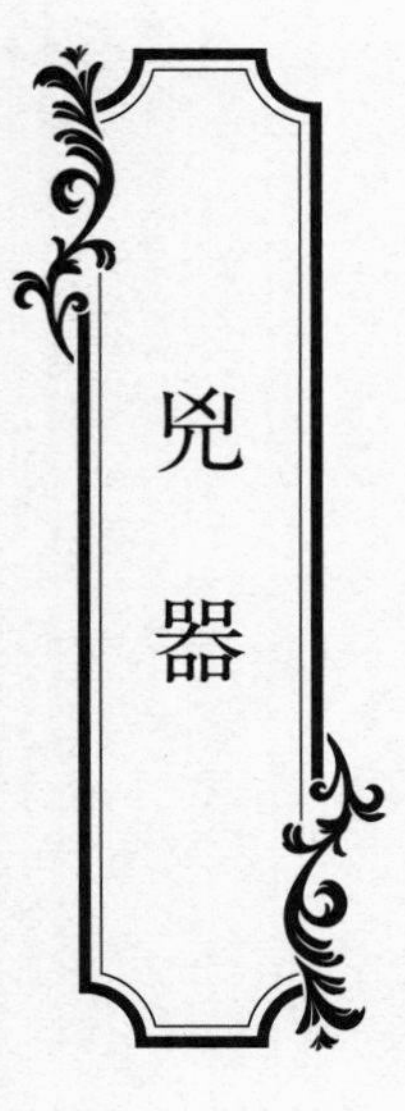

兇器

1949年6月15日～28日

1

「アッ、助けてえ！」という金切り声がしたかと思うと、ガチャンと大きな音がきこえ、カリカリとガラスのわれるのがわかったって言います。主人がいきなり飛んで行って、細君の部屋の襖(ふすま)をあけてみると、細君の美弥子(みねこ)があけに染まって倒れていたのです。

傷は左腕の肩に近いところで、傷口がパックリわれて、血がドクドク流れていたそうです。さいわい動脈をはずれたので、吹き出すほどではありませんが、ともかく非常な出血ですから、主人はすぐ近所の医者を呼んで手当てをした上、署へ電話をかけたというのです。捜査の木下(きのした)君と私が出向いて、事情を聴きました。

何者かが、窓をまたいで、部屋にはいり、うしろ向きになっていた美弥子を、短刀で刺して逃げ出したのですね。逃げるとき、窓のガラス戸にぶつかったので、その一枚がはずれてそとに落ち、ガラスがわれたのです。

窓のそとには一間幅ぐらいの狭い空き地があって、すぐコンクリートの万年塀なのです。コンクリートの板を横に並べた組み立て式の塀ですね。そのそとは住田町の淋しい通りです。私たちは万年塀のうちとそとを、懐中電灯で調べてみたのですが、ハッキリした足跡もなく、これという発見はありませんでした。

それから、主人の佐藤寅雄……三十五歳のアプレ成金です。少し英語がしゃべれるので、アメリカ軍に親しくなって、いろいろな品を納入して儲けたらしいのですね。今はこれという商売もしないで遊んでいるのです。しかし、なかなか利口な男で、看板を出さない金融業のようなことをやって、財産をふやしているらしいのですがね……その佐藤寅雄とさし向かいで、聞いてみたのですが、細君の美弥子は二十七歳です。新潟生れの美しい女で、キャバレーなんかにも勤めたことがあり、まあ多情者なんですね。いろいろ男関係があって、佐藤と結婚するすぐ前の男が執念ぶかく美弥子につきまとっているし、もう一人あやしいのがある。犯人はそのどちらかにちがいないと、佐藤が言うのです。

私は警察にはいってから五年ですが、仕事の上では、あんな魅力のある女に出会ったことがありませんね。佐藤はひどく惚れこんで、それまで同棲していた男から奪うようにして結婚したらしいのです。その前の男というのは、関根五郎というコック……コックと言っても相当年季を入れた腕のあるフランス料理のコックですが、これと同棲していたのを、佐藤が金に物を言わせて手に入れたのですね。

もう一人の容疑者は青木茂という不良青年です。美弥子はこの青年とも以前に関係があって、青木の方が惚れているのですね。佐藤と結婚してからは、美弥子は逃げているのに、青木がつきまとって離れないのだそうです。不良のことですから、あつかましく佐藤のうちへ押しかけてきたり、脅迫がましいことを口走ったりして、うるさくて仕方がないというのです。

この青木は見かけは貴族の坊ちゃんのような美青年ですが、相当なやつで、中川一家というグレン隊の仲間で、警察の厄介になったこともあるのです。これが、美弥子に愛想づかしをされたものだから、近頃では凄いおどし文句などを送ってよこすらしく、美弥子は「殺されるかもしれない」といって怖がっていたと言います。

主人の佐藤は、この二人のほかには心当たりはない。やつらのどちらかにきまっている。美弥子はうしろからやられて、相手の顔を見なかったし、ふりむいたときには、もう窓から飛び出して、暗やみに姿を消していたので、服装さえもハッキリわからなかったが、やっぱり、その二人のうちのどちらかだと言っている。それにちがいないと断言するのです。そこで、私はこの二人に当たってみました……いや、その前にちょっとお耳に入れておくことがあります。いつも先生は「その場にふさわしくないような変てこなことがあったら、たとえ事件に無関係に見えても、よく記憶しておくのだ」とおっしゃる、まあそういったことですがね。

医者が来て美弥子の手当てがすみ、別室に寝させてから、主人の佐藤は事件のあった部屋を念入りに調べたのだそうです。刃物を探したのですよ。美弥子の刺された刃物は普通の短刀ではなくて、どうも両刃(もろは)の風変わりな兇器(きょうき)らしいのですが、ずいぶん探したけれども、どこにもなかったというのです。

私が、その辺にころがっていなければ、むろん犯人が持って逃げたにきまっているじゃないか、何もそんなに探さなくてもと言いますと、いやそうじゃない。これは、ひょっとしたら美弥子のお芝居かもしれない。あいつは恐ろしく変わり者のヒステリー女だから、何をやるか知れたものじゃない。だから念のために、刃物がどこかに隠してないか調べてみたのだというのです。

しかし、美弥子のいた部屋の押入れやタンスを調べても、鋏(はさみ)一梃(ちょう)、針一本見つからなかった。庭にも何も落ちていなかった。そこではじめて、これは何者かがそとから忍びこんだものだと確信したというのです。

相手の話がおわると、アームチェアに埋まるようにして聞いていた明智小五郎(あけちこごろう)が、モジャモジャ頭に指を突っ込んで、合槌(あいづち)を打った。

「面白いね。それには何か意味がありそうだね」

この名探偵はもう五十を越していたけれど、昔といっこう変わらなかった。顔が少し長くなり、長くて痩せた手足と一そうよく調和してきたほかには、これという変化もなく、頭の毛もまだフサフサとしていた。

2

明智小五郎はお洒落(しゃれ)と見えないお洒落だった。顔はいつもきれいにあたっていたし、服も彼一流の好みで、凝った仕立てのものを、いかにも無造作に着こなしていた。頭の毛を昔に変わらずモジャモジャさせているのも、いわば彼のお洒落の一つであった。

ここは明智が借りているフラットの客間である。麹町采女町(こうじまちうねめちょう)に東京唯一の西洋風な「麹町アパート」が建ったとき、明智はその二階の一区劃(くかく)を借りて、事務所兼住宅にした。アパートは帝国ホテルに似た外観の建築で、三階建てであった。明智の借りた一区劃には広い客間と、書斎と、寝室とのほかに、浴槽のある化粧室と、小さな台所がついていた。食堂を書斎に変えてしまったので、客と食事するときは近くのレストランを使うことにしていた。

明智夫人は胸を患(わず)らって、長いあいだ高原療養所にはいっているので、彼は独身同然であった。身のまわりのことや食事の世話は、少年助手の小林芳雄一人で取りしきっていた。手広いフラットに二人きりの暮らしであった。食事といっても、近くのレストランから運んできたのを並べたり、パンを焼いたり、お茶をいれたりするだけで、少年の手におえぬことではない。

その客間で明智と対座しているのは、港区のS署の鑑識係りの巡査部長、庄司専太郎であった。一年ほど前から、署長の紹介で明智のところへ出入りするようになり、何か事件が起こると智恵を借りにきた。

「ところで佐藤がこの二人のうちどちらかにちがいないというコックの関根と、不良の青木に当たってみたのですが、どうも思わしくありません。両方ともアリバイははっきりしないのです。家にいなかったことは確かですが、といって、現場付近をうろついたような聞き込みも、まだないのです。ちょっとおどかしてみましたが、二人とも、どうしてなかなかのしたたかもので、うかつなことは言いません」

「君の勘では、どちらなんだね」

「どうも青木がくさいですね。コックの関根は五十に近い年配で、細君はないけれども、婆さんを抱えていますからね。なかなか親孝行だって評判です。そこへ行くと青木ときたらまったく天下の風来坊です。それに仲間がいけない。人殺しなんか朝めし前の連中ですからね。それとなく口裏を引いてみますとね、青木は確かに美弥子を恨んでいる。

惚れこんでいただけに、こんな扱いを受けちゃあ、我慢ができないというのでしょうね。ほんとうに殺すつもりだったのですよ。それが手先が狂って、叫び声を立てられたので、つい怖くなって逃げ出したのでしょう。関根ならあんなヘマはやりませんよ」

「二人の住まいは？」

「ごく近いのです。両方ともアパート住まいですが、関根は坂下町、青木は菊井町です。関根の方は佐藤のところへ三丁ぐらい。青木の方は五丁ぐらいです」

「兇器を探し出すこと、関根と青木のその夜の行動を、もう一歩突っ込んで調べること、これが常識的な線だね。しかし、そのほかに一つ、君にやってもらいたいことがある」

明智の眼が笑っていた。いたずらっ子のように笑っていた。庄司巡査部長はこの眼色には馴染みがあった。明智は彼だけが気づいている何か奇妙な着眼点に興じているのだ。

「犯人が逃げるとき、窓のガラス戸が庭に落ちて、ガラスが割れたんだね。そのガラスのかけらはどうしたの？」

「佐藤のうちの婆やが拾い集めていたようです」

「もう捨ててしまったかもしれないが、もしそのガラスのかけらを全部集めることができたら、何かの資料になる。一つやってみたまえ。ガラス戸の枠に残っているかけらと合わせて、復原してみるんだね」

明智の眼はやっぱり笑っていた。庄司も明智の顔を見てニヤリと笑い返した。明智のいう意味がわかっているつもりであった。しかし、ほんとうはわかっていなかったのである。

それから十日目の午後、庄司巡査部長はまた明智を訪問していた。

「もう御承知でしょう。大変なことになりました。佐藤寅雄が殺されたのです。犯人はコックの関根でした。たしかな証拠があるので、すぐ引っ張りました。警視庁で調べています。私もそれに立ち会って、いま帰ったところです」

「ちょっとラジオで聴いたが、詳しいことは何も知らない。要点を話してください」

「私はゆうべ、その殺人現場に居合わせたのです。もう夜の九時をすぎていましたが、署から私の自宅に連絡があって、佐藤が、ぜひ話したいことがあるから、すぐ来てくれという電話をかけてきたことがわかったのです。私は何か耳よりな話でも聞けるかと、急いで佐藤の家に駈(か)けつけました。

主人の佐藤と美弥子とが、奥の座敷に待っていました。美弥子は二、三日前に、傷口を縫った糸を抜いてもらったと言って、もう外出もしている様子でした。ふたりとも浴衣(ゆかた)姿でした。佐藤は気色(けしき)ばんだ顔で、『夕方配達された郵便物の中に、こんな手紙があったのを、つい今しがたまで気づかないでいたのです』といって、安物の封筒から、ザラ紙に書いた妙な手紙を出して見せました。

それには、六月二十五日の夜（つまりゆうべですね）どえらいことがおこるから、気をつけるがいいという文句が、実に下手な鉛筆の字で書いてありました。どうも左手で書いたらしいのですね。封筒もやはり鉛筆で同じ筆蹟でした。差出人の名はないのです。

　心当たりはないのかと聞くと、主人の佐藤は、筆蹟は変えているけれども、差出人は関根か青木のどちらかにきまっていると断言しました。それからね、実にずうずうしいじゃありませんか、やつらは二人とも、美弥子のお見舞いにやってきたそうですよ。もしどちらかが犯人だとすれば、大した度胸です。一と筋縄で行くやつじゃありません」

3

「そんなことを話しているうちに三十分ほどもたって、十時を少しすぎた頃でした。美弥子が『書斎にウィスキーがありましたわね、あれ御馳走したら』と言い、佐藤が縁側の突き当たりにある洋室へ、それを取りに行きましたが、しばらく待っても帰ってこないので、美弥子は『きっと、どっかへしまい忘れたのですわ。ちょっと失礼』といって、主人のあとを追って、洋室へはいっていきました。

　私は部屋のはしの方に坐っていましたので、ちょっとからだを動かせば、縁側の突き当たりの洋室のドアが見えるのです。あいだに座敷が一つあって、その前を縁側が通っているので、私の坐っていたところから洋室のドアまでは五間も隔っていました。まさかあんなことになろうとは思いもよらないので、私はぼんやりと、そのドアの方を眺めていたのです。

突然『アッ、だれか来て……』という悲鳴が、洋室の方から聞こえてきました。ドアがしまっているので、なんだかずっと遠方で叫んでいるような感じでした。私はそれを聞くと、ハッとして、いきなり洋室へ飛んで行ってドアをひらきましたが、中はまっ暗です。『スイッチはどこです』とどなっても、だれも答えません。私は壁のそれらしい場所を手さぐりして、やっとスイッチを探しあてて、それを押しました。

電灯がつくと、すぐ眼にはいったのは、正面の窓際に倒れている佐藤の姿でした。浴衣の胸がまっ赤に染まっています。美弥子も血だらけになって、夫のからだにすがりついていましたが、私を見ると、片手で窓を指さして、何かしきりと口を動かすのですが、恐ろしく昂奮しているので、何を言っているのかさっぱりわかりません。

見ると、窓の押し上げ戸がひらいています。曲者はそこから逃げたにちがいありません。私はいきなり窓から飛び出して行きました。庭は大して広くありません。人の隠れるような大きな茂みもないのです。五、六間向こうに例のコンクリートの万年塀が白く見えていました。曲者はそれを乗り越して、いち早く逃げ去ったのでしょう。いくら探しても、その辺に人の姿はありませんでした。

元の窓から洋室に戻りますと、私が飛び出すとき、入れちがいに駈けつけた婆やと女中が、美弥子を介抱していました。美弥子には別状ありません。ただ佐藤のからだにすがりついたので、浴衣が血まみれになっていたばかりです。佐藤のからだを調べてみると、胸を深く刺されていて、もう脈がありません、私は電話室へ飛んで行って、署の宿直員に急報しました。

しばらくすると、署長さんはじめ五、六人の署員が駈けつけてきました。それから、懐中電灯で庭を調べてみると、窓から塀にかけて、犯人の足跡が幾つも、はっきりと残っていたのです。実に明瞭な靴跡でした。

けさ、署のものが関根、青木のアパートへ行って、二人の靴を借り出してきましたが、比べてみると、関根の靴とピッタリ一致したのです。関根はちょうど犯行の時間に外出していて、アリバイがありません。それで、すぐに引っぱって、警視庁へつれて行ったのです」

「だが、関根は白状しないんだね」

「頑強に否定しています。佐藤や美弥子に恨みはある。幾晩も佐藤の屋敷のまわりを、うろついたこともある。しかしおれは何もしなかった。塀を乗りこえた覚えは決してない。犯人はほかにある。そいつがおれの靴を盗み出して、にせの足跡をつけたんだと言いはるのです」

「フン、にせの足跡ということも、むろん考えてみなければいけないね」

「しかし、関根には強い動機があります。そして、アリバイがないのです」

「青木の方のアリバイは？」

「それも一応当たってみました。青木もその時分外出していて、やっぱりアリバイはありません」

「すると、青木が関根の靴をはいて、万年塀をのり越したという仮定もなり立つわけかね」

「それは調べました。関根は靴を一足しか持っていません。その靴をはいて犯行の時間には外出していたのですから、その同じ時間に青木が関根の靴をはくことはできません」

「それじゃあ、真犯人が関根の靴を盗んで、にせの足跡をつけたという関根の主張は、なり立たないわけだね」

明智の眼に例の異様な微笑が浮かんだ。そして、しばらく天井を見つめてタバコをふかしていたが、ふと別の事を言い出した。

「君は、美弥子が傷つけられた時に割れた窓ガラスのかけらを集めてみなかった？」

「すっかり集めました。婆やが残りなく拾いとって、新聞紙にくるんで、ゴミ箱のそばへ置いておいたのです。それで、私はガラス戸に残っているガラスを抜き取って、そのかけらと一緒に復原してみました。すると、妙なことがわかったのです。割れたガラスは三枚ですが、かけらをつぎ合わせてみると、三枚は完全に復原できたのに、まだ余分のかけらが残っているのです。婆やに、前から庭にガラスのかけらが落ちていて、それがまじったのではないかと聞いてみましたが、婆やは決してそんなことはない。庭は毎日掃いているというのです」

「その余分のガラスは、どんな形だったね」

「たくさんのかけらに割れていましたが、つぎ合わせてみると、長細い不規則な三角形になりました」

「ガラスの質は？」

「眼で見たところでは、ガラス戸のものと同じようです」

明智はそこでまた、しばらくだまっていた。しきりにタバコを吸う。その煙を強く吐き出さないので、モヤモヤと顔の前に、煙幕のような白い煙がゆらいでいる。

4

明智小五郎と庄司巡査部長の会話がつづく。

「佐藤の傷口は美弥子のと似ていたんだね」

「そうです。やはり鋭い両刃の短刀らしいのです」

「その短刀はまだ発見されないだろうね」

「見つかりません。関根はどこへ隠したのか、あいつのアパートには、いくら探しても無いのです」

「君は殺人のあった洋室の中を調べてみたんだろうね」

「調べました。しかし洋室にも兇器は残っていなかったのです」

「その洋室の家具なんかは、どんな風だったの？　一つ一つ思い出してごらん」

「大きな机、革張りの椅子が一つ、肘掛け椅子が二つ、西洋の土製の人形を飾った隅棚、大きな本箱、それから窓のそばに台があって、その上にでっかいガラスの金魚鉢がのっていました。佐藤は金魚が好きで、いつも書斎にそのガラス鉢を置いていたのです」

「金魚鉢の形は？」

「さし渡し一尺五寸ぐらいの四角なガラス鉢です。蓋はなくて、上はあけっぱなしです。よく見かける普通の金魚鉢のでっかいやつですね」

「その中を、君はよく見ただろうね」

「いいえ、べつに……すき通ったガラス鉢ですから、兇器を隠せるような場所ではありません」

その時、明智は頭に右手をあげて、指を櫛のようにして、モジャモジャの髪の毛をかきまわしはじめた。庄司は明智のこの奇妙な癖が、どういう時に出るかを、よく知っていたので、びっくりして、彼の顔を見つめた。

「あの金魚鉢に何か意味があったのでしょうか」

「僕はときどき空想家になるんでね。いま妙なことを考えているのだよ……しかし、まったく根拠がないわけでもない」

明智はそこでグッと上半身を前に乗り出して、内証話(ないしょ)でもするような恰好(かっこう)になった。

「実はね、庄司君、このあいだ君の話を聞いたあとで、うちの小林に、少しばかり聞きこみと尾行をやらせたんだがね、佐藤寅雄には美弥子の前に細君があったが、これは病気でなくなっている。子供はない。そして、佐藤は非常な財産家だ。それから、君は今、青木が美弥子を見舞いにきたといったね。ちょうどそのとき、小林が青木を尾行していたんだよ。物蔭(ものかげ)からのぞいていると、美弥子は青木を玄関に送り出して、そこで二人が何かヒソヒソ話をしていたというのだ。まるで恋人同士のようにね」

庄司は話のつづきを待っていたが、明智がそのままだまってしまったので、いよいよいぶかしげな顔になった。

「それと、金魚鉢とどういう関係があるのでしょうか」

「庄司君、もし僕の想像が当たっているとすると、これは実にふしぎな犯罪だよ。西洋の小説家がそういうことを空想したことはある。しかし、実際にはほとんど前例のない殺人事件だよ」

「わかりません。もう少し具体的におっしゃってください」

「それじゃあ問題の足跡のことを考えてみたまえ。あれがもしにせの靴跡だとすれば、必ずしも事件の起こったときにつけなくても、前もってつけておくこともできたわけだね。それならば青木にだってやれたはずだ。すきを見て関根のアパートから靴を盗み出し、佐藤の庭に忍びこんで靴跡をつけ、また関根のところへ返しておくという手だよ。関根のアパートと佐藤の家とは三丁しか隔っていないのだから、ごくわずかの時間でやれる。それに、たとえ見つかったとしても、靴泥棒だけなれば大した罪じゃないからね。もう一つ突っ込んでいえば、にせの足跡をつけたのは、青木に限らない。もっとほかの人にもやれたわけだよ」

庄司巡査部長は、まだ明智の真意を悟ることができなかった。困惑した表情で明智の顔を見つめている。

「君は盲点に引っかかっているんだよ」

明智はニコニコ笑っていた。例の意味ありげな眼だけの微笑が、顔じゅうにひろがったのだ。そして、右手に持っていた吸いさしのタバコを灰皿に入れると、そこにころがっていた鉛筆をとってメモの紙に何か書き出した。

「君に面白い謎の問題を出すよ。さあ、これだ」

「いいね。Ｏは円の中心だ。ＯＡはこの円の半径だね。ＯＡ上のＢ点から垂直線を下(おろ)して円周にまじわった点がＣだ。また、Ｏから垂直線を下してＯＢＣＤという直角四辺形を作る。この図形の中で長さのわかっているのはＡＢが三インチ、ＢＤの斜線が七インチという二つだけだ。そこで、この円の直径は何インチかという問題だ。三十秒で答えてくれたまえ」

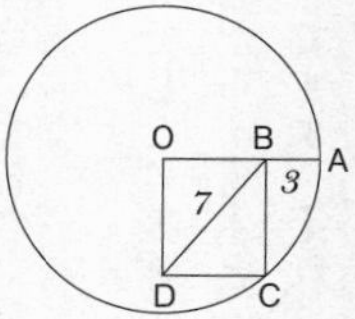

庄司巡査部長は面くらった。昔、中学校で幾何を習ったことはあるが、もうすっかり忘れている。直径は半径の二倍だから、まずＯＡという半径の長さを見出(みいだ)せばよい。ＯＡのうちでＡＢが三インチなんだから、残るＯＢは何インチかという問題になる。もう一つわかっているのはＢＤの七インチだ。このＢＤを底辺とする三角形が目につく、エート、底辺七インチのＯＢＤという直角三角形の一辺は……

「だめだね。もう三十秒はとっくにすぎてしまったよ。君はむずかしくして考えるからいけない。多分ＡＢの三インチに引っかかったんだろう。それに引っかかったら、もうおしまいだ。いくら考えてもだめだよ。

この問題を解くのはわけない。いいかね、この図のOからCに直線を引いてみるんだ。ほうらね、わかっただろう。直角四辺形の対角線は相等し……ハハハハハ。半径は七インチなんだよ。だから直径は十四インチさ」

「なるほど、こいつは面白い謎々ですね」

庄司は感心して図形を眺めている。

「庄司君、君は今度の事件でも、このAB線にこだわっているんだよ。ずるい犯人はいつもAB線を用意している。そして、捜査官をそれに引っかけようとしている。さあ、今度の事件のAB線はなんだろうね。よく考えてみたまえ」

5

庄司巡査部長が三度目に明智のフラットを訪ねたのは、それからまた三日の後であった。

「先生、ご明察の通りでした。美弥子は自白しました。佐藤の財産が目的だったのです。そして、財産を相続したら、青木と一緒になるつもりだったというのです。美弥子の方が青木に惚れていたのですよ。それを青木に脅迫されているように見せかけて、佐藤を安心させておいたのです」

明智は沈んだ顔をしていた。いつもの笑顔も消えて、眼は憂鬱な色にとざされていた。

「先生のおっしゃったAB線は、美弥子が自分で自分の腕を傷つけ、さも被害者であるように見せかけたことです。まさか被害者が犯人だとは誰も考えなかったのです。

兇器は先生のお考えの通りガラスでした。長っ細い三角形のガラスの破片でした。美弥子はそれで自分の腕を切って、よく血のりをふきとってから庭に投げすてたのです。そして、窓のガラスを割って庭へ落とし、そのガラスのかけらで、兇器のガラスをカムフラージュしてしまったのです。そのガラスのかけらをすっかり集めて、丹念に復原してみる警官があろうとは、さすがの彼女も思い及ばなかったのですね。

佐藤もなかなか抜け目のない男ですから、美弥子がほんとうに自分を愛してはいないことを見抜いていたのかもしれません。それで、あんなに兇器を探したのでしょうね。自分が殺されるとまでは考えなかったにしても、なんとなく疑わしく思っていたのですね。

佐藤を殺した兇器もガラスでした。傷口へ折れ込まない用心でしょう。それは少し厚手のガラスで、やはり短刀のような長い三角形のものでした。佐藤に油断をさせておいて、それで胸を突き、血のりをよくふきとってから、例の金魚鉢の底へ沈めたのです。その時間は充分ありました。

き、唸(うな)り声ぐらいは立てたのでしょうが、私の坐っていた座敷からは遠いし、それに、厚いドアがしまっていたので私は気づかなかったのです。

金魚鉢にガラスの兇器とは、なんとうまい思いつきでしょう。底に一枚ガラスが沈んでいたって、ちょっと見たのではわかりません。物を探す場合、透明な金魚鉢なんか最初から問題にしませんし、それにガラスが短刀の代りに使われたなんて、誰も考えっこありませんからね。先生がすぐにそこへお気づきになったのは、驚くほかありません。

庭のにせの足跡も美弥子がつけたのです。傷口の糸を抜いた翌日、あまりとじこもっていても、からだに悪いから、ちょっと散歩してくるといって、家を出たのだそうです。そして近くの関根のアパートへ行って、関根の靴を風呂敷に包んで持ち帰り、庭にあとをつけると、またアパートへ返しに行ったのです。美弥子は関根が朝寝坊なことを知っていて、寝ているひまに、これだけのことをやってのけたのです。前にも関根と同棲していたのですから、関根の生活はこまかいところまで知りぬいていたわけです。

それから例の脅迫状も、美弥子が左手で書いて、自分でポストへ入れたのだと白状しました。この脅迫状は、一つは私を呼びよせて犯行の現場に立ち会わせるためだったのですね。ずいぶん舐(な)められたものです。ガラスの兇器のトリックは、目撃者がなくては、その威力を発揮しないのですからね。

　それから青木はむろん呼び出して調べましたが、共犯関係はないことがわかりました。美弥子は恋人の青木には何も知らせないで、自分一人で計画し、実行したのです。実に勝気な女です。美弥子は貧乏を呪っていました。自分は貧乏のためにどんなつらい思いをしてきたかわからない。いろいろな男をわたり歩かなければならなかったのも貧乏のためだ。どんなことをしても貧乏とは縁を切りたいと思っていた。そこへ佐藤という大金持ちが現われたので、金のために結婚を承諾した。関根には借金をしていたので、いやいやながら同棲したが、ずいぶんひどい目にあった。逃げ出したくても隙がなく、すぐ腕力をふるうので、どうすることもできなかった。佐藤がその借金を返してくれたので、やっと助かったが、関根にいじめられた復讐(ふくしゅう)はいつかしてやろうと思っていたというのです。

　青木には佐藤と結婚する前から好意を持っていたが、結婚後、佐藤の目をかすめてだんだん深くなって行ったのだそうです。そうなると佐藤とはもう一日も一緒にいたくない。といって、離婚したのではお金に困る。貧乏はもうこりごりだ、というわけで、佐藤の財産をそのまま自分のものにして、好きな青木と一緒になるという、虫のいいことを思いついたのですね。そして、ガラスの殺人という、実に奇抜な方法を考え出したのです。女というものは怖いですね」

「僕の想像が当たった。実に突飛な想像だったが、世間にはそういう突飛なことを考え出して、実行までするやつがあるんだね」

明智は腕を組んで、陰気な顔をしていた。あれほど好きなタバコも手にとるのを忘れているように見えた。

「ですから、先生も不思議な人ですよ。不思議な犯罪は、不思議な探偵でなければ見破ることができないのですね」

「君はそう思っているだろうね。しかし、いくら僕が不思議な探偵でも、君の話を聞いただけでは、あんな結論は出なかっただろうよ。種あかしをするとね、僕は小林に美弥子の前歴をさぐらせたのだ。そして、美弥子と親しかったが今は仲たがいになっている二人の女に、別々にここへ来てもらって、よく話を聞いたのだ。それで美弥子という女の性格がわかったのだよ。僕が金魚鉢に気がついたのは、そういう手続きを経ていたからだ。だが、その時はもうおそかった。僕の力では事前にそこまで考えられなかった。あとになって、不思議な殺人手段に気づくだけがやっとだった」

明智はそういって、プッンとだまりこんでしまった。庄司巡査部長は明智のこんなにうち沈んだ姿を見るのは、はじめてであった。

明智小五郎年代記(クロニクル)　戦後編　Ⅰ

平山雄一

戦前編と同じく、収録作品の年代をどのようにして決定したのかを、詳しく解説していきましょう。

「青銅の魔人」（『少年』一九四九年一月号から十二月号に連載）

戦後すぐに起きた二十面相の最初の事件であることは「戦争がすむと、またしても昔のくせをだしたね」と明智小五郎(あけちこごろう)が指摘していることから、明らかです。また「冬の夜」とありますから、季節もわかります。最初の銀座白宝堂(ぎんざはくほうどう)事件から時計塔事件まで一ヶ月ほど、それから手塚(てづか)家が狙われるまでの期間は不明ですが、さほど離れてはいないでしょう。手塚昌一(しょういち)が魔人に脅かされた翌日に明智が事件依頼を受けます。その日の夕方に時計が奪われ、チンピラ別働隊が組織されました。一週間後に小林(こばやし)は隠れ家の出入り口を発見し、明智は翌日に踏み込み、大団円を迎えます。およそ一ヶ月半足らずの期間ではないかと、推定しています。

よって一九四五年から四六年にかけての冬の一ヶ月半足らずの間に発生したと、結論づけました。

「虎の牙」（『少年』一九五〇年一月号から十二月号に連載）

事件が発生した年は、前述のコラムの通り戦後新生した少年探偵団員の学年から推定して、一九四七年です。彼らは小林団長の「参謀」なので、戦後の創立メンバーなのでしょう。「春」は明記されています。事件の最初から最後までの日にちを勘定すると、十八日かかっています。よってこの事件は一九四七年春の十八日間に起きたと考えられます。

ここまでの事件では、明智探偵事務所は千代田区の一戸建てで、奥さんの文代さんや女中と一緒に生活をしている描写があります。建物には落とし穴があったり、秘密の出入り口があったりして、戦後に入手してから数々の改造を加えたようです。

「兇器」（『産業経済新聞』大阪版の日曜別刷に一九五四年六月十三日から七月十一日まで五回連載）

明智は「五十を越していた」と描写されています。私の推定では明智小五郎は一八九四年生まれなので、一九四五年から四九年ではないかと思われます。

また文代が高原療養所に入所したので、一戸建てから「麴町（こうじまち）アパート」に引っ越して小林少年と二人暮らしをしているため、上述の各事件より後になります。「宇宙怪人」は前述の通り一九四八年から四九年にかけての冬の三ヶ月間でしたので、文代が入所したのはその後、「兇器」より前のことでしょう。だからこの事件が起きたのは、一九四九年だとわかります。

日付に関しては「六月二十五日」などと明記されています。よってこの事件が発生したのは一九四九年六月十五日〜二十八日と、判明しました。

*

これらの事件が発生したのは、第二次世界大戦敗戦直後、まだ東京は焼け野原で、連合軍に占領されていた時代です。警察もそれまでのピラミッド型組織から、地方警察と国家警察に解体され、数多くの警察官が解雇されました。明智と顔馴染（かおなじ）みの中村（なかむら）警部が警視庁に残っていたのは、幸いでした。

明智はおそらく命からがら戦地から引き揚げて、東京の惨状を目の当たりにして呆然（ぼうぜん）としたことでしょう。これは関東大震災以来、彼にとって二度目の経験でした。幸い奥さんの文代さんは無事だったようで、いち早く千代田区で新居を構えて探偵事務所を再開しました。

それまでの麻布区龍土町にあった自宅は、戦災で焼けてしまったのでしょうか。それとも借家だったのを契約解除して、文代は地方に疎開をしていたのでしょうか。明智の蔵書が新しい事務所に無事おさまっているところをみると、乱歩のように蔵書ごと疎開したか、それとも奇跡的に戦災を免れたかのどちらかなのでしょう。もしかしたら龍土町の自宅は、この時期によくあったように、疎開中に他人が住み着いてしまって立ち退きしてもらえず、家主なのに追い出されてしまったのかもしれません。それとも警視庁に近く、より交通の便がいい千代田区のほうがいいと判断したのかもしれません。

戦後の小林少年は、一九四七年の「虎の牙」事件で十五歳と明らかになっているので、一九三二年生まれです。これは「少年探偵団」事件が発生した年です。戦前の小林と戦後の第二の小林、さらにその後に登場する第三の小林少年の関係は、はっきりしません。もしかしたら彼らの本名は、「小林」でさえないかもしれません。読者にすっかりお馴染みの名前になってしまったので、乱歩がすべて「小林」で統一してしまった可能性も、捨てきれないからです。

ただ、そんなことまで考えていたら何も始まりませんので、本名だと仮定しても、第二の小林は天野勇一の親戚だということしかわかりません。彼は第一の小林の親戚でもあったということは、十分に考えられます。子供に危険な真似をさせるわけですから、小林少年たちの家族と明智は、深い信頼関係で結ばれていなければなりません。もっとも小林少年もチンピラ別働隊同様に、戦災孤児であったという可能性も、否定はできないでしょう。だからこそ彼は「青銅の魔人」で、いち早く戦災孤児の協力を得られたのかもしれません。

「虎の牙」の中で明智が健康を害していたことは、先に触れましたが、最後に収録した「兇器」でも、明智は「安楽椅子探偵」に徹して、庄司（しょうじ）巡査部長の話と小林少年の調査だけで推理を進めました。そして最後に明智は「うち沈んだ姿」を見せるのですから、ここでも健康が優れず、覇気のない様子が窺（うかが）われます。

解説

佐藤賢一

『明智小五郎事件簿　戦後編』第一巻として、本文庫には「青銅の魔人」、「虎の牙」、「兇器」の三作が収められている。「青銅の魔人」は、江戸川乱歩が雑誌「少年」で、一九四九年（昭和二十四年）一月号から十二月号にかけて連載したもので、その作中世界は一九四五年（昭和二十年）から翌年にかけての冬の設定である。「虎の牙」も同じ「少年」誌上において、一九五〇年（昭和二十五年）一月号から十二月号にかけて連載された。こちらの設定は一九四七年（昭和二十二年）である。「兇器」は、一九五四年（昭和二十九年）六月から七月に「産業経済新聞」（いまの「産経新聞」）に掲載され、作中は一九四九年（昭和二十四年）に設定されている。いずれも一九四五年（昭和二十年）の終戦ほどなくであり、明智小五郎事件簿で、戦後編の頭に置かれる所以である。

当然ながら三作とも「明智もの」だが、なかでも「青銅の魔人」と「虎の牙」は、いわゆる「少年もの」である。子供向けに書かれ、そのことで主役は助手の小林芳雄少年、名探偵明智小五郎はその後見役の立場になっているが、まあ、これは体裁の話でしかない。

戦後編というからには戦前編（『明智小五郎事件簿』全十二巻、集英社文庫）があり、乱歩が「明智もの」を手がけたのも、やはり戦前からである。初登場の「D坂の殺人事件」は、一九二五年（大正十四年）の作品だ。以後、一九三九年から一九四〇年（昭和十四年〜昭和十五年）にかけて書かれた「大金塊」にいたるまで、二十一作が戦前に書かれている。が、そこでいったん中断された。残り二十九作は全て戦後のもので、戦中に書かれたものも、戦中を舞台にしたものもない。明智ものは本文庫の「青銅の魔人」が書かれるまで、つまりは一九四九年まで、実に九年の長きにわたって書かれなかったのだ。いうまでもなく、戦争のせいである。戦争のため、戦争に備えて国内の統制を強めるため、当局による検閲が厳しくなっていた。作家は自分の好きなようには書けなくなったのだ。それは日中戦争が始まる一九三七年（昭和十二年）に先がけた段階で、すでに不自由を感じるほどだった。「少年もの」の記念すべき第一作が、一九三六年（昭和十一年）の「怪人二十面相」だが、これを思い立ったというのは、大人向けでは当局のチェックが厳しすぎる、子供向けなら多少はゆるくなるかと、期待してのことでもあったのだ。

その「少年もの」は、「少年探偵団」（一九三七年）、「妖怪博士」（一九三八年）、そして「大金塊」と順調に書き連ねられた。が、これも一九四〇年にはストップする。日本史にいう太平洋戦争、世界史にいう第二次世界大戦が翌年の一九四一年に始まったからである。もはや「少年もの」さえ自由に書けない。新たに幕を開けたのが、アメリカ、さらにはイギリスとの戦争だったからだ。欧米色の強いものは「敵性文化」であるとして、のきなみ排除されていった。探偵小説も欧米的だと、ひどく睨(にら)まれたのだ。

わけても江戸川乱歩だった。筆名からして、アメリカの作家エドガー・アラン・ポーから取ったものだ。欧米の探偵小説、推理小説を読みつくし、それに強く影響された作風でも知られていた。名探偵明智小五郎と小林少年のバディ設定にせよ、イギリスの作家アーサー・コナン・ドイルによる名探偵シャーロック・ホームズと助手ワトソンの造形を模したものだ。敵役(かたきやく)ながら人気のキャラクターが怪人二十面相だったが、これまたフランス人作家モーリス・ルブランによる怪盗アルセーヌ・ルパンを意識したものだと、かねて公言されていたのだ。

それらの作品に対する当局の厳しさをいえば、既刊本の訂正まで強いてきたほどだった。これを受けた出版社の判断もあって、乱歩の本は既刊も新刊もなく、単行本も文庫もなく、一切出版されなくなってしまった。もはや何も書けない。できる仕事がない。作家江戸川乱歩にとって、まさに絶望の年月だったといってよい。

が、それも終わりを迎える。一九四五年八月に、日本はポツダム宣言、すなわち無条件降伏の勧告を容(い)れることで、終戦を迎えたのである。八月末には早くもアメリカ軍を中心とする連合国軍が進駐してきて、GHQ（連合国軍最高司令官総司令部）を設置する。今度はGHQによる検閲が始まったが、取り締まりを受けたのは右翼思想を称揚するもの、国民の戦意を鼓舞するもの、小説でいえば戦記もの、剣豪ものといったような本だった。反対に探偵小説は、まさに欧米的であることによって、ほぼ無条件に認められるようになった。

作家江戸川乱歩の希望も取り戻された。絶えていた戦前の作品が、次から次と復刊された。敗戦に打ちひしがれていたからこそ、人々は救いを求めるように娯楽を求め、その楽しさに飛びついたのだ。ならば新作も——となるのは、自然の勢いである。かくて九年のときを隔てて、明智ものが復活したのである。

それが収録の第一作「青銅の魔人」であり、第二作「虎の牙」である。奔放な想像力。リアルという以上にファンタジックなトリック。大胆なストーリー。そして魅力的なキャラクター。場面が転換、さらに転換し、謎がひとつ、またひとつと解かれ、しまいに怪人二十面相——「妖怪博士」で逮捕されたはずだが、どうやらすぐ脱獄したよう——が登場しとなった日には、待ってましたと叫んだ読者も、きっと少なくなかったろう。まさに明智ものの復活であり、以前と少しも変わらない快調な筆致は、九年ぶりに書かれたとは思われないほどである。

ときに二作は少年ものであるが、他の明智ものが一人称で書かれるのに対して、少年ものには三人称が用いられる。この乱歩の語り、というか語りかけが、また痺れる。

「ここまで言えば、かしこい読者諸君は『ハハーン。』とお気づきになったかもしれませんね」

であるとか、

「そうです。われらの名探偵は、その時、じつにとほうもないことを考えていたのです。このふしぎな謎が、明智の頭の中では、ほとんどとけていたのです」

などといわれると、まだわからないのが悔しくて、だから早く知りたくて、いずれにせよ、そこで止めることができない。なにがなくても先を読みたくて仕方なくなってしまう。このあたりのテクニックは、紙芝居から仕入れたものなのかとも思う。今はみられなくなったが、その昔は自転車の荷台に木枠を積んだ紙芝居屋が、公園やそれに類する場所に来た。かかる場面は「虎の牙」にもあるし、また実際筆者が子供の頃くらいまでは、かろうじて残っていた。その紙芝居屋だが、子供たちを次も集めなければならないので、もったいつけたというか、思わせぶりなというか、とにかく惹きつける語りを弄したものなのだ。

その紙芝居さえ彷彿とさせて、実に楽しい。そう呟いてみて、今さら暗さがないことに気づく。違和感を覚えざるをえないというのは、舞台は一九四五年の東京、つまり日本は敗戦間もなく、まだまだ困難な時代だったはずだからだ。

いや、悲惨な状況は確かに書かれている。焼けあとだの、バラックだのの描写は随所に散見されるし、なにより「青銅の魔人」に出てくる「チンピラ別働隊」である。シャーロック・ホームズの「パン屋町のごろつき隊」（ベイカーストリート・イレギュラーズのこと）に倣って、小林少年が作ったもので、公園で暮らしている「浮浪児を十五、六人も」集めた。

「諸君は親方の命令をうけて、モクひろい（たばこひろいのこと）を商売にしている。そこまではいいんだよ。ところがきみたちは、ときどきカッパライもやっている。ごまかしたってだめだ。ぼくはちゃんと知っているんだよ。ぼくはちゃんと知っているんだよ。しかし、諸君はけっして、カッパライなんか、やりたくてやってるんじゃない。しかたがないからやっているんだね。ね、そうだね。それはね、きみたちには、おとうさんやおかあさんがいないからだ。やしなってくれる人がないからだ。だがね、それだからといって、こんなことをいつまでもつづけていちゃあ、ろくなもんにならない」

そういって誘ったわけだが、これ、つまりは戦災孤児のことである。父親を戦争で亡くし、母親には空襲で死なれ、あげく家を失い、路上で生活しなければならなくなった子供たちというのは、なるほど、一九四五年の東京には珍しくもなんともなかった。小林少年は「ほんとうなら、ぼくたちの少年探偵団がやる仕事だけれど、なにしろこんどは相手が相手だし、夜中の仕事だからね。学校へ行っている団員たちにはやらせられないんだ」といい、「諸君は夜中なんか平気だね。ほんとうはそんなふうじゃいけないんだけれど、きみたちはおとなみたいになってしまっているんだからね」と続けるが、そうした暮らしに言葉に尽くせぬ苦しみがあったことは、想像に難くない。それなのに小林少年はもとより、作中の「チンピラ小僧」たち自身にも、やはり悲愴感といったようなものはないのだ。最後には、あるものは学校に入り、あるものは職業につきと報われるが、それにしても屈託ない。「少年もの」ゆえに深刻な書き方を避けたのかもしれないが、それでも、ちょっと首を傾げるくらいに明るい。進駐軍が横暴を働いた時代でもあるが、それですさんだ巷の空気が描かれるわけでもなく、その検閲から外された乱歩にしてみれば、やはり戦後は明るかったということだろう。

かえって暗いのが、第三作の「兇器」である。作中で殺される佐藤寅雄は、「アプレ成金」だ。「アプレ」とはフランス語で、英語にすれば「アフター」である。「アプレ・ゲール（アフター・ウォー）」という言葉があり、直訳すれば「戦後」だが、その解放感から常軌を逸した振る舞いをする輩を「アプレ・ゲール」、略して「アプレ」といったのだ。それに「成金」がつけば、戦後のドサクサに乗じて、あくどく稼いだ奴くらいの意になるか。佐藤寅雄も「少し英語がしゃべれるので、アメリカ軍に親しくなって、いろいろな品を納入して儲けた」とされ、実際戦後にはこの手の人間がゴロゴロしていたのだろう。

　とはいえ、作品が執筆された一九五四年（昭和二十九年）は無論のこと、作中の設定である一九四九年（昭和二十四年）にしてみたところで、そろそろ戦後は終わりである。世のなかは平常を取り戻し、朝鮮戦争が一九五〇年（昭和二十五年）に始まることを考えれば、未曽有（みぞう）の好景気さえ迎えようとしていた。それなのに暗い。前の二作とは違って、大人向けに書かれたことを加味しても、なお暗いといわなければならない。日本の社会は戦後復興、右肩上がりの経済成長と歩むにつれて、また新たな暗部を抱え始めたのかもしれない。

（さとう・けんいち　作家）

編集協力＝平山雄一
（ひらやま・ゆういち）探偵小説研究家、翻訳家。一九六三年生まれ。東京医科歯科大学大学院修了、歯学博士。日本推理作家協会会員。著書に『江戸川乱歩小説キーワード辞典』（東京書籍）、『明智小五郎回顧談』（ホーム社）、翻訳にロバート・バー『ウジェーヌ・ヴァルモンの勝利』（国書刊行会）、バロネス・オルツィ『隅の老人・完全版』、アーサー・モリスン『マーチン・ヒューイット・完全版』（ともに作品社）など。

企画協力＝平井憲太郎
（ひらい・けんたろう）祖父は江戸川乱歩。一九五〇年生まれ。立教大学を卒業後、鉄道模型月刊誌「とれいん」を株式会社エリエイより創刊。現在、同社代表取締役。

〈読者の皆様へ〉

『明智小五郎事件簿　戦後編』（全4巻）は講談社文庫版『江戸川乱歩推理文庫』（全65巻、一九八七〜八九）を底本に編集いたしました。本文中には、今日の人権意識に照らせば不適切と思われる表現や用語が多々含まれておりますが、故人である作家独自の世界観や作品が発表された時代性を重視し、また乱歩作品が古典的に評価されてきたという観点から、原文のままといたしました。これらの表現にみられるような差別や偏見が過去にあったことを真摯に受け止め、今日そして未来における人権問題を考える一助としたいと存じます。

なお、底本の明らかな誤植および誤記は改め、ルビについては適宜付加および削除を施しました。

集英社　文庫編集部

集英社文庫　目録（日本文学）

宇山佳佑　ガールズ・ステップ
宇山佳佑　桜のような僕の恋人
宇山佳佑　今夜、ロマンス劇場で
宇山佳佑　この恋は世界でいちばん美しい雨
江川晴　企業病棟
江國香織　都の子
江國香織　なつのひかり
江國香織　いくつもの週末
江國香織　薔薇の木　枇杷の木　檸檬の木
江國香織　ホテル　カクタス
江國香織　モンテロッソのピンクの壁
江國香織　泳ぐのに、安全でも適切でもありません
江國香織　とるにたらないものもの
江國香織　日のあたる白い壁
江國香織　すきまのおともだちたち
江國香織　左岸（上）（下）

江國香織　抱擁、あるいはライスには塩を（上）（下）
江國香織・訳　パールストリートのクレイジー女たち
江角マキコ　もう迷わない生活
江戸川乱歩　明智小五郎事件簿Ⅰ～Ⅻ
江戸川乱歩　明智小五郎事件簿　戦後編　Ⅰ
NHKスペシャル取材班　激走！日本アルプス大縦断　密着トランスジャパンアルプスレース富山～静岡415km
江原啓之　子どもが危ない！　スピリチュアル・カウンセラーからの警鐘
江原啓之　いのちが危ない！　スピリチュアル・カウンセラーからの提言
M　L change the WorLd
ロバート・D・エルドリッヂ　トモダチ作戦　気仙沼大島と米軍海兵隊の奇跡の“絆”
遠藤彩見　みんなで一人旅
遠藤周作　勇気ある言葉
遠藤周作　ほんとうの私を求めて
遠藤周作　父親
遠藤周作　ぐうたら社会学
遠藤周作　愛情セミナー

遠藤武文　デッド・リミット
逢坂剛　裏切りの日日
逢坂剛　空白の研究
逢坂剛　情状鑑定人
逢坂剛　よみがえる百舌
逢坂剛　しのびよる月
逢坂剛　水中眼鏡の女
逢坂剛　さまよえる脳髄
逢坂剛　配達される女
逢坂剛　鵟の巣
逢坂剛　恩はあだで返せ
逢坂剛　おれたちの街
逢坂剛　百舌の叫ぶ夜
逢坂剛　幻の翼
逢坂剛　砕かれた鍵
逢坂剛　相棒に気をつけろ

集英社文庫　目録（日本文学）

逢坂剛　相棒に手を出すな
逢坂剛　大迷走
逢坂剛　墓標なき街
逢坂剛　地獄への近道
逢坂剛他　棋翁戦てんまつ記
大江健三郎・選　何とも知れない未来に
大江健三郎　「話して考える（シンク・トーク）」と「書いて考える（シンク・ライト）」
大江健三郎　読む人間
大岡昇平　靴の話　大岡昇平戦争小説集
大久保淳一　いのちのスタートライン
大沢在昌　悪人海岸探偵局
大沢在昌　無病息災エージェント
大沢在昌　ダブル・トラップ
大沢在昌　死角形の遺産
大沢在昌　絶対安全エージェント
大沢在昌　陽のあたるオヤジ

大沢在昌　黄龍の耳
大沢在昌　野獣駆けろ
大沢在昌　影絵の騎士
大沢在昌　パンドラ・アイランド（上）（下）
大沢在昌　欧亜純白ユーラシアホワイト（上）（下）
大沢在昌　烙印の森
大沢在昌　漂砂の塔（上）（下）
大島里美　君と1回目の恋
大島里美　サヨナラまでの30分　side：ECHOLL
大城立裕　焼け跡の高校教師
大城立裕　レールの向こう
太田和彦　ニッポンぶらり旅　宇和島の鯛めしは生卵入りだった
太田和彦　ニッポンぶらり旅　アゴの竹輪とドイツビール
太田和彦　ニッポンぶらり旅　熊本の桜納豆は下品でうまい
太田和彦　ニッポンぶらり旅　北の居酒屋の美人ママ
太田和彦　ニッポンぶらり旅　可愛いあの娘（こ）は島育ち

太田和彦　ニッポンぶらり旅　山の宿のひとり酒
太田和彦　おいしい旅　錦市場の木の葉丼とは何か
太田和彦　おいしい旅　夏の終わりの佐渡の居酒屋
太田和彦　おいしい旅　昼の牡蠣そば、夜の渡り蟹
太田和彦　東京居酒屋十二景
太田和彦　町を歩いて、縄のれん
太田和彦　風に吹かれて、旅の酒
太田光　パラレルな世紀への跳躍
大竹伸朗　カスバの男　モロッコ旅日記
大谷映芳　森とほほ笑みの国　ブータン
大槻ケンヂ　わたくしだから改
大橋歩　くらしのきもち
大橋歩　おいしい　おいしい
大橋歩　テーブルの上のしあわせ
大橋歩　日々が大切
大前研一　50代からの選択　ビジネスマンは人生の後半にどう備えるべきか

集英社文庫

明智小五郎事件簿　戦後編　I
「青銅の魔人」「虎の牙」「兇器」

2021年10月25日　第1刷　　定価はカバーに表示してあります。

著　者　江戸川乱歩
発行者　徳永　真
発行所　株式会社　集英社
東京都千代田区一ツ橋2-5-10　〒101-8050
電話　【編集部】03-3230-6095
【読者係】03-3230-6080
【販売部】03-3230-6393（書店専用）
印　刷　株式会社広済堂ネクスト
製　本　株式会社広済堂ネクスト

フォーマットデザイン　アリヤマデザインストア　　マークデザイン　居山浩二

Printed in Japan
ISBN978-4-08-744314-1 C0193